dtv

Horst Gurk, geboren 1970, wächst in der deutschen Provinz auf. Bereits mit fünf Jahren wird er mit Kassenbrille und fester Zahnspange ausgestattet und gehört zu den Kindern, mit denen keiner spielen will. In der Schule leidet er ebenso unter den kratzigen Strumpfhosen, die ihm die Mutter verpaßt, wie unter der seelischen und körperlichen Grausamkeit der Schulkameraden. Doch selbst ein Bombenanschlag auf den Mathelehrer und ein paramilitärischer Angriff auf ein Wildtiergehege können seine Popularität nicht steigern. Das Blatt wendet sich erst, als Horst mit 22 Jahren als zehntausendster Besucher eines Puffs diese Reise nach Vietnam gewinnt …

Matthias Praxenthaler wurde 1971 in Bonn geboren. Er wuchs in Troisdorf auf, besuchte erfolgreich mehrere Schulen sowie eine Universität und kann zur Freude seiner Eltern recht gut mit Messer und Gabel essen. ›Horst der Held‹ ist sein erstes Buch.

Matthias Praxenthaler

Horst der Held

Roman

Deutscher Taschenbuch Verlag

Für Leonille!

Ungekürzte Ausgabe
Mai 1999
2. Auflage Juli 1999

Erstveröffentlichung im Selbstverlag, München 1998
Umschlagkonzept: Balk & Brumshagen
Umschlagfoto: © PICTOR International
Satz: KCS GmbH, Buchholz/Hamburg
Gesetzt aus der ITC Galliard 10/11,75˙ (QuarkXPress)
Druck und Bindung: C.H.Beck'sche Buchdruckerei, Nördlingen
Gedruckt auf säurefreiem, chlorfrei gebleichtem Papier
Printed in Germany · ISBN 3-423-20240-8

Inhaltsverzeichnis

1. Tauftrauma

Eltern haben viele Möglichkeiten, ihre Söhne zu quälen. Besonders gemein ist es allerdings, ihnen den Namen Horst zu geben. Und warum gerade seine Eltern so grausam waren, hat Horst sein Leben lang nicht verstanden. Immerhin wurde er 1970 geboren und nicht etwa kurz nach dem Zweiten Weltkrieg. Damals, in den fünfziger Jahren, wäre Horst ein ganz normaler Name gewesen für ein ganz normales Ehepaar, das einen ganz normalen Sohn in die Welt setzt. Aber 1970 war 1970. Und zu dieser Zeit mußte selbst einem mittleren Beamten und seiner Haus-Ehe-Frau klar gewesen sein, daß kein Kind mit Vornamen Horst heißen möchte. Einfach grundsätzlich nicht. Und schon gleich gar nicht, wenn der Familienname Gurk ist. Doch seine Eltern beschlossen, Horst passe perfekt zu ihrem ersten und leider einzigen Sproß, und so konnte bereits kurz nach der Geburt zur Taufe geschritten werden.

Es war ein wolkenverhangener Apriltag, ungemütlich und außergewöhnlich kalt. Die Festgesellschaft hatte sich vor der zuständigen und katholischen Kirche verabredet, und alle waren gekommen. Vater, Mutter und natürlich die Großeltern, sofern sie den Krieg überlebt hatten, dazu ein Taufpate sowie eine Handvoll Freunde der Familie. Gemeinsam schritt man in das Gotteshaus ein, und besonders Vater Gurk glänzte die Vorfreude in den Augen, als er seinen Sohn stolz vor sich hertrug. Der noch Namenlose dagegen war in keiner guten Stimmung. Denn als ob er geahnt hätte, welche Bürde er nach seiner Taufe zu tragen hat, krähte und schrie er, zappelte, spuckte mehrmals seinen Schnuller auf den Boden und preßte in seiner Verzweiflung eine mächtige Ladung in seine Windel. Das alles hatte freilich nur kurzfristig aufschiebende Wirkung. Sobald die *Möllny* wieder saß und der kleine Schreihals über dem Taufbecken fixiert war, wurde kurzer Prozeß gemacht. Der Pfarrer begann aus einem goldenen Kelch auf das Baby einzuschütten, und so hieß Horst ab seinem zweiten Lebensmonat eben Horst.

Und als wäre der Name Horst für ihn nicht schon Schmach genug gewesen, taten seine Eltern in seiner Jugend alles, um sein Leiden über die Jahre zu retten. Sie tauften ihn nämlich nicht nur Horst, sondern riefen ihn bei jeder Gelegenheit auch so, zogen ihn wie einen Horst an und verpaßten ihm zu allem Überfluß noch eine horstige Frisur, aus der rechts und links zwei ziemlich fleischige Segelohren leuchtend hervorguckten. Im zarten Alter von fünf Jahren kam dann die solide Kassenbrille hinzu, die seine eklatante Sehschwäche lindern sollte, und selbst der Kieferorthopäde kannte das Wort Gnade nicht und versuchte jahrelang, seinen fatalen Überbiß mit einer festsitzenden Zahnspange zu bekämpfen, die mit einem massiven Drahtgestell über dem Kopf befestigt war. Die entscheidenden Jahre seiner Kindheit und der danach einsetzenden Pubertät hatte Horst also mit zwei schwerwiegenden Problemen zu kämpfen: Er hatte einen beschissenen Namen, und er sah genauso aus.

Horst wuchs in einem netten, kleinen Reihenbungalow auf, den seine Eltern – dem Erbe zweier Großelternteile sei Dank – bereits in frühen Ehejahren und ohne die sonst üblichen Bausparverträge erwerben konnten. Die Siedlung, in der sich die »Casa Gurk« (so verriet das mediterrane Türschild aus gebranntem Ton) befand, lag am nördlichen Rand der dynamischen Kleinstadt Troisdorf in Nordrhein-Westfalen. Troisdorf, das sich zwecks rheinischem Dehnungs-»i« Tr*oo*sdorf spricht, wurde zwar 1952 zur Stadt erhoben, nannte sich aber weiterhin Dorf und das zu Recht, wenngleich dieses Urteil den echten Troosdorfer sicherlich verärgern würde. Denn wenn man etwa mit dem Zug nach Troosdorf-Hauptbahnhof fuhr, konnte man in fetten Lettern lesen, wie sich das Dorf selbst am liebsten sah: als »Industriestadt im Grünen«. Und tatsächlich, das mußte man den Troosdorfern zugestehen, damit trafen sie ins Schwarze. Grün war es, und Industrie gab es auch. Zum Beispiel die Firma *Dynamit Nobel*, die – wie der Name schon sagt – allerlei Edles herstellte, um das Leben der Menschheit freundlicher zu gestalten. Getestet wurden die Ergebnisse Troosdorfer Industrieproduktion dann gleich in besagtem Grünen, und zwar auf einem nahe gelegenen Truppenübungsplatz. Dort trainierten Belgier und Deutsche in europäischer Mission den Ernstfall und ließen es krachen, als wäre jeden Tag Rosenmontag. Doch der großstädtische Funke wollte trotz hochtrabender Sprüche nie so recht auf Troosdorf überspringen, und so war es damals, und ist es bis heute, ein fades Kaff. Wer richtig was erleben wollte, der fuhr daher nach Siegburg, in die Nachbarstadt mit Burg, die eigentlich ein Kloster war. In Siegburg lungerte zwar ebenfalls an jeder Straßenecke die Sterbenslangeweile herum, aber immerhin war man dort schon ganz in der Nähe von Bonn, und da ging dann richtig die Post ab. Jedenfalls für den Troosdorfer.

Wo etwas zu erleben war, oder ob man nicht auch mal in das revolutionäre Köln fahren sollte, spielte in der jugendlichen Gedankenwelt von Horst keine Rolle. Bis zu seinem Studium blieb er in seiner Geburtsstadt fest verwurzelt, denn seine Eltern hielten nichts von Herumtreibern, und außerdem gab es in Troosdorf alles, was man zum Leben brauchte. Heimatferne Aktivitäten wurden ihm deshalb meistens schlicht verboten, sogar noch über seine Volljährigkeit hinaus. Und obwohl sein Vater den berühmten Satz mit den Füßen und dem Tisch nie aussprach, bildete genau dieser Satz das Fundament seiner Erziehung.

Walter Gurk war ein Mann von echtem Schrot und Korn, ein Kind des Wirtschaftswunders und der Prototyp christlichen Fleißes. Er hatte im Postministerium so richtig Karriere gemacht – zumindest für jemanden, der durch die Kriegswirren das Gymnasium nicht hatte absolvieren können – und sich, aufbauend auf einem Volksschulabschluß und dank interner Bundesfortbildungsprogramme und jahrelanger staatstreuer Dienerschaft, trotzdem in eine Top-Position der höheren Beamtenlaufbahn hineinkatapultiert. Darauf konnte man stolz sein, und man war es auch, obwohl die Aufgabe, die ihm anvertraut wurde, nicht außerordentlich spannend zu sein schien. Vater Gurk leitete eine Abteilung, die sich um die Anschaffung, den Erhalt sowie die Entsorgung von Postfahrrädern, Briefträgerkleidung sowie Briefträgertaschen kümmerte, wenngleich auf nationaler Ebene.

Um sich von den Strapazen des Beamtenalltags zu erholen, sammelte er zum Ausgleich Briefbeschwerer aus Glas und natürlich, wie könnte es anders sein als stereotyp, deutsche Briefmarken der Nachkriegszeit. Mit dem Sammlerabo der Bundespost ging das ganz leicht, und die Sammlung war außerdem stets vollständig und topaktuell. Doch zuviel Ruhe und Muße tut keinem Menschen gut. Daher verschaffte er sich zusätzlich zu diesen Hobbys einen ganz besonderen Nervenkitzel, und zwar als engagiertes und schwer gläubiges Mitglied in der katholischen

Kirche in Troosdorf, Gemeinde St. Gerhard, dort, wo Horst getauft worden war. Als pflichtbewußtes und moralisch tadelloses Schaf, mit langjähriger Ministrantentätigkeit im Lebenslauf, wurde er in seiner Herde schnell mit diversen Aufgaben betraut. Zum Beispiel mit dem sonntäglichen Verlesen der Fürbitten zugunsten der Armen, der Kranken, der Alten, der Gestorbenen, und natürlich für den Frieden. Jeden Sonntag machte er seine Sache einwandfrei, war beliebt und war rasch ein Fels in der seichten Brandung des Gemeindelebens geworden.

Alles allzu Weltliche war ihm schon immer fremd gewesen. Er betrank sich nicht, das Wort Marihuana konnte er nicht mal schreiben. Geld wurde gespart, und vor der Tür standen stets Modelle der Marke *Volkswagen*, die lange gefahren wurden und die, als er besser verdiente, »Passat« hießen und weiß waren. Die Wahl der Farbe kam besonders seinem Reinlichkeitsbedürfnis sehr entgegen, denn weiße Autos werden leicht schmutzig und müssen daher ständig gewaschen werden. Selbstverständlich nur von ihm selbst, mit Gartenschlauch und alten Unterhemden, die damit über die natürliche Tragedauer hinaus einen echten Sinn bekamen. Jede vierte Wäsche wurden alle Lackflächen sorgfältig mit Wachs poliert und die Felgen mit einer Spülbürste vom hartnäckigen Dreck der Straße befreit. Das alles geschah unter dem strengen Blick des heiligen Christophorus, der innen auf dem Armaturenbrett herumklebte.

Zu solch einem Mann, der nichts mehr fürchtete als eine SPD-Regierung mit protestantischem Bundeskanzler, konnte sich nur eine Spezies Frau gesellen. Name Irmtraud, gelernte Schneiderin, vier Jahre jünger, in Glaubensfragen wasserdicht, treu und stets um das Wohl des Ehegatten besorgt. Des Kochens mächtig, den Haushalt fest im Griff und alles schön fertig, bis der Mann am

Abend erschöpft von der Arbeit nach Hause kam. Ihre Hobbies beschränkten sich auf die wöchentliche Gymnastik in der Frauenturngruppe, das traditionelle Kaffeeklatschen und eine nette Damen-Canasta-Runde, die sich zweimal im Monat traf und in der man für das nächste Mal die Schnittchen bereiten mußte, wenn man verlor. Ansonsten gab es über Irmtraud wenig Spannendes zu berichten, sieht man einmal von ihrem viertausend-Mark-haltigen Sparbuch ab, das sie mit in die Ehe brachte.

Kennengelernt hatten sich Irmtraud und Walter bei einer Karnevalsveranstaltung der Kolpingfamilie in einem Festsaal in Troosdorf. Beide saßen zufälligerweise am gleichen Tisch und waren allein gekommen. Walter ging als Pirat und Irmtraud als Lorelei, und sofort hatte man ein Gesprächsthema. Nicht etwa was Lustiges oder gar Frivoles, nein, man sprach über wichtige Dinge, und zwar über die Post. Walter erzählte beschwingt und stundenlang von seinen Aufgaben im Ministerium, und die Lorelei hörte geduldig zu und schwieg. Und anstatt sich unendlich zu langweilen oder dem blöden Piraten mit seinem lächerlichen Gummidolch durch die Augenklappe zu bohren, dachte sie an ihre Zukunft und an die gute Partie, die da unverhofft aufgetaucht war. Er war ein Mann, vermutlich unverheiratet, sah passabel aus, und vor allen Dingen hatte er eine gesicherte Position. Walter mußte ziemlich ähnlich gedacht haben, denn am Ende des Abends tauschte man die Adressen aus, traf sich über drei Monate regelmäßig und verlobte sich schneller, als die biologische Uhr tickte. 1968 trat man in den Stand der Ehe und zog sofort danach in eine gemeinsame Wohnung.

Geschlechtsverkehr kam in diesem Eheleben kaum vor, passierte ausschließlich hinter Gardinen und diente vor allem der Fortpflanzung. Das dachten die beiden jedenfalls, wobei am Anfang schon ab und zu geübt wurde und einmal sogar hemmungslos und voller Phantasie. So war Horst vermutlich das Ergebnis einer unanständigen Orgie nach dem Abendessen, als Walter seine Irmtraud leidenschaftlich auf der Velourscouch im Wohnzimmer missionierte, als ihn völlig unerwartet die pure Lust überkam, als er das erste und einzige Mal in seiner Ehe richtig geil war. Schuld an diesem Husarenstück Gurkscher Lüsternheit hatte vermutlich der böhmische Schwarzwurzeleintopf seiner Frau, der ihn so richtig scharf machte. Vielleicht war es aber auch der inspirierende Ausflug in ein Pornokino am Bonner Bahnhof, den er an diesem Tag vor dem Nach-Hause-Gehen heimlich unternommen hatte.

Als der Reißverschluß seiner Feincordhose wieder geschlossen war und seine Frau mit rosigen Backen den Folgen der Sauerei mit einem Schwamm und einem Eimerchen voll Spülwasser zu Leibe rückte, überkam Walter Gurk allerdings ein Gefühl der Scham. Vom Teufel sei er besessen gewesen, wie ein Tier habe er gehandelt und sich selbst nicht mehr gekannt, beichtete er beim nächsten Termin seinem Pfarrer, der ebenfalls über die Entgleisung des Mustermitgliedes seiner Gemeinde erschrak. Er auferlegte ihm daher kurzerhand zehn Vaterunser, verordnete Besserung für die Zukunft und empfahl zusätzlich, im nächsten Gottesdienst eine Fürbitte für die Verlorenen dieser Welt zu sprechen. Ab diesem Tag zeigte Walter Gurk Reue. Der Geschlechtsakt wurde nur noch äußerst selten vollzogen, und wenn doch, dann in geordneten Bahnen, zumal das Üben durch die baldige Schwangerschaft seiner Frau auch nicht mehr vonnöten war.

Gefangen in dieser Welt von Traumehepaar, Traumbungalow und Traumstadt, durchlebte Horst die ersten 22 Jahre seines Lebens. Seine Eltern versuchten ihn von Geburt an auf pflegeleicht zu trimmen, geduldsam zu konditionieren und ihn katholisch korrekt und vorehelich asexuell aufzuziehen. Da er keine Geschwister hatte, konzentrierte sich die geballte Erziehungsmaschinerie einzig und allein auf ihn, und jeder seiner Schritte wurde bemerkt und beobachtet. Bei Ungezogenheiten sprach Vaters flache Hand auf nacktem Kinderarsch, bei Lobenswertem gab es Lob statt Zuckerwatte. Außer Troosdorfer Boden sah er lange Zeit nicht viel, sieht man einmal von einigen zwei- bis dreiwöchigen Familienfernreisen ab. Einmal ging es nach Frankreich (»Scheiß Franzosen«, sagte sein Vater), dreimal nach Oberösterreich (»Viel schöner als im Ausland«, sagte seine Mutter) und viermal in den Odenwald (»Schon wieder zur Oma«, sagte Horst). Dazu kamen verschiedene Sommerverschickungslager mit der Kirchenjugend zu deutschen Nahzielen wie dem Niederrhein. Dort hätte Horst eigentlich richtig aufleben, sich emanzipieren und zur Revolution gegen seine Eltern blasen können, wäre nicht jedesmal sein Vater selbst als Gruppenleiter mitgefahren, um aufzupassen, daß seinem Sohnemann auch ja nichts passierte.

Horst hatte also wirklich Pech in seinem frühen Leben, und die Schwere seines Schicksals begriff er spätestens mit Beginn der Grundschule. Dort wurde er fast vier Jahre lang von einem Klassenkameraden namens Thorsten so nachhaltig gequält und gepeinigt, daß man eigentlich nur mit Mühe von einem Kameraden sprechen konnte. Thorsten war der Sohn eines bedeutenden Schlachters am Ort und vermutlich schon von daher so gut genährt. Bereits als sechsjähriger Knirps verfügte er über die körperliche Wucht eines Acht- bis Neunjährigen, was eindeutig auf die Unmengen schwer östrogenhaltigen Fleisches zurückzuführen war, die er zu Hause zu essen bekam. Dreimal täglich gab es bei den Schmelzers, so hieß die Familie, Fleisch. Morgens eine feiste Wurstplatte, mittags meistens Braten mit Soße und abends die Reste von morgens und mittags, fein angemacht mit Essiggurken und Senf, dazu ein bis zwei Laibe Hausbrot, Kölsch für die Erwachsenen und Kola für die Kinder. Gemüse kam bis auf Kartoffeln nur in Form von Konserven auf den Tisch, wobei der kulinarische Dosenhorizont bereits kurz hinter Rotkohl zu Ende war. Die Folgen dieser Ernährungsweise waren nicht zu übersehen, denn weil Fleischessaft nicht nur Kraft, sondern auch Leben schafft, war die eheliche Vereinigung in der Familie Schmelzer, anders als bei den Gurks, höchst erfolgreich. Frau Schmelzer ferkelte wie keine zweite im Ort, und in ihren besten Tagen konnte sie sieben prächtig geratene Söhne zählen, wenn sie am Frühstückstisch ein Blutwurstsandwich in sich hineinschob.

Thorsten war der Drittälteste in der Schmelzer-Sippe, und bis auf sein Alter unterschied ihn nichts von seinen Geschwistern. Alle waren dick und alle waren doof. Nur mit dem jüngsten Sohn stimmte etwas nicht. Er hatte nämlich seit seiner Geburt eine rätselhafte Allergie gegen tierisches Eiweiß und blieb daher schlank. Doof war er allerdings trotzdem, und so gestaltete sich das Zusammenleben mit den Brüdern problemlos. Die sieben Jungs hielten zusammen wie Butter und Brot und neigten sowohl allein als auch im Pack zu übertriebener Härte in der zwischenmenschlichen Auseinandersetzung. In Troosdorf gab es wohl kaum einen Jugendlichen, der in seiner Kindheit nicht zumindest einmal mit den Schmelzer Juniors zu tun hatte. Und mit ihnen zu tun zu haben hieß eigentlich immer, verdroschen zu werden. Widerstand war dabei zwecklos, denn selbst wenn man als Elfjähriger einmal den achtjährigen Schmelzer auf der Straße zu fassen bekommen hätte, wäre dieser am nächsten Tag mit seinem dreizehnjährigen oder fünfzehnjährigen Bruder angerückt oder, noch schlimmer, mit allen Brüdern auf einmal, und dann hätte es eine ordentliche Vermöbelung gegeben.

Und selbst wenn man älter gewesen wäre als der älteste Schmelzer und stärker als alle Schmelzer-Jungs zusammen, hätte das nichts genützt. Als As-Pik hatte die Gang nämlich immer noch ihren Vater im Ärmel, und dem, so wußte man im Ort, waren rohe Gewalt und deren Anwendung nicht fremd.

Dabei war Schlachter Schmelzer zwar ein Schlitzohr, aber im Grunde genommen ein überaus friedfertiger Geselle. Lediglich einmal im Leben drehte er durch, und zwar an einem Samstagabend im Jahr 1969. Seine Frau kam gerade von einem Kaffeekränzchen wieder und fand ihren Mann miserabel gelaunt und stark angetrunken im Fernsehsessel vor, wie eigentlich jedes Mal, wenn der 1. FC Köln verloren hatte. Sie dagegen war in bester Stimmung, denn sie hatte im Kreise ihrer Freundinnen gerade einen Konzertmitschnitt der *Beatles* gesehen und sich daraufhin sofort in Ringo Starr verliebt. So wie junge Ehefrauen sich halt in Popstars verlieben, nichts Ernstes natürlich, nur ganz nett sei der halt irgendwie, und sogar, ja sogar ein bißchen sexy. Leicht überschwenglich erzählte sie nun von ihrem neuen Schwarm, und als sie sah, daß ihr Mann auf die Geschichte lediglich mit einem kräftigen Schluck aus seiner Bierflasche reagierte, wurde sie wütend und fügte schnippisch hinzu, daß sie mit ihm damals sicherlich nicht in den Stand der Ehe getreten wäre, wenn sie geahnt hätte, was für ein fettleibiger und langweiliger Kerl einmal aus ihm werden würde.

Das saß. Und es traf mitten in des Schlachters Schweineherz. Seine Frau, die ihm ihr Leben zu verdanken hatte, fing also an, sich über ihn zu beschweren. Und nur wegen so einem dahergelaufenen Tommy, der mit Krach einen Haufen Geld verdiente und aussah wie einer, der in Deutschland sofort verhaftet worden wäre, ginge es nach ihm. Zucht und Ordnung mußten wieder her, und zwar schnell. Schmelzer sprang von seinem Sessel auf, wankte trunken in die Metzgerei, die sich im Erdgeschoß unter der Wohnstube befand, holte das schärfste Messer, das er finden konnte, packte die Ketzerin am Arm und löste ihr mit einem gekonnten Schnitt die linke Brust von den Rippen, die daraufhin unter ihrer Bluse durchrutschte und, eingewickelt in ein Stück BH, blutig auf den Boden klatschte.

Die folgende Ehekrise dauerte erstaunlich kurz. Nachdem die plastische Chirurgie des städtischen Krankenhauses das Nötige und Mögliche getan hatte, besann sich Frau Schmelzer und verzieh ihrem Mann, der auf Knien und unter Tränen Besserung versprach, großherzig. Grund für das schnelle Verzeihen war vor allem die Geistesgegenwart des Schlachters, der im Schock seiner Tat die tranchierte Brust sofort in eine Plastiktüte mit dem Aufdruck »Metzgerei Schmelzer – immer saftig, immer frisch« packte und mit Eis bedeckte, so daß sie eben frisch blieb und später zum Teil wiederverwendet werden konnte. Das vergaß ihm seine Frau nie, und außerdem hatte sie seit diesem Samstag eine höllische Angst davor, weitere Körperteile durch die Attacken ihres Mannes zu verlieren. Dazu kam der fehlende Mut für einen Neuanfang ohne ihren Mann, mit immerhin drei Kindern und einer angenähten Brust. Für soviel Emanzipation war die Zeit in Troosdorf einfach noch nicht reif und sie wird es vermutlich auch nie werden. Daher blieb sie bei ihm und brachte in den nächsten Jahren vier weitere Kinder zur Welt, die sie freilich überwiegend mit rechts stillte.

Seit jenem Samstag kursierten über den Schlachter die wildesten Gerüchte in der Stadt. Das war auch verständlich, denn in den nächsten zwei Wochen war die Metzgerei plötzlich dicht, und an der Eingangstür hing lediglich ein handgeschriebenes Schild mit der Aufschrift: »Wegen

Zwischenfal bei der Mezgerin geschlosen!« Kein Kunde konnte sich hierauf einen Reim machen, weil Frau Schmelzer am Freitag vor dem Jahrhundertschnitt noch vor Kraft strotzend hinter der Theke stand und fröhlich ihre Schnitzel verkaufte. Angeheizt wurden die Spekulationen durch eine geschwätzige Nachbarin der Schmelzers, Frau Bartsch, die an besagtem Samstag in der Metzgerei den Schrei einer Frau gehört haben wollte, kurz nachdem sie, auf ihr Kissen im offenen Fensterstock gelehnt, die Metzgersgattin nach Hause kommen sah. Mit dieser Neuigkeit infizierte Frau Bartsch umgehend halb Troosdorf, und damit war alles klar. Schlachter Schmelzer hatte seiner Frau etwas angetan, wahrscheinlich hatte er sie vermöbelt, bestimmt im Suff und sicher ganz ordentlich. Und was zunächst nur eine Vermutung war, wurde spätestens dann Gewißheit, als Schmelzer die folgenden 14 Tage jeden Morgen mit gesenktem Haupt sein Haus verließ und mit einem großen Blumenstrauß ins Krankenhaus fuhr, um dort für den ganzen Tag zu bleiben. Was aber genau geschehen war, erfuhr in Troosdorf praktisch niemand, und darüber konnte der Metzger nur froh sein, sonst wäre er geschäftlich ruiniert gewesen. Vor allem die weiblichen Kunden, und Fleischwaren werden ja bevorzugt von Frauen gekauft, hätten rebelliert, und das zu Recht. Allein die Vorstellung, auch weiterhin, als wäre nichts geschehen, bei Schmelzers ein Kilo Hühnerbrust für das Mittagessen oder gar ein Euter für den Hund zu kaufen, wäre irgendwie geschmacklos gewesen. Aber da die Wahrheit nicht ans Licht kam, blieb alles beim alten, ja, die Kunden strömten aus lechzender Sensationslust sogar mehr denn je in die Metzgerei. Und so hatte die Geschichte am Ende irgendwie auch noch ihr Gutes.

Horst bekam die blutige Gefährlichkeit der männlichen Schmelzers zu Beginn seiner schulischen Laufbahn zu spüren. Thorsten Schmelzer nämlich, der mit ihm zusammen in die 1b der Grundschule an der Heerstraße eingewiesen wurde, mochte Horst von Beginn der ersten Stunde an nicht leiden. Irgendwie hatte er ein Auge auf ihn geworfen, wahrscheinlich geleitet durch den tierischen Instinkt, daß Horst schwach und daher eine leichte Beute war. Das traf auch zu, denn Horst war ziemlich schmächtig und hatte, als Folge fleischarmer Ernährung, wie Thorsten vermutete, nichts auf den Rippen und bewegte sich zudem ungeschickt und langsam. Nun hatte Horst von seiner Oma auch noch diesen wunderschönen, leuchtendgelben *Scout*-Tornister geschenkt bekommen, den Thorsten ebenfalls gerne gehabt hätte, aber nicht bekam, weil er den ausgemusterten Schulranzen eines älteren Bruders auftragen mußte. Eine derart schreiende Ungerechtigkeit weckte in ihm verständlicherweise erhebliche Neidgefühle. Erschwerend kam hinzu, daß die Klassenlehrerin Horst sehr mochte, denn er erwies sich als angenehm zurückhaltend und erledigte alle Schreib-, Lese- und Bastelarbeiten mit Bravour. Thorsten hingegen war ein rechter Treibauf und außerdem – wie erwähnt – ziemlich doof, so daß ihm selbst die einfachsten Aufgaben größte Schwierigkeiten bereiteten.

Schuld an dieser Ungleichheit hatte aber nicht etwa Horst oder Thorsten, sondern einzig und allein das System der Grundschule an sich, denn in diesen Anstalten werden dummerweise schlaue und doofe Kinder für mehrere Jahre in einem gemeinsamen Raum zusammengesperrt. Kinder also, die später einmal in Hochsicherheitslabors Gene von Tieren aus der DNA isolieren, aber genauso Kinder, deren zukünftige Lebensaufgabe darin bestehen wird, in Schlachthöfen Teile von Tieren vom Knochen zu lösen, prallen hier unvorbereitet aufeinander. Die schlauen Kinder sind dann oft gut in der Schule, sammeln ständig Sehr-feins unter ihren Aufsätzen zum Thema »Meine letzten Ferien« und werden jede Stunde nach vorne gerufen, um von der Lehrerin lustige, bunte Tierbildchen ins Hausaufgabenheft gestempelt zu bekommen. Die doofen Kinder dagegen erleben so etwas nie und merken deshalb meist sehr schnell, daß sie doof sind. Da kommen die Doofen natürlich irgendwie schlecht drauf und suchen sich für den Frust ihrer Kindheit ein Ventil zum Dampfablassen. Für Thorsten hieß dieses Ventil Horst. Er wartete nur auf die erstbeste Gelegenheit, diesem Mamasöhnchen ordentlich eins auszuwischen.

Es war der erste kühle, wenngleich sonnige Tag im Herbst, und Horst mußte eine Mütze aufsetzen, als er zur Schule ging. Seine Mutter bestand darauf, weil es die Zeit der Erkältungstage war, und außerdem hatte sie die knatschorange Kopfbedeckung auch deshalb gestrickt, damit Horst im Morgengrauen für die Autofahrer besser zu erkennen war. Ohne Chance also, sich gegen den lächerlichen Mützenzwang zu wehren, zog sich Horst das kratzige Ding über die Ohren, bekam von seiner Mutter noch einen zärtlichen Klaps auf den Hinterkopf und ging los. An der Ecke zur Maisenstraße traf er dann völlig unerwartet auf Klassenkamerad Thorsten, der eigentlich einen ganz anderen Schulweg hatte. Sofort war Horst klar, daß irgend etwas passieren würde, und so kam es für ihn wenig überraschend, als Thorsten plötzlich auf ihn zugerannt kam und dann nicht etwa anhielt, sondern ihn einfach über den Haufen lief. Horst fiel rücklings auf seinen Schulranzen und hatte danach große Probleme beim Aufstehen. Ein paar Sekunden ruderte er wie ein Käfer mit Beinen und Armen in der Luft, um sich dann zur Seite zu rollen und schließlich mühsam aufzurappeln. Wie ein Fleischberg stand Thorsten nun vor ihm.

»Wer hat dir eigentlich gesagt, daß du wieder aufstehen

sollst?« fragte er. Auf diese Frage war Horst nicht gefaßt. Er hatte mit Schlägen gerechnet, mit einem Tritt vielleicht oder sogar mit einem Messerstich, nicht jedoch mit so einer blöden Frage.

»Keiner«, antwortete er verdutzt.

»Siehst du. Und deswegen tust du dich gleich mal wieder hinsetzen.«

»Und warum?« wollte Horst wissen, der darin keinen Sinn sah.

»Na, damit ich dir die Mütze vom Kopf ziehen kann«, sagte Thorsten streng. Das machte zwar auch keinen Sinn, aber um eine mögliche Prügelei zu vermeiden, bei der er sowieso nur eingesteckt hätte, folgte er der Anweisung, setzte sich wieder auf den Boden und ließ sich von Thorsten die Mütze vom Kopf nehmen.

»Und was jetzt?« fragte Horst.

»Ganz einfach«, grinste Thorsten, öffnete den Reißverschluß seiner Hose, holte seinen Pimmel raus, pinkelte mit einem starken tiefgelben Strahl in die Mütze und zog sie Horst danach über den Kopf.

»Jetzt«, sagte Thorsten, »jetzt bist du ein richtiges Pißgesicht!«

Und noch während der warme, beißend riechende Urin über Horsts Gesicht rann, sich im Jackenkragen sammelte, von dort aus seinen Weg durch Hemd und Unterhemd suchte und schließlich auf die nackte Haut durchsickerte, erklärte ihm Thorsten das weitere Vorgehen. Er habe die nächsten fünf Minuten so sitzen zu bleiben, solle dann aufstehen und langsam, ganz langsam in die Schule kommen. Und wehe, er würde die Mütze vorher abziehen oder gar zurück zu Mama laufen, um zu petzen. Dann würde er was erleben, dann nämlich würde er, Thorsten, seine Brüder holen, und dann wäre er in jedem Fall tot, darauf könne er Gift nehmen.

Da saß er nun, mitten auf dem Bürgersteig, naß und nach der Pisse eines Metzgersohns stinkend, und wartete. Er wartete genau fünf Minuten. Dann stand er auf, ging wie befohlen langsam, ganz langsam und ohne die Mütze abzuziehen in die Schule und kam ins Klassenzimmer. Danach nahm alles seinen Lauf. Die Lehrerin war entsetzt und schickte ihn sofort zurück nach Hause, allerdings nicht ohne ihm einen Brief an seine Eltern mitzugeben, in dem diese in die Sprechstunde zitiert wurden. Diese Unterredung und alle weiteren Nachforschungen brachten jedoch wenig. Obwohl Horst von seinen Eltern nach allen Regeln pädagogischer Kunst ausgefragt wurde, immer und immer wieder, mal mit und mal ohne Prügel, erzählte er nie, was wirklich passiert war. Sogar dem Schulpsychologen verweigerte er hartnäckig die Wahrheit, und dieses Schweigen war in der Tat gut für Horsts Gesundheit, denn mit Verrätern hätten die Schmelzer-Jungs kurzen Prozeß gemacht. Und dann wäre statt Harn Blut geflossen, dessen war sich Horst sicher, und zwar todsicher, und deshalb schwieg er.

Horsts Eltern und die Klassenlehrerin einigten sich auf Anraten des Schulpsychologen, die Sache auf sich beruhen zu lassen und so zu tun, als sei nichts passiert. Seine Mitschüler dagegen wußten ganz genau, was passiert war. Horst hatte sich selbst angepißt, und wahrscheinlich machte er das jeden Tag und tat sogar noch schlimmere Dinge, denn er sah genauso aus wie jemand, dem so etwas gefällt. Und auf Vorschlag von Thorsten nannten sie ihn daher nicht mehr Horst, sondern einfach nur noch »Pißgesicht« (ein Name, den Horst sogar noch schrecklicher fand als seinen eigenen), und beschlossen mit kindlicher Grausamkeit, ihn einfach nicht mehr zu mögen. Keiner traf sich mit ihm, keiner spielte mit ihm, und sitzen wollte auch keiner neben ihm. So verliefen die ersten vier Jahre seiner Schulzeit sehr einsam und zurückgezogen, und es blieb ihm lediglich, den tiefen Schmerz in seiner Seele zu unterdrücken und sich vollends auf die Schule zu konzentrieren. Das zahlte sich schließlich aus, denn er schaffte als Klassenbester den Sprung aufs Gymnasium, während Thorsten nur mit Mühe die Zulassung zur Hauptschule bekam, Metzger wurde wie sein Vater und schließlich im Alter von 34 Jahren einen Arm verlor, als einem Arbeitskollegen beim Zerlegen eines Kalbes die Kreissäge entglitt.

2. Das fünfte Gebot

Walter Gurk beschloß, seinen Sohn auf das Troosdorfer Gymnasium zum Altenforst zu schicken. Politisch gesehen gab es für ihn auch gar keine Alternative zu dieser Entscheidung, war er doch davon überzeugt, daß es sich bei allen anderen höheren Schulen in der Umgebung um Anstalten des Frevels handelte, wo langhaarige und bestimmt auch drogenkonsumierende Lehrer ihren Schülern linksradikale Propaganda eintrichterten. Und das während des Unterrichts und geduldet von ach so liberalen Direktoren, die alle im Besitz des falschen Parteibuches waren und lediglich diesem roten Lappen ihren Job verdankten. Schließlich war man im sozialistischen NRW und nicht etwa im Paradies, wie es das katholische Bayern eines war.

Alleine dem Altenforst konnte man in diesen Zeiten trauen, denn dort gab es einen, der mit starker Hand für Ruhe und vor allem für Ordnung sorgte. Direktor Schratebach hatte seinen Laden voll im Griff und war einer der letzten Rohrstock-Pädagogen im Land. Schnell im Verteilen schlechter Noten, noch schneller im Züchtigen mittels drakonischer Strafen, und schon allein deswegen eine verhaßte Respektsperson bei den Schülern. Alleine in dem Jahr, als Horst seine Laufbahn am Altenforst begann, entließ Schratebach drei männliche Pennäler unehrenhaft aus ihrem Dienst. Den einen, weil er auf dem Mädchenklo rauchte, den anderen, weil er mit dabei war, und den dritten traf es, weil er eine Packung Waschpulver in mehrere Aquarien der Schule schüttete und damit auf einen Streich fünfzig zum Teil sehr seltene Molche und Olme über den Jordan schickte, die ein ambitionierter Biologielehrer bis dahin mit viel Liebe gehegt und gepflegt hatte. Insgesamt waren es wohl an die dreißig zum Teil sehr vielversprechende Schülerkarrieren, die Schratebach in seiner bisherigen Schaffensperiode am Altenforst auf dem Gewissen hatte. Alles Jungs, versteht sich, denn die Mädchen waren eher brav und risikoscheu, und dazu wenig einfallsreich, wenn es um die Planung und die Durchführung von terroristischen Taten ging.

Man nannte Schratebach überall nur den Mastino, weil er so ein eisenharter Hund war und zusätzlich seit einem Hundebiß mit einer leichten Gehbehinderung zu kämpfen hatte. Es gab keinen Schüler am Altenforst, der sein Dasein nicht fürchtete, obwohl er eigentlich eine wenig beeindruckende Figur abgab. Schratebach war napoleonesk klein, gestraft mit duracellroten Haaren, die wenig üppig aus einem fahlen Schädel sprossen. Zusätzlich entstellte ihn eine schier unerträgliche und unmännliche Fistelstimme, die sich ständig überschlug, besonders dann, wenn er seine ganzheitlichen Durchsagen zum Wohle der Jugend durch die schuleigene Propagandaanlage jagte. Aber Aussehen stellte noch nie ein Hindernis für einen waschechten Blockwart dar, und so war kein Raum, kein Gang und nicht einmal das Mädchenklo vor ihm und seiner Spürhundmentalität sicher. Alles inspizierte er täglich und mehrmals genau, stets die Witterung des Bösen in der Nase.

Walter Gurk und Direktor Schratebach kannten sich von der Gemeindearbeit in St. Gerhard verhältnismäßig gut und hatten einige Gemeinsamkeiten. Sie waren prinzipientreue Beamte, moralisch unerschütterlich und politisch mit weißer Weste und schwarzem Anzug. Aufgrund seiner katholischen Bodenständigkeit und seines Sinns für konservative Erziehungsmethoden schätzte Horsts Vater Schratebach als einen vorbildlichen Pädagogen und war überglücklich, als er erfuhr, wer seinem Sohn in den nächsten Jahren als Klassenleiter den rechten Bildungsweg weisen sollte. Horst ahnte auf dem Weg zu seinem ersten Gymnasialtag noch nichts von seinem Glück, doch bereits in der ersten Stunde sollte er erfahren, daß auch die nächsten Jahre seiner schulischen Jugend trübe werden würden. Schuld daran hatten zunächst einige seiner neuen Mitschüler, und zwar diejenigen, mit denen er gemeinsam von der Grundschule in den Altenforst übergewechselt war. Sie kannten natürlich seine Vergangenheit, und es bereitete ihnen einen Riesenspaß, den frischen Schorf von der Wunde in seiner Seele zu reißen, indem sie schnell und systematisch die gesamte Klassengemeinschaft davon in Kenntnis setzten, daß sich Kollege Horst ab und zu ganz gerne mal anpinkelt. Das alleine war bereits sehr schmerzhaft, denn in seiner Psyche lagerte immer noch der Urin des Thorsten Schmelzer zwischen und verhinderte seinen lang ersehnten Aufstieg in eine höhere Kaste des gesellschaftlichen Lebens. Der eigentliche Grund für die beständige Arschhaftigkeit von Horst war jedoch nicht nur diese alte Geschichte, sondern vor allem eine schlichte Anordnung des neuen Klassenleiters.

Bereits in der ersten Stunde legte Schratebach den Grundstock für seine Vorstellung von Zucht und Ordnung. Alle Neuschüler saßen pünktlich und gespannt im Klassenzimmer, als plötzlich mit Vehemenz die Türe aufgerissen wurde und Schratebach hereinrauschte. Er raste auf das Pult zu, stellte seine olle Ledertasche ab, schob die billige Lesebrille auf die platte Spitze seiner wulstigen Nase und fixierte den Haufen ahnungs- und orientierungsloser Kinder mit einem Blick, der eisiges Mißtrauen ausstrahlte. Zwei Minuten verharrte er in dieser Stellung und starrte musternd in die Menge der mittlerweile völlig verängstigten und mucksmäuschenstillen Schüler, um schließlich zur Sache zu kommen. Er stellte sich mit dem Namen »Euer Klassenlehrer Oberstudiendirektor Schratebach« vor und erklärte, daß es mit Kindern wie mit jungen Hunden sei: Man müsse sie von der ersten Minute an mit knapper Leine führen, sonst würden sie nie lernen, zu gehorchen. Nach dieser Lebensweisheit zum Beginn forderte er alle Schüler auf, ihre Namen zum besseren und gegenseitigen Kennenlernen auf selbstgebastelte Pappschilder zu schreiben, und informierte dann die Klasse darüber, daß er, Schratebach, die nächsten beiden Jahre für den Unterricht in Latein sowie Mathematik zuständig sei und dabei wirklich keinen Spaß verstehe. Und eigentlich wollte er danach schon mit dem Stoff beginnen, als ihm siedendheiß noch ein wichtiger Aspekt ins Hirn schoß, den er beinahe vergessen hätte.

»Ach ja, und damit in meiner Klasse alles mit rechten Dingen zugeht, brauchen wir natürlich einen Freiwilligen, der das Klassenbuch führt. Dann wollen wir doch mal sehen, wer mir dafür geeignet erscheint!«

Schratebach griff sich die Namensliste, ging sie von oben nach unten durch und blieb bei Gurk, Vorname Horst, hängen.

»Wer von euch ist denn der Horst?« wollte er wissen, und da alle anderen Jungs zumindest Peter, Stefan oder Michael hießen, antwortete Horst schüchtern mit einem leisen »Ich«.

»Ja sag mal, Horst, Gurk ist dein Nachname. Dann bist du bestimmt der Sohn von Walter Gurk, dem Postbeamten, den ich aus der Gemeinde St. Gerhard kenne, oder?«

Horst roch die Wurst und antwortete diesmal verzweifelt, aber mangels triftiger Gegenargumente mit einem zaghaften »Vielleicht.«

»Na, was heißt denn da vielleicht? Bestimmt bist du der kleine Gurk, das sieht man doch sofort. Und außerdem hat mir dein Vater erzählt, daß du dieses Jahr bei uns eingeschult wirst. Ein ordentlicher und rechtschaffener Mann ist das übrigens, dein Herr Papa. Und weil du sicherlich genauso ordentlich und rechtschaffen bist wie er, führst du ab heute unser Klassenbuch!«

Na bravo. Da hatte das Pißgesicht mal wieder eine ordentliche Ladung abbekommen. Flatsch. Flatsch. Flatsch. Gleich dreimal traf es Horst mitten ins Gesicht, und aus war es mit seiner geheimen Sehnsucht nach einem unbelasteten Neubeginn in neuer Schule und dem Wunsch nach dem sorgenfreien Leben eines netten und angesehenen Klassenkameraden. Ab heute war er der anständige und pflichtbewußte Musterschüler, auserkoren zum Petzpaule des Klassenleiters und damit für jeden seiner Mitschüler eine potentielle Gefahr. Ab heute mußte er aufpassen und niederschreiben, wer zu spät kam, wer die Hausaufgaben nicht machte, wer im Unterricht aß, schlief oder schwätzte, und in naher Zukunft sogar, welches Mädchen gerade seine Erdbeerwoche hatte und deshalb nicht mit zum Schwimmunterricht mußte. Hurra, hurra! Horst, der Arsch des Direktors. Seinem Herrscher zur kriechenden Loyalität verpflichtet und zum Denunzianten seiner Mitschüler verdammt. »Mensch, da freu' ich mich aber«, sagte sein Vater, und »das ist aber eine verantwortungsvolle Aufgabe. Da mußt du dich natürlich anstrengen«, meinte seine Mutter.

In Horsts Gedankenwelt machte sich zum ersten Mal in seinem Leben eine berühmte Frage breit: die Frage nach dem *Warum!* In den nächsten drei Jahren stellte er sie sich fast jeden Tag, und ihm wurde nie langweilig dabei, denn das allumfassende *Total-Warum* konnte er in beliebig viele, aber deshalb nicht weniger wichtige *Teil-Warums* zerlegen. Zunächst gab es da die beiden entscheidenden Basisfragen *»Warum sehe ich nur so unsexy aus«* und *»Warum zum Teufel hat mir der liebe Gott solch grottige Eltern reingedrückt«*. Weil Horst auf diese Fragen aber lange Zeit keine befriedigende Antwort fand, konzentrierte er sich zunächst auf die kleineren *Neben-Warum* des Alltags (obwohl diese Taktik ebenfalls in den meisten Fällen zu keiner Lösung führte).

Da gab es zum Beispiel das *Lange-Wollstrumpfhosen-Warum*. Seine Mutter ordnete nämlich mit Umstellung auf die Winterzeit an, daß Horst unter seinen schicken Stoffhosen farblich dezente Schurwollstrumpfhosen zu tragen habe, die damals immer mit einer leichten Polyesterbeimischung versehen waren. Das hielt auf dem Schulweg zwar ganz toll warm, hatte allerdings einen entscheidenden Nachteil. Saß man den ganzen Vormittag im chronisch überheizten Klassenzimmer, begann man tierisch zu schwitzen, wobei der Beinschweiß mit der Woll-Synthetik-Mischung sofort eine vermutlich chemische Reaktion einging, und diese Woll-Schweiß-Soße löste auf der Haut ein unerträgliches Jucken aus. Ständig mußte man sich am Bein kratzen und eigentlich auch noch ganz woanders, und daher kam es, daß Horst von seinen Mitschülern mit dem rüden Vorwurf konfrontiert wurde, er hätte die Sackratten. Das allein wäre aber noch gar nicht so schlimm gewesen, hätte es da nur nicht der Schulsport gegeben. Denn vor diesen Stunden der gemeinsamen Körperertüchtigung mußte sich jeder in der muffigen Umkleidekabine vor den anderen Gleichgeschlechtlichen ausziehen, und da wurde bei den Jungs natürlich ganz schön auf die Eier geguckt. Sind die allerdings in weibische Wollnester verpackt, ist das unter Schulbuben immer ein Anlaß zur äußersten Heiterkeit und Häme, und da außer Horst kein anderes Kind von seinen Eltern zum Tragen solcher Beinschläuche gezwungen wurde, fokussierte sich der Spott auf ihn. Einmal ging er in seiner Verzweiflung in die Offensive und sprach von Robin Hood, dem Helden der Schwachen und Schwächlinge, der auch Strumpfhosen getragen und darin Großes geleistet habe, doch dieser Argumentation wollte keiner folgen.

Ein zweites *Warum* hatte ebenfalls mit dem Schulsport zu tun: das *Warum-bleibe-ich-immer-auf-der-Bank-sitzen-Warum.* Dieses *Warum* kennen vor allem Kinder, die körperliche Nullen sind, Bohnenstangen wie Fettleibige etwa, Langsame und Lahme, Dickbrillige oder Krummfüßige. Und da Horst in dieser Zeit bis auf die Fettleibigkeit alle anderen Attribute wie kein zweiter in sich vereinte, war er selbst die Paradeantwort auf diese Frage. Bei Körperübungen wie Handball, Fußball oder Basketball nämlich, bei denen jeweils zwei Mannschaften gegeneinander spielen und die bessere gewöhnlich gewinnt, gab es bei den Sportlehrern am Altenforst ein für Horst tragisches Ritual, das in vielen deutschen Schulen angeblich noch heute existiert. Der Lehrer suchte sich stets zwei oder vier versierte Sportskanonen aus, die abwechselnd ihr Team zusammenstellen durften, und diese Teams traten dann gegeneinander an. Als Aussucher wählte man natürlich zuerst die guten Basketballer, Fußballer oder Handballer in seine Mannschaft, dann die mittelmäßigen, schließlich die schlechten und, wenn es überhaupt keine andere Möglichkeit mehr gab, ja, wenn selbst die größten Nieten schon weg waren, erst dann, und keine Sekunde früher, wählte man eben Horst. Damit sanken zwar die Gewinnchancen für das eigene Team erheblich, aber man hatte halt keine andere Wahl, denn der wiederholte Vorschlag verschiedener Aussucher, lieber mit einem Mann weniger zu spielen, als Horst in seiner Mannschaft zu haben, wurde vom Sportlehrer aus pädagogischen Gründen immer wieder abgelehnt.

Aber nicht nur in der Schule, auch im Privatleben von Horst gab es einige offene Fragen. So etwa das *Warum-muß-ich-ein-derart-entsetzliches-Instrument-lernen-Warum.* Nachdem er seine musikalische Grundausbildung an Glockenspiel und Blockflöte hinter sich gebracht hatte, entschieden seine Eltern im Einvernehmen mit dem Klangerzieher der städtischen Musikschule, eine Geige sei das richtige für den Kleinen. Ohne lange zu zögern und vor allem, ohne Horst nach seiner Meinung zu fragen, wurde eine Billigfidel aus Fernost ausgeliehen, und schon ging es jede Woche einmal für eine Stunde zum Unterricht. Und während sich andere Kinder beim nachmittäglichen Fußball- oder Räuber-und-Gendarm-Spielen vergnügten, stand Horst in seinem Zimmer vor dem Metronom und quälte sich und sein Instrument. Tausende von harten und hartverdienten Deutschen Mark wurden in den neuen Stern am Klassikhimmel investiert, doch der Erfolg blieb aus. Im Schülerorchester reichte es nur zur dritten Stimme, und auch seine obligatorischen weihnachtlichen Hauskonzerte im trauten Familienkreis waren wenig mehr als ein unmotiviertes Herumschieben mit dem Bogen auf schlecht gestimmten Saiten. Man konnte zwar durchaus Töne ausmachen, aber die paßten meistens nicht wirklich zusammen, und so blieb der Wunsch seiner Eltern nach der Entwicklung zum Wunderknaben lediglich ein frommer.

Viel lieber hätte Horst E-Gitarre oder Schlagzeug gelernt, denn dann, so dachte und träumte er, und so versprach es auch die heimlich gekaufte *Bravo*, hätte er eine Band gegründet, in dunklen Kellern geprobt und mit Groupies geknutscht, wäre bald ein Rockstar geworden, um die Welt geflogen und hätte auf seinen Reisen Tausende von Frauen flachgelegt. Und auch Drogen wären bestimmt im Spiel gewesen, denn das war zwar verboten, gehörte aber dazu und hätte wahrscheinlich auch einen Riesenspaß gemacht. Und selbst sein bescheidenes Aussehen wäre dann endlich jedem und jeder egal gewesen, weil Rockstars nicht gut aussehen müssen, sondern einfach nur irgendwie wild und abenteuerlustig. Aus dem Blickwinkel des elterlichen, Gurkschen Musikgeschmacks waren derartige und durchaus überzeugende Argumente natürlich nicht zu finden, und Instrumente wie E-Gitarren oder ein Schlagzeug waren nur das Teufelszeug einer verkommenen Generation. Und so blieb es eben bei der Geige.

Neben diesem und vielen anderen *Warums* des alltäglichen Lebens gab es eines für Horst, das von fundamentaler Bedeutung für seine Zukunft sein sollte. Der Verlauf seines gesamten weiteren Daseins, um nicht zu sagen seines irdischen Schicksals, schien mit einer ganz einfachen Frage bis in den Tod verknüpft zu sein. Es handelte sich um das schlichte und ergreifende *Warum-soll-ich-eigentlich-jede-Woche-zur-Beichte-gehen-Warum.* Natürlich, sein Vater bestand darauf und seine Mutter auch. Aber irgendwie hätten sie doch einsehen müssen, daß ein solch tadelloses Kind wie ihr Horst überhaupt nichts zu beichten haben konnte, weil es dank ihrer konsequenten Isolationserziehung nicht einmal die Möglichkeit bekam, irgend etwas Verbotenes zu tun. Trotzdem hieß es jeden Donnerstag Abmarsch ins Gotteshaus zum Böse-Geister-Loswerden. Da saß er dann zusammen mit Pfarrer Weger im Ablaßraum hinter der Sakristei und beging das allwöchentliche Ritual. »Na, Horst, welche Schuld hast du denn diese Woche dem lieben Gott von zu Hause mitgebracht?« hieß die immer gleiche Frage, die ihm Pfarrer Weger mit immer gleich schlechtem Odem ins Gesicht blies. Und jedesmal hatte Horst mit der Beantwortung die allergrößten Schwierigkeiten, weil er ganz genau wußte, daß Sünde in der katholischen Kirche nur ein Synonym für den Verstoß gegen eines oder mehrere der Zehn Gebote war. Da er diese Gebote aber dank seiner christlichen Erziehung im Schlaf und von vorne bis hinten und von hinten bis vorne und sogar mitten in der Nacht und auf dem Kopf stehend runterbeten konnte, wußte er ganz genau, daß er eigentlich immer nur gegen eines verstieß, und das war das vierte.

Mit den ersten Geboten kam er praktisch nie in Berührung. Weder hatte er einen anderen Gott als den Lieben, noch versteckte er eine kleine Schnitzfigur als Götzen in einer Schublade seines Zimmers und konnte sich daher auch nicht vor solch einem Firlefanz niederwerfen und diesem huldigen. Den Namen Jahwes hatte er ebenfalls noch nie mißbraucht. Das machte höchstens sein Chemielehrer, denn der kam aus Altötting in Oberbayern und rief bei jedem Versuch, der ihm mißglückte, Dinge wie »Himmelherrgottkreuzkruzitürken« oder ähnlich dummes Zeug. Selbst was die Gebote fünf bis einschließlich zehn betraf, verhielt sich Horst einwandfrei und war dem Herrn sicherlich ein überaus angenehmer Zeitgenosse, denn, um in der Liste fortzufahren, er ehrte seine Eltern, tötete nicht, brach keine Ehen, stahl nicht, log nicht, und er begehrte schon gar nicht seines nächsten Weib, Knecht oder Tier, da er nicht auf ältere Frauen stand, nicht homosexuell war und von Sodomie erst recht nichts hielt.

Alles schien wunderbar, Horst ein Paradechrist und die Welt in Regenbogenfarben, wäre da nur nicht dieses dumme vierte Gebot gewesen. Dieses verpflichtete dazu, am siebten Tage der Woche zu ruhen und kein Werk zu tun. Horst mußte allerdings am Sonntag immer sein Zimmer aufräumen, so wollte es der Ordnungswahn seines Vaters. Das war zweifelsohne ein Werk, wenngleich ein kleines, denn richtig unordentlich war es in seinem Zimmer nie. Aber was nützt's, dachte sich Horst, Werk ist Werk und damit eine Sünde. Nur was hätte er tun können? Hätte er vielleicht seinem Vater eines Sonntags forsch mitteilen sollen, er werde sein Zimmer ab heute nicht mehr aufräumen, da er sonst gegen das vierte Gebot verstoßen würde? Das hätte Walter Gurk nur kurz mit einer saftigen Ohrfeige beantwortet und gleich die Warnung hinterhergeschickt, er solle sich in Zukunft hüten, seinen Eltern zu widersprechen. Und diese Warnung wäre nun nichts anderes gewesen als die saloppe Interpretation des fünften Gebots, nach dem man seine Eltern zu ehren hat. So gab es also im katholischen Leben von Horst einen schier unauflöslichen Widerspruch. Es war der Konflikt zwischen dem Ordnungszustand im Kinderzimmer und dem Ehren der Eltern.

Jahrelang entschied er sich verschüchtert und loyal für das fünfte und gegen das vierte Gebot, doch mit jedem Beichtgang fiel ihm diese Entscheidung schwerer. Dafür gab es einen einfachen Grund. Er spürte es schon, wenn er in die Sakristei kam. Mißtrauen lag in der Luft und Zweifel an seiner Aufrichtigkeit. Denn bestimmt glaubte ihm der Pfarrer schon lange kein einziges Wort mehr, wenn er jeden Donnerstag ankam und immer das gleiche sagte: »Pfarrer Weger, eigentlich habe ich nicht gesündigt, ich habe nur mal wieder am Sonntag mein Zimmer aufgeräumt.« Das klang für ein Kind schlicht zu simpel, sehr unehrlich und fast frech dabei. In den Augen von Weger mußte er daher ein ganz schlimmer Lump sein, der sündigte, daß die Madonna qualmte, aber gleichzeitig zu feige war, sich seinem Beichtvater anzuvertrauen und seine Verfehlungen zuzugeben. Das war Horst unendlich unangenehm, und er fühlte sich in die Enge getrieben, mißverstanden und um die Chance betrogen, für sein wirklich vorbildhaftes Leben in angemessener Weise Anerkennung zu finden. Dieses Gefühl wurde im Laufe der Jahre immer unerträglicher, und so wurde ihm mitten in einer Beichtsitzung im Jahre 1982 klar, daß er an diesem Zustand dringend etwas ändern mußte. Um diesen Vorsatz in die Tat umzusetzen, gab es nur zwei Möglichkeiten. Entweder er erfand zur Belebung des Beichtgesprächs und damit zum Erhalt seiner Glaubwürdigkeit irgendwelche hanebüchenen Sünden, oder er beging sie wirklich. In jedem Fall würde er dabei gegen das eine oder andere Gebot verstoßen, aber mein Gott, dachte sich Horst, scheiß drauf, vollbrachte Lügen sind allemal ehrlicher als erlogene, und man muß es ja auch nicht gleich übertreiben. Und so beschloß er in jenem denkwürdigen Jahr 1982 und im Alter von beinahe 13 Jahren, ein anderer Mensch zu werden. Einer, der sündigt und einer, vor dem Pfarrer Weger Respekt haben würde.

Zunächst mußte natürlich erst einmal eine geeignete Sünde für dieses Vorhaben gefunden werden. Deshalb begann Horst auf dem Weg von der Beichte nach Hause intensiv nach einer solchen Sünde zu suchen, und er fand sie schnell, denn er dachte einfach über sein Leben nach. Er war ein Outsider, ungeliebt, unbeliebt und ständig die Zielscheibe für fiese Witze auf seine Kosten. Gerne wäre er ein anderer Mensch gewesen, mit anderem Namen, anderen Klamotten, anderem Haarschnitt und anderem Musikinstrument. Anerkannt, das wollte er sein, und irgendwie auch ein bißchen cool. Doch sosehr er sich das auch wünschte, dieser Wunsch war eine Utopie, eine realitätsferne Vorstellung, ja, ein unmöglicher Traum. Und wer hatte Schuld an dieser Misere? Horst brauchte nicht lange, um diese Frage zu beantworten. Schuld daran hatten ohne den geringsten Zweifel und einzig und alleine seine Eltern, die Lehnsherren seines Daseins und die Unterdrücker seiner Jugend. Von Geburt an versuchten sie aus ihm einen Menschen zu machen, der er in den Tiefen seines Herzens nie hatte sein wollen. Ein Traumkind ohne Einwände, ein Mustersohn ohne Ausbrüche und ein Mensch ohne eigenes Ich.

Und diese Eltern sollte er ehren? Er sollte alles unkommentiert und unterwürfig hinnehmen, was sie ihm sagten, was sie ihm befahlen und was sie ihm antaten? Nein, das konnte keiner von ihm verlangen, nicht einmal der Liebe Gott mit seinem fünften Gebot. Und je länger Horst über sich und sein Leben nachdachte, desto stärker wurde in ihm das Verlangen aufzustehen, aufzubegehren und eine Revolution loszuschlagen. Gegen seine Eltern und gegen das fünfte Gebot. Ab heute wollte er widersprechen. Ab heute wollte er sein eigenes Leben führen und nicht mehr das seiner Erzeuger. Und ab heute wollte er voller Stolz in die Beichte gehen und sagen: »Pfarrer Weger, ich hab' da was für Sie. Ich habe aufgehört, meine Eltern zu ehren.«

Horst war sich im klaren darüber, daß ein langer und beschwerlicher Weg vor ihm lag. Knapp sechs Jahre trennten ihn nämlich noch von der Volljährigkeit und damit von dem Tag, an dem der Gesetzgeber den Eltern das Spuken verbietet. Bis dahin aber würde es eine Menge Streit geben, es würde Ohrfeigen hageln, seine Mutter würde weinen, sein Vater toben, und er selbst würde wochenlang ohne Taschengeld und mit Fernsehverbot in seinem Zimmer hocken und die Wand anstarren. Als er sich dieser Konsequenzen bewußt wurde, bekam er ein mulmiges Gefühl und fing an zu zittern. Es war bereits dunkel und kalt geworden, und ein starker, kalter Nieselregen ließ ihn erschaudern. War er wirklich stark genug für den geplanten Aufstand? Er, das Mamasöhnchen, das noch bis vor zwei Jahren Angst vor Gewittern hatte und sich dabei immer in die Hose machte? Würde er sich einfach so ändern können, um 180 Grad drehen, von heute auf morgen? Könnte er seinem Übervater jemals in die Augen schauen und nein sagen, wo nur ein Ja und nichts anderes als ein Ja von ihm erwartet wurde? Gut gebrüllt, Pißgesicht, dachte sich Horst, und starke Selbstzweifel begannen ihn zu quälen. Er rannte los. So schnell er eben konnte, rannte er gegen den Regen an, riß die Augen auf und schrie aus voller Kehle in die Dämmerung. »Aaahhhh! Aaahhhh! Aaahhhh!« Er schrie vorbeifahrende Autos an, er schrie Fußgänger an, er schrie Laternen an, aber vor allem schrie er sich selbst an. Und er rannte und rannte und rannte, bis er endlich mit beiden Füßen sicher auf dem Fußabstreifer vor der Eingangstür des elterlichen Bungalows stand. Er blickte auf die Matte herab und las, was er schon tausendmal zuvor gelesen hatte: »Trautes Heim – Glück allein.« In dieser Sekunde durchzuckte ein Blitz die Dunkelheit, der das herannahende Gewitter ankündigte, und plötzlich wußte Horst, in dieser Nacht würde etwas Wichtiges passieren.

Sein Vater schloß die Türe auf und begrüßte ihn mit einer herzlichen Frage.

»Na, wie war es bei der Beichte?«

»Mmmh. Gut«, antwortete Horst kurz und immer noch etwas außer Atem von der Rennerei.

»Na prima. Dann können wir ja jetzt zu Abend essen. Deine Mutter hat uns etwas Feines hergerichtet. In der Küche. Wasch dir kurz deine Hände und dann komm.«

Horsts Mutter war an diesem Donnerstag wie jede Woche beim Frauenturnen in der städtischen Rundturnhalle. Sie sollte erst gegen zehn Uhr wiederkommen, denn nach dem zweistündigen Medizinball-Hin-und-Herschieben verlustierte sich der harte Kern der Gymnastikköniginnen immer noch ganz gerne bei ein oder zwei Kölsch in einer nahe gelegenen Pinte. Der Donnerstagabend war damit der Inbegriff trauter Zweisamkeit von Vater und Sohn und verlief auch diesmal nach altbewährtem Rezept. Erst wurde gemeinsam gegessen, dann gemeinsam abgewaschen (eine Spülmaschine gab es bei den Gurks nicht) und, nachdem Horst seine Schulsachen für den nächsten Tag gepackt hatte, begab man sich in den Keller, um gemeinsam fernzusehen. Sein Vater trank dazu meist eine Flasche halbtrockenen Moselwein, und Horst durfte sich eine Limo nehmen.

Nachdem die *Tagesschau* vorüber war, stand sein Vater auf und schaltete ins ZDF um. Es war Zeit für den *Großen Preis*, eine Sendung, die Horst unendlich langweilig fand, und nicht einmal dem Auftritt von Wum und Wendelin zu fortgeschrittener Ratestunde konnte er noch etwas abgewinnen. Sein Vater dagegen liebte diese Show, und am meisten liebte er es, selbst mitzuraten und ständig Antworten laut in den Raum zu plärren, um seinem Sohn zu zeigen, was er so alles wußte. Leider lag er in erschreckend vielen Fällen weit neben der richtigen Lösung, doch wen störte das schon, außer Horst.

Ein Kandidat aus Braunschweig mit dem Spezialwissensgebiet ›Dampf- und Diesellokomotiven der deutschen Eisenbahn‹ war gerade an der Reihe und wählte auf der großen Monitorwand eine Frage, die sich als Glücksfrage entpuppen sollte, als Horst im Erdgeschoß ein seltsames Geräusch hörte. Es war etwa Viertel vor Neun. Seine Mutter konnte es also nach allen Regeln der Statistik nicht gewesen sein. Trozdem war er sich sicher, daß gerade jemand ins Haus gekommen war.

»Du Papa! Da war was«, sagte Horst aufgeregt.

»Sei ruhig, sonst verpasse ich die Glücksfrage.«

»Aber Papa. Ich glaube, da ist jemand gekommen!«

»Wer soll da schon gekommen sein. Deine Mutter ist beim Sport, und für den Weihnachtsmann ist es ja wohl noch zu früh«, scherzte sein Vater und starrte in gespannter Erwartung der Glücksfrage weiter auf die Mattscheibe.

»Ja, aber ...«

»Nichts aber. Du hast dich bestimmt verhört, und jetzt sei endlich still, damit ich in Ruhe fernsehen kann.«

Wim Thoelke wollte wissen, von wem der Spruch »Das Ganze ist mehr als die Summe seiner Teile« stammte, und welchen Beruf der Zitatengeber innehatte.

»Sokrates war das. Das war bestimmt Sokrates. Und der ist Philosoph!« schrie es aus Vater Gurk heraus, doch noch ehe der Schall seines Irrglaubens den Fernsehraum vollends mit Peinlichkeit erfüllt hatte, hörte man von oben ein lautes und krachendes Geräusch, so, als ob jemand die gefälschte Ming-Vase im Wohnzimmer von der Kommode gestoßen hätte. Horst und sein Vater schauten sich entsetzt an.

»Vielleicht ein Einbrecher«, flüsterte Horst leise.

»Ja, vielleicht ein Einbrecher«, wiederholte sein Vater.

»Und was machen wir jetzt?« wollte Horst wissen.

Walter Gurk war zu keiner Antwort imstande. Er sah aus wie ein Kind, das man in Kürze in die Brennesseln wirft. Fahlweiß im Gesicht, blieb er versteinert in seinem Ohrensessel sitzen. Nach einigen Momenten allerdings stand er auf, tapste auf seinen Wollsocken völlig verunsichert zum Fernseher, schaltete ihn ganz vorsichtig aus, schlich zur Tür und schob sie einen Spalt weit auf. Dann steckte er seinen Kopf in den Gang und sah dabei vermutlich irgendwo im Treppenhaus einen Lichtschein, denn sofort zuckte er zurück, schloß die Türe und stand nun paralysiert im Zimmer, in das durch den Kellerschacht ein wenig Mondlicht fiel.

»Du hattest recht. Das ist ein Einbrecher. Und er hat eine Taschenlampe«, preßte er heraus.

Horst bekam Angst. Wahrscheinlich war dieser Einbrecher bewaffnet, und bestimmt würde er sie hier unten im Keller finden und vor lauter Schreck gleich umbringen. Und überhaupt, bald müßte seine Mutter vom Turnen zurückkommen, und sie wäre dann mit Sicherheit ebenso dran. Und als er sich das nahe Ende der gesamten Familie Gurk in den blutigsten Farben ausmalte, fiel sein Blick erwartungsvoll auf seinen Vater, der immer noch regungslos in der Mitte des Raumes stand und dessen mittlerweile schweißfeuchtes Gesicht durch den kargen Schein des Mondes aussah wie der einbalsamierte Schädel einer aufgedunsenen Wasserleiche. Jetzt war Walter Gurk gefragt. Jetzt mußte er handeln. Jetzt mußte er etwas unternehmen. Und zwar schnell, entschlossen und mutig. Schließlich ging es hier um das Leben oder den Tod seiner Lieben und nicht zuletzt um seinen eigenen Kragen. Und egal, was in den nächsten Minuten passieren sollte, Horst, sein momentan ängstlicher Sohn, sein bis dato schüchternes eigen Blut, würde ihm beistehen und ihm blind folgen, und er würde mit ihm kämpfen bis zum bitteren Ende, darauf konnte er sich verlassen. So saß Horst endlose Sekunden da und wartete nur auf das Signal seines Generals zur Attacke gegen den gemeinsamen Feind. Dabei spürte er, wie sich sein Geist und sein Körper immer mehr mit Wagemut vollsogen, und als der Höhepunkt seiner angriffslustigen Anspannung schon fast erreicht war, da sagte sein Vater plötzlich: »Komm, Horst, ganz leise. Komm zu mir. Und keinen Ton. Wir verstecken uns im Schrank hier an der Wand und vertrauen auf Gott. Bis alles vorbei ist.«

»Was tun wir, bitte?«

»Red jetzt nicht lange rum. Komm endlich her. Wir verstecken uns im Schrank.«

»Wir verstecken uns im Schrank.« Horst konnte es nicht glauben. Das durfte einfach nicht wahr sein. Da räumte gerade ein Einbrecher in aller Ruhe das gesamte Hab und Gut der Familie in einen Lieferwagen, und sein Vater versteckte sich im Schrank. Seine Mutter würde gleich zurückkommen und in das offene Mündungsfeuer einer Pistole laufen, und sein Vater versteckte sich im Schrank. Dieser Feigling. Dieses Weichei. Diese erbärmliche Memme. Anstatt in den Werkzeugkeller zu gehen, ein Beil zu holen und diesem lumpigen Dieb den Schädel zu spalten, anstatt zu kämpfen wie ein echter Gurk und sich gegen dieses Schwein zu wehren, zog es sein Vater vor, sich in einem Schrank zu verstecken. Horst blieb sitzen und fing auf der Stelle an zu weinen. Vor Wut und aus Verzweiflung. Immer stärker wurde sein Tränenstrom, immer größer sein Haß, und vermutlich hätte er im nächsten Moment zu schreien begonnen, wenn ihn sein Vater nicht am Arm gegriffen und ohne ein weiteres Wort zu verlieren durch das Zimmer gezerrt hätte, um dann den Schrank aufzumachen und erst Horst und dann sich selbst hinter alten Winterklamotten zu verbarrikadieren.

Und als alles ruhig war, sagte er noch: »Und wenn du jetzt nicht sofort aufhörst zu weinen, dann hast du das letzte Mal Taschengeld bekommen.«

Horsts Mutter kam pünktlich um zehn Uhr von ihrer Gymnastikstunde zurück, und erst nachdem sie mehrmals laut nach ihrem Mann und ihrem Sohn gerufen hatte, quälten sich die beiden aus ihrem Versteck. Frau Gurk wollte die Geschichte vom Einbrecher, der in der Zwischenzeit in aller Ruhe gegangen war, zuerst nicht glauben, aber eine kurze Begehung des Bungalows löschte bei ihr die anfänglichen Zweifel aus. Alle Schränke und Kommoden waren durchwühlt, die falsche China-Vase lag in tausend Scherben auf dem Boden, die Terrassentüre war aufgebrochen, und im Kühlschrank fehlte eine Flasche Bier. Daher wurde nun die Polizei gerufen, eine Anzeige gegen Unbekannt gestellt und der Schaden ermittelt, um ihn am nächsten Tag der Versicherung zu melden. Es fehlten 300 Mark Haushaltsgeld, die der Dieb unter der Zwiebelschale in der Küche gefunden haben mußte, des weiteren ein Sparbuch, ein Scheckbuch samt Karte, zwei mäßig wertvolle Silberleuchter und, sehr zum Leidwesen von Horsts Vater, seine komplette Briefmarkensammlung mit den Ersttagsbriefen im Wert von mindestens 4000 Mark.

In den nächsten Tagen, als das Thema »Einbruch« über alle erträglichen Maßen im Familien-, Verwandten- und Bekanntenkreis strapaziert wurde, bekundete vor allem Frau Gurk immer wieder ihre Freude, daß noch mal alles gutgegangen sei, und bestätigte, wie nicht anders zu erwarten war, ihren Mann in seiner Einschätzung, daß er genau richtig gehandelt habe. Horst hingegen freute sich nicht, sondern nahm noch in der gleichen Nacht still und verbittert und endgültig Abschied vom fünften Gebot.

3. It's a long road

Gut drei Monate waren seit der Nacht im Schrank vergangen, und Horsts Eltern fanden immer weniger Gefallen an ihrem ehemals so perfekten Sohn. Sie beobachteten eine seltsame und irgendwie auch unheimliche Verhaltensveränderung an ihm, denn wann immer sie etwas befahlen oder anschafften, verweigerte er einfach den Gehorsam, verschränkte die Arme vor seinem Bauch und begann, dumm zu grinsen. Selbst wenn man ihn anschrie und mit Schlägen drohte, verharrte er in dieser grinsenden Abwehrhaltung, und der einzige Weg, dieses unerhörte Verhalten abzustellen, bestand darin, die Drohung in die Tat umzusetzen und ihm ordentlich eine zu schallern. Erst dann tat er, was man von ihm wollte, wobei das süffisante Lächeln sofort wieder in sein Gesicht zurückkehrte, sobald der erste Schmerz verflogen war.

Im Hause Gurk keimte die Angst vor einer erneuten psychischen Störung, ähnlich der in der Grundschule, aber im Gegensatz zu damals glaubte man diesmal, den Grund für sein abnormales Benehmen zu kennen. Es mußte der Schreck des Einbruchs gewesen sein, der ihm noch tief in seinen jungen Knochen steckte, und deswegen, so folgerte man, sei Horst momentan eben ein bißchen balla-balla. Und weil es seinem Vater irgendwann keinen Spaß mehr machte, ständig auf ihn einzudreschen, wurde der Hausarzt zu Rate gezogen und um Hilfe gebeten. Der versicherte aber, daß das geschilderte Problem im

Grunde genommen gar kein Problem sei. Vielmehr wäre ein wenig Protest und Ungehorsam in den Anfängen der Pubertät ganz normal und natürlich, und man könne eigentlich noch ganz froh sein, denn im Vergleich zu seinen Altersgenossen sei Horst ein überaus gutgeratenes Kind. Und in der Tat war man froh, gab es doch außer diesem unentwegten Grinsen keinerlei Klagen über den Sohnemann zu berichten. Der Kleine rauchte nicht, er betrank sich nicht, und Gefallen an Mädchen fand er glücklicherweise auch nicht, da war man sich sicher.

Mit dieser Einschätzung lagen seine Eltern allerdings ziemlich daneben. Die Versuchung nämlich, all diese verbotenen Dinge einmal auszuprobieren, wuchs in Horst von Tag zu Tag. Und der einzige Grund, weshalb er noch nicht mit seinen Schulkameraden soff und rauchte oder mit irgendeinem Mädchen wild in der Gegend herumvögelte, lag lediglich darin, daß keiner diese Freuden mit ihm teilen wollte. Aber obwohl er keine Freunde hatte und schrecklich alleine war, ließ ihn seine knallharte Wirklichkeit nicht verzweifeln. Er spürte, daß sich all das irgendwann ändern würde. Er würde einen Menschen finden, der ihn verstand, dem es genauso ging wie ihm und mit dem er in der Seele verwandt war, und dann könnte er endlich glücklich sein. Bis dahin jedoch wollte er sich süß an den Verantwortlichen für sein Desaster rächen, und deshalb, und nur deshalb, grinste er seine Eltern an und ließ so lange nicht davon ab, bis sie ihn schlugen, und verweigerte ihnen damit den Respekt, den sie für ihre Vorstellung einer guten Welt so dringend gebraucht hätten.

In dieser Zeit war es bei den Jungs in Horsts Klasse unglaublich cool, wenn man sich Filme ansah, die man laut Gesetz noch gar nicht ansehen durfte. Der Videorecorder breitete sich damals zunehmend in den deutschen Wohnstuben aus, und besonders über brutale Action-

Streifen aus der Traumfabrik Hollywood wurde während der großen Pause auf dem Schulhof immer gerne gesprochen, und je mehr man davon gesehen hatte, desto cooler war man. Diejenigen, die sogar schon in die Niederungen der Pornographie vorgestoßen waren, hatten zudem und verständlicherweise den Ruf eines Unsterblichen, weil sie über das Thema Nummer eins unter Pubertierenden Bescheid wußten, nämlich über die Frage, wie es eigentlich richtig geht mit den Frauen. Gerne ließ man sich von diesen Helden ausgiebig über alle Einzelheiten und wichtigen Details informieren, damit man für den hoffentlich bald einsetzenden Ernstfall gewappnet war. Wer sich dagegen noch kein Video mit hoher FSK-Zahl reingezogen hatte, geriet ziemlich schnell ins Abseits.

Horsts Eltern hatten keinen Videorecorder, und so konnte er mal wieder nicht mitreden und stand statt dessen in den Schulpausen mit seiner Tupperdose herum, in die seine Mutter stets zwei Käsebrote und eine Tüte H-Milch-Kakao packte, und bohrte in der Nase. Allerdings witterte er die große Chance, die sich hier auftat. Wenn er es nur schaffen würde, sich möglichst viele dieser Filme reinzuziehen, von den wildesten Sexorgien bis zu den allerblutigsten Massakern, dann, ja dann könnte auch er mitreden, dann wäre er endlich anerkannt, dann würde der Bann gebrochen sein, und alle würden sagen: »Mensch, der Horst, ein echt cooler Typ.« Doch so schön diese Vorstellung auch war, gab es da noch ein kleines Problem, das es zu lösen galt. Wie kam er nur an einen Videorecorder, der ihm all das ermöglichen würde? Er konnte ja nicht einfach zu seinem Vater gehen und sagen: »Hey Papi, willst du mir nicht einen kaufen, damit ich ab und zu mal einen Porno gucken kann.« Und auch der Hinweis »du, die anderen in meiner Klasse machen das auch« hätte seinen Vater von der Notwendigkeit dieser Anschaffung vermutlich wenig überzeugt. Was also tun? Einen Nachmittag lang dachte er nach, und dann hatte er die Lösung. Wozu Videogucken? Warum alte, ausgeleierte Filme anschauen? Warum sich mit dem Zweitbesten zufriedengeben, anstatt sich das neueste Material im Kino reinzuziehen? Im Kino! Das war's! Das würde Eindruck machen! Filme, die der Rest seiner Klasse frühestens in einem halben Jahr in die Finger bekam, würde er bereits heute kennen. Als erster und einziger! Und dann wäre er es, der umringt von neugierigen Ohren auf dem Schulhof stehen, wilde Geschichten erzählen und richtig cool sein würde.

Horst begann noch am selben Tag, seinen Plan in die Tat umzusetzen. Er schlachtete sein mäßig gefülltes Sparschwein, raffte alles bis auf den letzten Pfennig zusammen und hielt schließlich den stolzen Betrag von rund 19 Mark in seiner Hand. Das sollte locker für ein Kinoticket reichen, ja, er würde sich sogar ein erfrischendes Kaltgetränk und eine große Tüte Popcorn sowie eine Rolle *Rolo* leisten können. Jetzt mußte nur noch ein geeigneter Film ausgesucht werden, und deshalb schlug er die Tageszeitung auf. Sofort sprang ihn dort eine große Anzeige an wie ein wildes Tier: *»Silvester Stallone in Rambo! Frei ab 18 Jahren. Täglich 18 Uhr und 20.15 Uhr. Capitol in Siegburg.«* Rambo! Volltreffer! Bingo! Weihnachten, Ostern und Pfingsten zusammen!

Nun aber begann der schwierigere Teil der »Aktion Cool.« Er mußte sich irgendwie in dieses Kino hineinschmuggeln, und das war bestimmt ziemlich problematisch, denn Horst wußte ganz genau, daß er alles andere aussah als 18 Jahre alt. Um sich ein bißchen älter zu machen, zog er sich daher ein Sakko seines Vaters an, das ihm allerdings überall viel zu groß war, und suchte sich dazu ein beiges Fliegerhemd mit Schulterklappen aus, von dem er die beiden oberen Knöpfe offen ließ, um stolz die

Körperstelle zur Geltung kommen zu lassen, an der in ein paar Jahren einmal die Brustbehaarung hervorsprießen sollte. Das Haar gelte er mit Pomade zurück und versteckte seine jungen Augen hinter einer Sonnenbrille, die sich sein Vater ein Jahr zuvor für den Sommerurlaub in Frankreich gekauft hatte. Eine gute Handvoll *Irish Moos* im Gesicht und ein Stück weiße Schulkreide, die er aß, um seinen Stimmbruch zu verbergen, rundeten seine Tarnung ab, und schon konnte es losgehen. Horst schlich sich unbemerkt aus dem Haus, nahm den Bus nach Siegburg und stieg um kurz vor sechs Uhr an der Station Gartenstraße aus, wo er erst mal ordentlich ausspuckte, weil sein Mund vor lauter Kreideschleim völlig verklebt war. Von der Bushaltestelle waren es noch etwa fünf Minuten zu Fuß zum Kino, und diese Zeit nutzte er dazu, sich einen möglichst männlichen Gang anzutrainieren und sich auf eventuelle dumme Fragen der Kassenfrau vorzubereiten. Stinkend wie ein kasachischer Modezar rauschte er ins Foyer, schaute sich zunächst betont gelassen ein paar Augenblicke die aushängenden Kinoplakate an und ging dann zielstrebig und mit leicht kreisenden Hüftbewegungen auf die Kasse zu, an der die Kassiererin gerade in einer Zeitung blätterte.

»Ein Päckchen *Marlboro*, ein Bier und einmal die nächste Vorstellung von Rambo, bitte«, raunte er ihr in der tiefsten Tonlage entgegen, die er erzeugen konnte.

Die Kassenfrau blickte von ihrer fesselnden Lektüre auf, musterte Horst von oben bis unten und fing an zu lachen.

»Na, mein Kleiner, da kommst du lieber noch mal in zehn Jahren wieder.«

Verdammt! Sie hatte etwas bemerkt. Sie hatte ihn durchschaut. Jetzt half nur noch eins: Fassung bewahren und in die Offensive gehen. Das sollte ihm nicht schwerfallen, denn insgeheim hatte er natürlich mit dieser Situation gerechnet, und gut vorbereitet wie er war, hatte er auch schon die passende Antwort parat.

»Was heißt da zehn Jahre? Ich will jetzt rauchen, ich will jetzt saufen, und vor allem will ich jetzt Rambo gucken! Verstanden?«

»Ja glaub' ich's denn? Was sagen denn deine Eltern dazu, daß du dich hier rumtreibst, he?« fragte sie sichtlich genervt zurück.

»Äh, meine Eltern, ja, also, meine Eltern, die ... die sind schon drin und warten auf mich.«

»Na klar. Die sind schon drin. Ich will dir mal was sagen, mein Kleiner. Da ist noch gar keiner drin. Der andere Film läuft nämlich noch. Und du gehst jetzt ganz schnell nach Hause, sonst hol ich die Polizei, und die bringt dich dann zurück zu Papi und Mami! Verstanden?«

Horst hatte verstanden. Nichts war es mit seinem tollen Plan. Mal wieder lief alles gegen ihn, mal wieder war er der Arsch, mal wieder hatte er Pech. Er drehte sich um, verließ still das Kino und wollte bereits zurück zum Bus gehen, als er plötzlich sah, wie die Ausgangstür vom Kino aufging und ein Haufen Leute aus der Nachmittagsveranstaltung herauskam. Das war seine Chance. Er mußte sich nur durch diese Tür hineinschleichen und unbemerkt irgendwo hinsetzen, und alles wäre geritzt. Sofort rannte er daher los, drängelte sich an den Leuten vorbei und schon stand er im dunklen und leeren Kinosaal. Ohne zu zahlen und ohne entdeckt zu werden. Aber noch war er nicht in Sicherheit. Er mußte sich verstecken, bis der Film anfing, denn immer noch konnte der Drachen von der Kasse aus irgendeinem Grund reinkommen und dann tatsächlich die Polizei holen. Horst versteckte sich zwischen ausgelaufener Kola und zertretenem Popcorn unter den Sitzen in der letzten Reihe und wartete ab. Es dauerte ungefähr eine Viertelstunde, bis die Werbung anfing. Nur eine Handvoll Besucher kam in den Saal und suchte sich einen Platz, aber stets in den Reihen vor seinem Versteck, so daß ihn keiner bemerkte. Dann, endlich, war es soweit. Der Film begann. Rambo. Frei ab 18 Jahren!

Der Inhalt ist schnell erzählt. John Rambo, ein amerikanischer Elitesoldat, ausgebildet für den Kampf Mann gegen Mann, ein echter Checker in allen Waffengattungen und mehrfach ausgezeichnet für das perfekte und massenhafte Töten feindlicher Krieger, kam gerade aus dem Vietnam-Krieg zurück in die USA und wollte in irgendeinem Provinznest eigentlich nur etwas essen. Der zuständige Sheriff sah jedoch durch den langhaarigen Fremden den geliebten Frieden in seinem Städtchen erheblich bedroht. Daher nahm er ihn fest und fing an, ihn ein bißchen zu foltern. Da hatte er die Rechnung aber ohne Rambo gemacht, denn der ließ sich das nicht gefallen, sondern riß aus der Polizeistation aus, klaute ein Motorrad und flüchtete in die nahen Bergwälder. Der Sheriff fand das natürlich gar nicht gut und trommelte erst alle Cowboys aus der Umgebung und im Verlauf des Films weitere 200 Mann der Nationalgarde zusammen, um nach ihm zu jagen. Das wiederum fand Rambo nicht gut. Deshalb drehte er den Spieß einfach um und fing im Gegenzug an, die Cowboys und die Nationalgarde zu jagen. Und weil er schon von Berufs wegen ein verdammt guter Jäger war, schickte er zunächst einen Polizisten und drei Dobermänner in die ewigen Jagdgründe, verletzte dann weitere 50 Menschen äußerst schwer und legte zum Finale aus lauter Frust die gesamte Stadt in Schutt und Asche.

Der Abspann war schon lange durchgelaufen, aber Horst saß noch immer vor der Leinwand. Er war sprachlos. Und auch als die Kassiererin ihn entdeckte und in einem hohen Bogen aus dem Kino warf, sagte er kein Wort. Still, stumm und mit schlotternden Knien ging er zum Bus. Es war mittlerweile nach acht, und seine Eltern würden sich, mit dem Nudelholz in der Hand, bestimmt schon Sorgen machen. Aber trotzdem war es überhaupt nicht die Zeit, nach Hause zu gehen. Was war da eigentlich gerade passiert? Was hatte dieser Film denn bloß mit ihm angestellt? Horst stand zitternd an der Bushaltestelle, die Autos zischten an ihm vorbei, gegenüber beim Imbißstand war die Hölle los, und plötzlich hatte er eine Erleuchtung. Das war sein Film! Das war seine Geschichte! Das war sein Held! Genau wie Rambo hatte auch er keine Freunde. Niemanden, der ihn verstand, und keinen, der ein Lächeln für ihn übrig hatte. Er war allein wie Rambo, er wurde mißhandelt wie Rambo, und er sah beschissen aus wie Rambo! Mit jeder Faser seines Körpers spürte er auf einmal eine tiefe Seelenverwandtschaft mit diesem Krieger, und es schien, als habe er endlich einen Menschen gefunden, der ihm ein wirklicher Freund war.

Der Bus hielt an, Horst stieg ein und setzte sich auf einen freien Einzelsitz. Und während er durch die Nacht fuhr, summte er leise und immer wieder die Melodie des Titelsongs. Es war sein Lied, und es machte ihn unendlich glücklich …

***

It's a lang road when you're on your own
tell me what do you do to survive
when they do first blood that's just the start of it
day and night you got to fight to keep alive.

but …

where the road is there's the place for me
where I meet my own space
where I am free there's the place
I wanna be.

even if …
it's a long road and it's going to be hard as hell.

***

Zu Hause angekommen, setzte es erst mal eine ordentliche Tracht Prügel. Danach mußte Horst sofort ins Bett. Stunden noch blieb er wach in dieser Nacht, eingemummelt in seine Biberbettwäsche, und je später es wurde und je länger er über den vergangenen Abend nachdachte, desto mehr verabschiedete er sich von der Idee, mit seinem Kinoerlebnis die Anerkennung und den Respekt seiner Klassenkameraden zu erschleichen. Sich Filme für Erwachsene anzuschauen war in seinem Alter vielleicht amüsant und für viele beeindruckend, aber eine Heldentat war das nicht. Ein Held konnte er nur werden, wenn er echte Heldentaten vollbrachte, wenn er die wirkliche Gefahr suchte, wenn er also so wurde, wie Rambo war. Und als ihn seine Mutter am nächsten Morgen um sieben Uhr zur Schule weckte, war ihm klar, daß er am Nachmittag einkaufen gehen mußte.

Kaum hatte Horst seine Schulaufgaben fertig, nahm er seine 19 Mark und dazu sein Postsparbuch, auf dem sich durch verschiedene Geburtstage und Taschengeldeinzahlungen stattliche 70 Märker angesammelt hatten. Er hob bis auf den obligatorischen Mindestbetrag die ganze Kohle ab und machte sich mit seinen nun rund 85 Mark auf ins benachbarte Siegburg, um sich im besten Army-Shop der Stadt einzukleiden. Er kaufte sich zunächst eine gebrauchte Bundeswehrhose, ein eng sitzendes T-Shirt und ein militärgrünes Stirnband. Dazu erstand er eine kleine, abgewrackte Metallkiste und vor allem ein Überlebensmesser, so wie Rambo auch eines hatte, mit einer 18 cm langen, feststehenden Klinge und integrierter Sägeleiste sowie einem Hohlgriff, in dem sich solch nützliche

Dinge wie Streichhölzer, Angelhaken, Nadel und Faden, ein Schleifstein und sogar ein Kompaß befanden. Der Verkäufer ließ angesichts des bevorstehenden Geldsegens Horsts fehlende Volljährigkeit unter seinen Ladentisch fallen, was aber nichts Außergewöhnliches darstellte, denn Verkäufer in Army-Shops waren in jener Zeit allesamt Verbrecher. Als Horst wieder zurück in Troosdorf war, ging er in den Wald nahe seines Elternhauses, suchte sich eine schwer zugängliche Stelle in einer dichten Fichtenschonung, grub mit seinen Händen ein tiefes Loch und deponierte dort seine gesamte Ausrüstung, die er sorgfältig in der Metallkiste verstaut hatte.

Von jetzt an ging er, sooft er konnte, in sein Versteck, holte seinen Schatz hervor und begab sich auf Gefahren- und Abenteuersuche in die umliegenden Wälder und Heiden von Troosdorf. Mit Schuhwichse im Gesicht und Tannenzweigen auf dem Kopf getarnt, rannte er stundenlang durch die Gegend, untersuchte jeden Winkel, jede Höhle und jedes Loch, staute kleine Bäche zu reißenden Flüßchen, baute sich Baumhäuser sowie eine witterungssichere Erdhöhle im Wald. Wenn er Hunger hatte, sammelte er massenhaft köstliche Pilze, Bucheckern oder Waldbeeren, die er am selbstgeschürten Lagerfeuer voller Genuß verspeiste. Besonders viel Spaß machte es ihm allerdings, die weitverzweigten Waldwege, die der Troosdorfer für seinen Sonntagsspaziergang nutzte, mit tückischen Falldrähten zu überspannen, und er freute sich unbändig, wenn es mal wieder jemandem die Beine wegzog. Und wenn seine Opfer dann fluchend am Boden lagen, gab es noch eine Ladung Kastanien hinterher, die er aus sicherer Entfernung mit seiner selbstgebauten Weidenschleuder abfeuerte. Angst, gefaßt zu werden, hatte er dabei nie, denn erstens kannte er in seinem Jagdrevier unzählige geheime Fluchtwege, und zweitens hatte er für den Notfall ja immer noch sein Messer dabei, mit dem er bereits nach ein paar Wochen wie ein Profi umzugehen verstand.

Überhaupt war Horst in dieser Zeit von Waffen fasziniert, wie vermutlich alle anderen normalen Jungs in seinem Alter auch. So vergnügte er sich äußerst gern auf dem nahen Truppenübungsplatz, wo man immer einen Haufen scharfer Munition fand, die gelangweilte Soldaten in ihren Schützengräben zurückließen, vermutlich weil sie keine Lust hatten, sinnlos in der Gegend herumzuballern. Im Laufe eines halben Jahres kam da ganz schön was zusammen. Alles wurde sorgfältig gesammelt und in einem stillgelegten, unterirdischen Schachtsystem der Firma *Dynamit Nobel* verstaut, das er eines Tages zufällig im Wald entdeckte. Von einer überwucherten, verfallenen Hütte aus konnte man über eine steile Treppe zirka zwanzig Meter in die Tiefe absteigen und stieß dann auf einen etwa vierhundert Meter langen Hauptschacht, von dem ein gutes Dutzend Seitenschächte abzweigten. Diese Schächte standen zu großen Teilen zentimeterhoch unter Wasser, so daß man Gummistiefel tragen mußte, und nur ab und zu konnte man auf kleinen Sandbänken laufen, die allerdings ständig und unerwartet nachgaben, so daß man bis zu den Knien einsackte. Die Seitenschächte endeten alle im Nichts, und wenn man aus irgendeinem Grund fliehen mußte, entkam man nur über den Hauptschacht wieder in die Freiheit. Dazu mußte man bis zu dessen Ende laufen, wo sich hinter einer Halde von scharfkantigem, rostigem Metallschrott eine kleine Türe befand, die als Eingang zu einer Art Schornstein diente. Von dieser Türe aus trennten einen schließlich nur noch die sechzig morschen Sprossen einer alten Eisenleiter vom rettenden Tageslicht.

Was die Dynamitbauer dort unter der Erde einmal veranstaltet hatten, blieb für Horst ein Rätsel, doch in seiner lebhaften Phantasie tippte er schwer auf ein Lager für Waffen, brisante Chemikalien oder sogar Goldbarren. Er fand freilich nie etwas, aber das war auch nicht so wichtig, denn für ihn hatte dieser gespenstische Ort eine viel tiefere Bedeutung. Die alte Schachtanlage war voller Gefahren und äußerst gruselig und damit der optimale Platz für ihn, um gegen seine Angst anzukämpfen, denn für einen echten Helden war Angst ein Fremdwort. Alles roch faulig und modrig, in jedem Moment konnte etwas einstürzen, und sollte tatsächlich einmal etwas passieren, würde einen niemals jemand wiederfinden. Dazu lauerten überall riesige Spinnen, ständig kreuzten einem fette Ratten den Weg, und wenn es tatsächlich einen Werwolf geben sollte, dann würde er hier leben, da war sich Horst sicher. Aber mit jedem Mal, daß Horst in seine kleine Unterwelt eintauchte, wich seine Angst ein Stück mehr. Es war eine gute Schule, in der er sich selbst kennenlernte. Er lernte, mit seiner Furcht zu leben, und er lernte, was es hieß, mutig wie ein Mann zu sein.

Einige Monate dauerte es, und Horst kannte jeden Weg, jeden Baum und jeden Strauch in seinen Wäldern. Abgebrüht war er geworden. Wie ein echter Trapper, der weder Dunkelheit noch Einsamkeit fürchtete; und keiner ahnte etwas von seinem Treiben. Aber je vertrauter er mit der Natur wurde, desto öfter stellte er sich eine bestimmte Frage. Was wäre, wenn seine Eltern jemals etwas von seiner Leidenschaft erfahren und ihn vor die Tür setzen würden? Könnte er in seinem neuen Zuhause, dem Wald, überleben oder müßte er jämmerlich verhungern? Und je länger er über diese Frage nachdachte, desto klarer wurde ihm, daß Pilze, Bucheckern und Waldbeeren auf Dauer nicht satt machten, und schon gleich gar nicht im Winter. Daher faßte er den einzig vernünftigen Entschluß und begann mit der Jagd.

Ein Messer hatte er, Fleisch mochte er auch, und so fehlte ihm lediglich ein geeignetes Opfer, an dem er seine Waidmannsfähigkeiten trainieren konnte. Bonzo, der Kater der Nachbarn, kam ihm dabei gerade recht. Er war überaus gut genährt, nicht besonders wendig, mäßig aggressiv, und außerdem nervte er Horst seit Ewigkeiten mit seinem spitzen Gejaule, wenn er abends nach Paarungskandidatinnen suchte. Und das tat er eigentlich immer. Größer noch als seine Geilheit war jedoch sein schier unstillbarer Appetit, und daher konnte ihm Horst eine einfache Falle stellen. Eines späten Nachmittags legte er eine alte Ölsardine in Nachbars Garten auf den Rasen und wartete eine gute halbe Stunde hinter einer Thujenhecke, bis der olle Kater, magisch angezogen von dem gemeinen Gestank, auftauchte und sich langsam an die vermeintliche Beute heranschlich. Als er aber gerade den ersten Bissen des köstlichen Köders gierig in sich hineinfraß, schnellte Horst blitzartig hinter der Hecke hervor und rammte Bonzo sein Messer von der linken Seite bis an den Schaft in die fette Wampe, und zwar so weit, daß es auf der rechten Seite wieder herauskam. Bonzo stieß einen gellenden Schrei aus und ergriff umgehend die Flucht. Weit kam er allerdings nicht, denn bereits nach drei bis vier torkelnden Schritten fiel er tot um. Da man so etwas aber nie genau weiß, zog Horst sein Messer wieder aus Bonzo heraus und schlug ihm zur Sicherheit mit der flachen Scheide noch einmal feste auf den Schädel. Dann packte er seine Beute an den Hinterbeinen, ging an seine Feuerstelle im Wald und warf den Grill an.

So reibungslos die eigentliche Jagd verlief, so schwierig gestaltete sich die Zubereitung von Bonzo. Zunächst mußte Horst ihm das Fell abziehen, was nicht nur blutig, sondern vor allem haarig war, denn das gute Tier litt unter chronischem Fellausfall. Aber kaum hatte Horst zufriedenstellend viele Körperstellen vom Pelz befreit, ging es an die Eingeweide, und das war dann doch des Guten zuviel. Er legte den nackten Bonzo auf den Rücken und schnitt ihm die Bauchseite einmal der Länge nach auf. Zum Vorschein kam ein Potpourri von Gedärmen und Innereien, von denen Horst allerdings, trotz einer Eins im Biologieunterricht, kein einziges richtig zuordnen konnte. Außerdem roch das Vieh ziemlich stark nach Katzenkacke, denn in seiner Unerfahrenheit hatte Horst beim Aufschneiden versehentlich den Dickdarm touchiert, und dabei waren die final verdauten Speisen der letzten Tage in den offenen Bauchraum eingetreten. Horst wurde schlecht. Fast hätte er kotzen müssen, doch bevor ihn dieser Reiz überkam, riß er sich zusammen und beschloß, nur noch schnell Bonzos Hinterbeine vom Körper zu lösen und den Rest so weit er konnte in den Wald zu schleudern. Die beiden verbleibenden Schlegel grillte er schließlich über dem offenem Feuer, bis sie gut durch waren. Doch bereits bei dem ersten Bissen mußte Horst feststellen, daß Katze trotz des vorsichtshalber mitgebrachten Ketchups scheiße schmeckt. Dazu kam, daß selbst an einem derart fetten Kater, wie Bonzo einer war, viel zu wenig dran ist, um richtig satt zu werden.

Es mußte also etwas Größeres her, und diese Erkenntnis löste in Horst erste Anzeichen von Irrsinn aus. Er war in diesen Tagen wie besessen von seiner Überlebensidee und glaubte fest an den bevorstehenden Rausschmiß von zu Hause. Irgendwann, so dachte er, würden seine bislang ahnungslosen Eltern von seinem Dasein als Rambo erfahren und ihn dann umgehend aus dem trauten Heim werfen. Und seine Paranoia steigerte sich noch, als die Nachbarn begannen, per Steckbrief nach ihrem mittlerweile halb gegessenen Kater zu fahnden. Aber anstatt sich zu besinnen und sich in Zukunft zurückzuhalten, wurde

Horst erst recht fickerig und blies in Gedanken schon zum nächsten Halali.

Inspiriert durch sein Kinoerlebnis, wollte er es nun seinem Helden gleichtun und nach Schwarzwild jagen. Da Schwarzwild aber in einer stadtnahen Natur viel seltener vorkommt als etwa Katzen, kam es ihm durchaus gelegen, daß es in Troosdorf an der Burg Wissem ein enormes Wildgehege gab. Dort wurden gemäßigt wilde Wildschweine inmitten von gelangweilten Hirschen und Rehen gehalten, um den naturverbundenen Stadtmenschen eine kleine Freude zu machen. Der Ort war wie geschaffen für Horst. Hier wollte er sein erstes Wildschwein erlegen, und sobald es über dem Lagerfeuer brutzeln würde, so dachte er, wäre er reif für das bevorstehende Leben im Wald.

Die Vorbereitung für diesen Coup war schnell abgeschlossen. Horst kundschaftete den Schlafplatz der Keiler und Bachen aus, legte Anpirsch- und Fluchtweg fest, besorgte sich alle notwendigen Utensilien und deponierte die Metallkiste mit seiner Ausrüstung an einer geeigneten Stelle nahe des Gehegezauns. Die Jagd sollte in einer Samstagnacht vor dem Morgengrauen beginnen, damit er wieder zurück war, bevor seine Eltern aufwachten. Das war theoretisch auch möglich, denn im Hause Gurk wurde das schulfreie Wochenende immer zum etwas längeren Ausschlafen genutzt.

Am Abend vor der geplanten Tat ging Horst unter dem Vorwand starker Kopfschmerzen bereits früh zu Bett, stellte den Wecker auf halb fünf und schlich sich eine Viertelstunde später unbemerkt zur Tür hinaus. In seinem Waldversteck angekommen, legte er zunächst seinen Kampfdress an und durchschnitt mit einer Zange den Zaun des Geheges, damit er später beim Schweineabtransport freie Bahn hatte. Dann steckte er den Hohlgriff seines Messers auf einen ordinären Besenstiel, den er seiner Mutter aus dem Putzschrank geklaut hatte, umwickelte das Ganze dick mit einem reißfesten Klebeband und baute sich so eine einfache Lanze, mit der er das Wild erlegen wollte. Schließlich beschmierte er sich am ganzen Körper mit einer dicken Schicht Waldboden, um seine Witterung zumindest ein wenig zu übertünchen. Jetzt konnte es losgehen. Tief gebückt und mit der Lanze in der Hand, rückte Horst Schritt für Schritt in Richtung Schweineschlafplatz vor und machte immer wieder kurze Pausen, um in der Umgebung nach verdächtigen Geräuschen zu lauschen. Etwas anderes als Hören blieb ihm dabei auch gar nicht übrig, denn aus den feuchten Wiesen des Wildgeheges stieg ein derart dichter Nebel auf, daß man nur einige Meter weit sehen konnte. Aber Horst wußte genau, in welche Richtung er zu gehen hatte, und so schlich er weiter und weiter und stand nach etwa zwanzig Minuten kurz vor seinem Ziel. Da lagen sie! Etwa fünf Tiere konnte er ausmachen, die sich dicht aneinandergekuschelt, dösend, schnaufend und dampfend der Muße hingaben. In unmittelbarer Nähe dieser Gruppe lagen drei weitere, einzelne Schweine, die anscheinend mit den anderen nichts zu tun haben wollten. Doch welches sollte er nur wählen? Eine Gruppensau zu erlegen, erschien Horst zu gefährlich, und daher entschied er sich kurzerhand für das Schwein ganz außen rechts, und zwar deswegen, weil es am weitesten von den anderen weg lag. Wenn er ihm die Lanze erst einmal in die Flanke gebohrt hatte und es vor Schmerz zu oinken begann, so spekulierte er nämlich, würden die anderen vielleicht alle aus ihrem Schlummer erwachen, aber sie würden sich bestimmt ziemlich erschrecken und sich vor lauter Angt in die Hose und vor allem aus dem Schlamm machen. Einen Moment lang hielt Horst noch inne, um sich zu sammeln, brachte dann seine Waffe in Angriffsposition und wollte gerade aufspringen, um sich in den Kampf zu werfen, als er hinter sich plötzlich ein seltsames Geräusch hörte. Er zuckte zusammen, und kaum hatte er sich umgedreht, sah er aus dem dichten Nebel jemanden kommen, mit dem er nun wirklich nicht gerechnet hatte.

Es tat einen kurzen, dumpfen Schlag, und schon flog Horst einige Meter weit durch die Luft und landete mit einem großen Platschen und dem Bauch voran im Matsch. Der Hirsch hatte voll getroffen. Er war mit hoher Geschwindigkeit und gesenktem Geweih von hinten in Horst hineingelaufen, wobei sich mehrere Enden des kapitalen Geweihs ein ordentliches Stück weit in seinen Oberschenkel und seinen Rücken gebohrt hatten. Die Schweine waren durch den Lärm aus ihrem Schlaf erwacht und grunzten nun aufgeregt vor sich hin. Der Hirsch dagegen war verschwunden. Horst lag im Schlamm und schrie vor Schmerz. Kurze Zeit später hörte er ein ohrenbetäubendes Röhren, das sogar noch lauter war als sein eigenes Geschrei, und als er sich aufraffte und umschaute, sah er den Hirschen in strammem Galopp und mit gesenktem Haupt erneut aus dem Nebel auf sich zurasen. Eine Flucht war aus zeitlichen und gesundheitlichen Gründen nicht mehr möglich, und daher blieb Horst stocksteif sitzen, bis das wütende Tier nur noch zwei bis drei Meter von ihm entfernt war. Dann rollte er sich mit letzter Kraft zur Seite. Dieser Reflex rettete wahrscheinlich sein Leben, denn der Hirsch rannte einfach weiter, rauschte haarscharf an Horst vorbei, konnte nicht mehr rechtzeitig abbremsen und knallte mit voller Wucht gegen eine massive Wassertränke, worauf er sofort vom Boden abhob, sich zweimal in der Luft überschlug und fünf Meter weiter mit seinem Hinterteil auf einem Wildschwein landete, das ungeschickterweise gerade im Weg stand und dabei einen

Genickbruch erlitt. Der Hirsch dagegen kam mit einer schweren Gehirnerschütterung davon, blieb aber zunächst bewußtlos am Boden liegen, so daß sich Horst, aufgestützt auf seine Lanze, zum rettenden Zaun schleppen konnte, wo er auf der Stelle zusammenbrach.

Am späten Nachmittag erwachte er aus der Narkose. Wie er ins Krankenhaus gekommen war, wußte er nicht mehr. Er konnte sich nur noch daran erinnern, daß er im Schock seine Lanze weit ins Unterholz geschleudert hatte, um seine Spuren zu verwischen. So konnte er später erzählen, daß er sich in der Nacht lediglich mal ein paar Tiere aus unmittelbarer Nähe anschauen wollte und ausschließlich aus diesem Grund in das Gehege eingestiegen war. Und obwohl die Geschichte überaus mysteriös klang, glaubte man dieser Darstellung, wobei ihm natürlich in gewisser Weise auch ein Mitleidsbonus half, denn der Hirsch hatte ordentlich zugelangt und bei Horst mit zwei tiefen Fleischwunden in den Beinen, einem angebrochenen Oberschenkel, unzähligen Prellungen und mehreren Löchern im Rücken einen bleibenden und schmerzhaften Eindruck hinterlassen. Seine Eltern verurteilten zwar die nächtliche Ausreißaktion und nannten ihn einen »dummen Jungen«, aber von einer Bestrafung sahen sie großherzig und eben aus Mitleid ab. Genauso hielt es die Troosdorfer Stadtverwaltung, denn die war eigentlich sogar ganz froh über den Vorfall im Hirschpark, weil die Stadt durch den folgenden Presserummel einen ziemlich hohen Bekanntheitsgrad erlangte.

Drei Wochen mußte Horst im Krankenhaus bleiben. Danach ging er wieder wie gewohnt zur Schule, doch es war nicht mehr wie früher. Der ganze Altenforst kannte seine Geschichte, und dauernd wollten seine Mitschüler von ihm wissen, was in jener Nacht wirklich vorgefallen war. Horst spielte das Ganze zwar ständig herunter, aber das verlieh seiner Tat nur einen noch geheimnisvolleren Touch und verhalf ihm zu einem ganz neuen Ruf. Keiner hatte ihm so etwas zugetraut, keiner dachte, daß Horst ein so mutiger Kerl war, und keiner wußte, was Hirsche für aggressive Tiere sein konnten.

An seinem kurzzeitigen Höhenflug in der Schule hatte Horst allerdings wenig Freude, denn durch seinen Krankenhausaufenthalt verpaßte er einiges an Stoff, und das Schuljahr ging nun in seine zweite und damit entscheidende Hälfte. Eigentlich wäre seine Versetzung kein Problem gewesen, weil er trotz seiner Rambomanie ein sehr guter Schüler war. Allerdings gab es da eine Ausnahme, und die hieß Latein. Seit der fünften Klasse war er in diesem Fach eine Flasche, und da war es wenig förderlich, daß er jedes Jahr wieder auf Direktor Schratebach traf, der einen derart schwierigen und menschenverachtenden Unterricht hielt, daß für Horst, wie für viele seiner Mitschüler auch, die Würfel gefallen waren. In den ersten beiden Schularbeiten hatte er schon eine Fünf eingefahren, und die dritte Arbeit kurz nach seiner Entlassung aus dem Hospital war sogar eine glatte Sechs. Er war also gewarnt, und obwohl er sich anstrengte und lernte und schuftete, holte er das Versäumte nicht mehr auf und landete in der letzten Prüfung ebenfalls wieder auf einem Ungenügend. Ob er nun das Klassenziel verfehlte oder nicht, hing daher einzig und allein vom Wohlwollen Schratebachs ab, doch der mittlerweile alte Greis hatte in seinem letzten Berufsjahr kein Erbarmen und prüfte Horst mündlich ebenfalls auf Sechs runter, so daß er die achte Klasse wiederholen mußte.

Das hätte Schratebach lieber nicht tun sollen, denn Horst war außer sich vor Wut. Rambo hätte sich so etwas nicht gefallen lassen, dachte er sich, und beim Gedanken an seinen Helden und daran, wie dieser sich wohl für diese

Unverschämtheit gerächt hätte, fiel ihm sofort seine kleine Waffenkammer ein, die noch immer in der verlassenen Schachtanlage schlummerte. Er ging in sein Versteck und kramte zwei Übungsgranaten der belgischen Armee hervor, um diesem Schakal von Direktor eine ordentliche Lektion zu erteilen. Dann holte er den alten Trafo von seiner elektrischen Eisenbahn aus dem Keller, dazu einige Meter Kabel, baute aus dem *Passat* seines Vaters die Autobatterie aus, packte alles in einen Rucksack und machte sich in der Dämmerung auf den Weg. Der Gartenlaubenweg, in dem Schratebach sein Haus hatte, lag inmitten einer friedlichen Wohngegend mit wenig Verkehr, dafür aber mit vielen Buchsbaumhecken. Es war also ein paradiesischer Platz für einen Anschlag. Horst checkte die Lage, und da alles ruhig zu sein schien, montierte er die beiden Granaten an der Auspuffanlage von Schratebachs Auto, verband sie mit dem Trafo und der Autobatterie, tarnte die herumliegenden Drähte mit Laub, setzte sich hinter einen Busch und wartete ab. Zwei Stunden lang harrte er aus und wollte eigentlich schon wieder abziehen, als Schratebach doch noch zur Tür herauskam, und zwar in Begleitung seiner Frau und seines alten und daher schon leicht vergilbten weißen Yorkshire-Terriers. Sie wollten offensichtlich ausgehen, denn sie hatten sich schick gemacht und schritten in Samt und Seide gehüllt zum Auto und stiegen ein. In dem Moment aber, in dem Schratebach den Wagen anließ, drehte Horst den Trafo auf volle Kraft. Sofort danach schnappte er sich seine Sprengutensilien und verschwand unversehrt in der Dunkelheit. Die Gegenseite dagegen hatte einige Verluste zu beklagen. Der Auspuff wurde durch die Wucht der Explosion total zerfetzt, Frau Schratebach bekam einen schweren Schock, litt seitdem unter Verfolgungswahn und mußte mehrere Jahre lang starke Beruhigungsmittel einnehmen, während ihrem Terrier dieses Schicksal erspart blieb, weil er vor Schreck an Ort und Stelle starb. Nur der Direktor selbst entkam dem Anschlag ohne Blessuren und vollzog – geleitet durch seinen Spürhundinstinkt – in der folgenden Woche eine einfache Amtshandlung: er beendete Horsts Karriere auf dem Altenforst.

4. Crazy Sexy

Sechs Wochen Sozialdienst im Seniorenheim Mathildenstift hieß das Urteil des Jugendgerichts, und ein Zuckerschlecken war diese Zeit für Horst nicht. Während sich andere Jugendliche seines Alters zwischen italienischen Algenteppichen dem verdienten Badespaß hingaben, blieb er die Sommerferien über daheim in Troosdorf, arbeitete jeden Tag von neun bis fünf am Prinzip Nächstenliebe und ging dann artig nach Hause, um sich unter strenger elterlicher Aufsicht in stundenlangen abendlichen Lernorgien auf das neue Schuljahr vorzubereiten. Jedwede Freizeitaktivität wurde ihm untersagt, und selbst die geliebten Besuche in seiner Stamm-Eisdiele *Fontanella* waren nicht mehr möglich, weil er sein Taschengeld als zusätzliche Strafe für karitative Einrichtungen spenden mußte. Seine Eltern setzten von nun an voll auf Askese, in der Hoffnung, daß sich Horsts verdorbener Geist läutern und die bösen Dämonen aus seinem Kopf verschwinden würden. Natürlich machten sich Walter und Irmtraud Gurk schwere Vorwürfe, daß aus ihrem einstigen Mustersohn ein derart schwarzes Schaf der Gesellschaft werden konnte, und die einzige Medizin, die ihnen für seine goldene Zukunft einfiel, war die totale Überwachung, eine Art privater Imperialismus also, der sein Abgleiten in die Niederungen des Lebens mit allen Mitteln verhindern sollte.

So konnte Horst nach wochenlanger Langeweile und Frustration seinen neugewonnenen Status in seiner neuen

Schule, dem Heinrich-Böll-Gymnasium in Sieglar, gar nicht recht genießen. Denn im Gegensatz zu seinen Lehrern, die in ihm eine erhebliche Gefahr für den reibungslosen Ablauf an ihrer Anstalt sahen, behandelten ihn seine neuen Mitschüler mit einer gehörigen Portion Hochachtung und Respekt. Endlich hatte es einer den verhaßten Lehrern mal richtig gezeigt und gegen die pädagogische Allmacht und das dreiste Spießertum aufbegehrt. Wie ein Lauffeuer sprach sich die Ankunft des von Schratebach Verfemten herum, und wohl zum ersten Mal in seinem Leben war Horst richtig cool. Die meisten Jungs aus seiner Klasse wollten sein Freund sein, und das aus gutem Grund, denn Horst galt seit seinem kleinen Anschlag als stark, knallhart, und manch einer nannte ihn sogar einen geilen Typen. Unzählige Male mußte er seine Geschichte erzählen, und immer wieder hörte man ihm gespannt bis zum Schluß zu.

Aber nicht nur die Jungs fanden Horst cool, auch einige Mädchen fühlten sich magisch zu ihm hingezogen. Er war halt ein echter Kerl, einer, der was vom Leben verstand, und nicht so ein Schwächling wie all die anderen. Da machte es auch nichts, daß Horst nicht besonders gut aussah, denn echte Kerle müssen auch aussehen wie echte Kerle, und nicht wie Puderzuckerfutzis aus der Leck-Mich-Retorte. Besonders eine empfand so, und das war die frühreife Heidi. Sie war eine Tochter aus zweifelhaftem Elternhaus, die knallenge Hosen trug, oft mit leicht durchsichtigen Blusen reizte, und dazu war sie eine der wenigen, die bereits in jungen Jahren heftig rauchte, und zwar ausschließlich *JPS*. Wilde Gerüchte über sie machten die Runde, etwa, daß sie unglaublich gut knutschen könne, da sie mit einer ewig langen Zunge ausgestattet war, und man vermutete sogar, daß sie in ihrer jungen Liebeslaufbahn schon den einen oder anderen Jungen vernascht hatte. Nach einer so erfahrenen Frau, von der man noch ordentlich was lernen konnte, sehnte sich natürlich jedes Männerherz an der Schule, doch Horst war der Glückliche, den es traf. Heidi hatte schnell ein Auge auf ihn geworfen und machte ihn gnadenlos an. Auf dem Schulhof suchte sie ständig seine Nähe, lachte über jeden seiner Sätze und griff sich in seiner Gegenwart auffällig oft an ihre spitzen Lolita-Brüstchen. Selbst im Unterricht ließ sie mit ihren Blicken selten von ihm ab und zeigte ihm ständig ihre nasse, fleischige Zunge, und besonders schamlos dann, wenn die eifersüchtigen Klassenkameraden ihr dabei zuschauten. Horst war von diesem Verhalten ziemlich angetan und entzückt, mit anderen Worten, er war total geil auf sie. Zum ersten Mal in seinem Leben spürte er, daß Frauen etwas Besonderes zu sein schienen. Er bemerkte, wie ihm selbst während der verhaßten Lateinstunden aus heiterem Himmel in der Hose eine Erektion herwuchs, wenn er Heidi anschaute, und auch allabendlich verschafften ihm seine Gedanken unter der Bettdecke reichlich Freude.

Frauen! Das war es! Sie waren schön und vor allem viel aufregender, als irgendwelche Katzen zu lynchen, so dachte sich Horst, und schwuppdiwupp, schon war er in dieses kleine Luder verliebt. Und weil er damals den Unterschied zwischen Lust und Liebe noch nicht kannte, war er tatsächlich verliebt, und zwar bis über seine Segelohren. Aber anstatt sie nach der Schule abzufangen, sie auf irgendeine Wiese zu zerren und danach ein echter Mann zu sein, beging Horst bei seiner Pirsch einen schwerwiegenden Fehler. Er hatte in der *Bravo* gelesen, daß Mädchen total romantisch seien, zärtlich behandelt werden wollten und auf inbrünstige Liebeserklärungen stünden, und deshalb entschloß er sich, seiner Flamme einen Liebesbrief zu schreiben. Da das kein einfaches Unterfangen war, selbst für einen Deutschcrack wie Horst nicht, und schon gleich gar nicht für jemanden, der bis vor kurzem nicht mal im Traum an Mädchen gedacht hatte, besorgte er sich in der städtischen Bücherei ein zentrales literarisches Werk zum Thema Frauenrumkriegen – ein Buch mit den schönsten Versen für Poesiealben. Stundenlang blätterte er wie wild durch die Seiten. Alle Sprüche klangen furchtbar gestelzt und kindisch. Doch in seiner Not und im blinden Vertrauen auf die fatalen Tips der Teenieredaktion von *Bravo*, entschied er sich für etwas Kurzes und Knappes, das ihm halbwegs erträglich erschien, und so schrieb er die folgenden Zeilen auf eine Karte mit dezentem Rosenaufdruck:

Meine geliebte Heidi,
erst wenn die Flüsse aufwärts fließen,
erst wenn die Hasen Jäger schießen,
erst wenn die Mäuse Katzen fressen,
erst dann werd' ich Dich vergessen.
Dein Horst.

Um diesem Schwachsinn noch eine möglichst verwegene Note zu verleihen, rieb er die Karte mit seinem Deostift der Marke *Axe* ein, steckte sie in den passenden Umschlag, ebenfalls mit Rosenaufdruck, und schrieb in der typisch unerwachsenen Schrift eines Sechzehnjährigen »Für Heidi« drauf.

Bereits als Horst das zärtliche Briefchen nach der großen Pause auf ihre Schulbank legte, kamen ihm erhebliche Zweifel an der Richtigkeit seines Tuns, klang doch sein Vierzeiler schrecklich verklemmt, stank zudem nach dem Duft, der angeblich Frauen verführen konnte, aber vermutlich nicht mal gereicht hätte, eine Zehnjährige abzuschleppen. Mit dieser Einschätzung lag er dann auch völlig richtig, denn als Heidi vom Pausenhof zurück in die Klasse kam und den Brief auf ihrem Tisch fand, staunte sie zunächst, riß das erotische Pamphlet im Stehen auf, las die Zeilen und verfiel dann umgehend in ein häßlich hämisches Gelächter, das in der ganzen Klasse große Neugier hervorrief. Jeder wollte wissen, was da so komisch war, und Heidi tat den Neugierigen den Gefallen, bat um absolute Ruhe und verlas den Brief in aller Öffentlichkeit, wobei sie die ganze Zeit ihren Mittelfinger auf Horst richtete, der vergeblich versuchte, unbeteiligt und unschuldig zu wirken.

Der Kredit der Coolheit, den sich Horst in seiner neuen Schule mühsam und mit großen Anstrengungen erworben hatte, war mit einem Mal und nach nur wenigen Wochen dahin. Er war wieder dort, wo er eigentlich schon immer war, ganz unten nämlich und der Verzweiflung nahe, nichts als eine Witzfigur und verdammt zum Objekt allumfassenden Spotts. Liebesbriefe schreiben, und dann noch solche! Von triefender Schleimerei durchnäßt, unmännlich und zu allem Überfluß auch noch in Gedichtform. Ha! Da hatte man sich von diesem Idioten aber ganz schön blenden lassen. Von wegen harter Kerl, von wegen Sexsymbol, von wegen cool!

Horst verfiel an diesem Schultag in eine schwere Depression, von der er sich mehrere Jahre lang nicht recht erholen wollte. Aber anstatt wie bisher alles in sich hineinzufressen und den Verfall auf seiner Seelenmülldeponie abzuladen, vertraute er diesmal auf die professionelle Hilfe eines Psychologen. Mit dem Gongschlag zum Unterrichtsende verließ er im Laufschritt das Klassenzimmer und rannte zum *Edeka* an der Ecke. Dort kaufte er sich nach eingehender Beratung durch den alkoholabhängigen Geschäftsinhaber eine Halbliterflasche *Jägermeister*, die er in zwanzig Minuten und auf dem Bürgersteig sitzend mit beherzten Schlucken leertrank, weil heute ein beschissener Tag war.

Bis dahin hatte er mit Alkohol nichts zu tun gehabt, sieht man einmal von den elterlich geduldeten Schaumweingläschen ab, die ihm zu Weihnachten und Silvester regelmäßig in der Dosierung »Eins« zugestanden wurden. Somit verlor er an diesem Tag seine diesbezügliche Jungfräulichkeit und fand das Gefühl einfach wunderbar. Bereits schwer angetrunken, raffte er sich vom Boden auf und wankte ein zweites Mal in den freundlichen Onkel-Otto-Laden, um sich eine weitere Flasche zu kaufen. Der fürsorgliche Einzelhändler fand an dem vermeintlichen Weggenossen offenbar Gefallen, und es machte sich eine gewisse Großzügigkeit in seiner Leber breit, denn er lud Horst ein, das nächste Fläschchen auf seine Kosten mit ihm zusammen zu leeren. Diesmal sollte es aber was Richtiges sein, und zwar ein ordentlicher Korn. So saßen die beiden nur wenige Minuten später gemeinsam auf der Straße, ließen sich die Sonne auf den Pelz knallen und teilten die Flasche brüderlich, wobei man sich angeregt unterhielt, jedenfalls mehr oder weniger.

Etwa eine Stunde später und voll wie eine Stalinorgel beendete Horst dann die Sprechstunde mit seinem Hirndoktor, um sich in Richtung Elternhaus aufzumachen. Das dauerte allerdings viel länger als geplant, denn anstatt den direkten Weg zu nehmen, suchte er noch ein wenig Erfrischung in einem städtischen Springbrunnen, in den er sich laut singend und vollständig angezogen hineinlegte. Mehrere Rentner, die auf einer gegenüberliegenden Bank saßen und Tauben fütterten, fühlten sich dadurch aber erheblich in ihrem Ruhestand gestört und vertrieben den mittlerweile singenden Saufkopf unter massivem Einsatz ihrer Handtaschen und Spazierstöcke aus seiner Badewanne. Horst bedankte sich dafür, indem er ihnen eine ordentliche Ladung vor die Füße reiherte, und schlug dann patschnaß und erneut die Richtung Heimweg ein, unterbrach jedoch seine Reise schon wenige Minuten später auf einem Spielplatz. Dort stattete er bis dato glücklichen Müttern mit ihren glücklichen Kindern einen kurzen Besuch ab, bemächtigte sich für eine kleine Spritztour eines *Kettler* Go-Carts, machte anschließend mehrere liebevoll und in stundenlanger Bautätigkeit errichtete Sandburgen dem Erdboden gleich und wollte schließlich und überschwenglich Gelber Fluß von China spielen und die Edelstahlrutsche hinunterpinkeln, als er plötzlich ins Straucheln kam und kopfüber und zwei Meter tief in den Sand fiel. Mehrere Versuche wieder aufzustehen mißlangen kläglich, und so entschloß er sich, einfach liegen zu bleiben, zumal ihm kotzübel war und jede Bewegung sein Kopfkarussell nur noch mehr in Fahrt brachte. Kaum hatte er eine halbwegs bequeme Position zwischen Eimerchen, Schäufelchen und Förmchen gefunden, schlief er auch schon ein, wobei sein Pimmel verschmitzt aus dem Hosenlatz hervorlugte.

Als Horst die Augen aufschlug, blickte er in die Gesichter von zwei freundlichen Polizeibeamten, die ihm ziemlich in der Sonne standen. Aufgebrachte Bürger hatten sie alarmiert, um das öffentliche Ärgernis Horst zu beseitigen. Die Polizisten stellten ihm zunächst die Frage, ob er etwas getrunken habe, was Horst als überflüssiges Geplänkel verstand und mit ein wenig Erbrochenem beantwortete. Viel wichtiger erschien ihm dagegen zu verhindern, daß seine Eltern etwas von seinem kleinen Ausflug in die Wunderwelt des Alkohols erfuhren, denn er hatte daheim schon Ärger genug, und jede weitere Eskalation mußte auf alle Fälle verhindert werden. Da die Polizei für seine Probleme aber bestimmt kein Verständnis haben würde, so glaubte er, verzichtete er auf den Versuch eines versöhnlichen Dialogs und ergriff kurzerhand die Flucht. Ganze zehn Meter weit kam er, bis ihm sein Gehirn jede zusätzliche Bewegungsfolge verweigerte und bereits an der Wippe mittels eines mäßig eleganten Stolperers zur Aufgabe zwang.

Die pflichtbewußten Beamten waren Horst auf seinem Home-Run mit flotten Schritten gefolgt und standen nach seinem Zusammenbruch sofort wieder über ihm. An dem breiten Grinsen in ihren Gesichtern erkannte er sehr schnell, daß jeder weitere Versuch, der Staatsgewalt zu entgehen, zum Scheitern verurteilt war. So ergab er sich, ohne Widerstand zu leisten, verhielt sich im anschließenden Verhör für seinen Zustand überaus kooperativ und ließ sich schließlich von den jungen Herren nach Hause fahren. Dort angekommen, bedankte er sich höflich bei seinen Rettern, gab ihnen freundlich die Hand und lallte zum Abschied ein joviales »Und noch 'nen schön' Tach noch«.

»Wir bringen dich natürlich zur Tür«, unterbrach ihn der eine Wachtmeister.

»Ja, aber, äh, warum denn? Bin ja jetzt da. Alles in Ordnung. Braucht's echt nicht, ihr ...«, versuchte sich Horst herauszustammeln, doch seine Begleiter blieben hart, stiegen mit ihm zusammen aus, nahmen ihn ungefragt in ihre Mitte und machten sich auf in Richtung Haustür. Die Klingel imitierte den Big Ben, und kaum war der letzte Schlag verklungen, öffnete sich auch schon die Pforte zur Casa Gurk. Seine Mutter hatte aufgemacht und hielt noch die Klinke in der Hand, aber nicht sehr lange. Beim Anblick der geballten Ordnungsmacht nämlich, die einen Jungen in den Armen hielt, der bis auf den üblen Schnapsgeruch und die Wiener-Schnitzel-Panade aus Sand ihr eigener hätte sein können, zog es sie vor Entsetzen aus den Puschen. Damit hatten die Polizisten noch ein weiteres Problem, und das war nicht besoffen, sondern lag bewußtlos am Boden. Die Beamten handelten geistesgegenwärtig und begannen Irmtraud erst zärtlich, und, weil die gewünschte Reaktion eines Lebenszeichens ausblieb, im folgenden immer heftiger ihre fahlen Wangen zu tätscheln, um sie so schnell wie möglich wieder ins Diesseits zu befördern. Aber nichts da! Auch nach mehreren gezielten Schlägen rührte sich die arme Mutter nicht, und schon wollte der Polizeimeister einen Notarzt rufen, um eine weitere Halbwaisenschaft in der Bundesrepublik zu verhindern, da nutzte Horst diese einmalige Gelegenheit für seine Rehabilitation bei den Männern in Grün. Er bückte sich über seine Mama und feuerte mit seiner starken rechten Hand und mit voller Wucht eine Ohrfeige ab, und zwar eine im ursprünglichen Wortsinne. Er traf nicht etwa die Backe, sondern mitten auf das Hörorgan, und das trotz seines Deliriums so zielsicher und nachhaltig, daß seine Mutter mehrere Wochen lang halbseitig fast taub war. Aber immerhin war sie wieder unter den Lebenden und ihrem Sohn dafür so dankbar, daß sich beide gütlich darauf einigten, über diesen Zwischenfall vor dem Oberhaupt des Hauses Stillschweigen zu bewahren, um den Familienfrieden nicht erneut aufs Spiel zu setzen. Und damit ihr Mann wirklich nichts von der kleinen Trinkerei erfuhr, verabschiedete sich Irmtraud freundlich bei den hilfsbereiten Polizisten und packte Horst danach sofort in sein Bett, um ihn erst mal richtig ausdünsten zu lassen.

Die fetten, roten Leuchtziffern auf dem Digital-Radiowecker neben dem Bett meldeten zwei Uhr morgens, als Horst erwachte und seine zugeschwollenen Lider mühsam öffnen und wieder halbwegs geradeaus gucken konnte. Stundenlang hatte er sich zuvor in seinem Suffschlaf von der einen auf die andere Seite gewälzt, stets auf der Suche nach einer halbwegs brechreizneutralen Stellung, und daher war sein Ausnüchterungsnickerchen wenig erholsam gewesen. Zurück im Jetzt fühlte er sich nun ausgelaugt und schlaff. Dazu peinigten ihn bollernde Kopfschmerzen und ein tierischer Brand. Beides versuchte er sofort mit einer hochdosierten *Aspirin*-Mineralwasser-Lösung zu bekämpfen, doch vergeblich, zu sehr hatte der Alkohol seinem Hirn und seinem Körper zugesetzt, und die zermürbende und stehende Hitze in seinem Zimmer schließlich verurteilte mehrfache Versuche wieder einzuschlafen zum Scheitern.

Nach einiger Zeit sinnlosen Herumliegens im Bett ging Horst zum Fenster und öffnete es, um der Nachtkühle lindernden Eintritt zu verschaffen. Und da er nun schon hellwach war und nichts Besseres zu tun wußte, setzte er sich auf das Fensterbrett, ließ die Beine hinausbaumeln und nahm einen tiefen Schluck Troosdorfer Industriestadtluft. Der Himmel war sternenklar, der Mond hell wie selten und der Garten des Bungalows scheußlich wie immer. Und als der Moment eine ganze Weile lang regungslos über ihm stand und der süßliche Sauerstoff seinen Geist mehr und mehr klärte und seine Sinne in die Realität zurückholte, da begann er über den letzten Tag, ja über sein ganzes Leben zu sinnieren.

Er war ein tragisch unglücklicher Mensch in dieser Nacht, und die Gründe hierfür fand er schnell. Über viele Jahre hinweg hatte er ein ödes und eintöniges Leben geführt, spannungslos und ohne Höhepunkte. Schuld daran hatten sicherlich zu einem großen Teil seine Eltern, aus deren allesverdunkelnden Schatten er sich nicht befreien konnte und die ihn einer erfüllten Jugend beraubt hatten. In ihrer Erziehungsgegenwart fühlte er sich stets wie ein Schoßhündchen, das zuallererst gehorchen mußte und stubenrein zu sein hatte. Machte er

Männchen, gab es Leckerli. Machte er aber wuff, wurde sein Halsband eine Öse enger geschnallt. So einfach war das. Doch nicht nur seine Erzeuger schienen so zu funktionieren, auch seine Altersgenossen waren offenbar keinen Deut besser. Das wußte er spätestens, seitdem er auf seiner neuen Schule war. Kaum hatte er sich ein wenig von Vater und Mutter gelöst und dank seines Helden Rambo eine neue, spannende Seite in seinem Dasein entdeckt, da war das auch wieder falsch. In seiner Schule war er zwar anerkannt, aber nicht als Horst, der Mensch, sondern nur als derjenige, der einen Schuldirektor samt Frau und räudigem Köter in die Luft gejagt hatte. Hart und cool sollte er sein, so war sein Image, und da gab es keinen Raum für Gefühle, und für so etwas wie Liebe schon gleich gar nicht. Aus einer mühsam erworbenen und offensichtlich von allen geschätzten Mannesstärke heraus war er seinem Herzen gefolgt und hatte eine Schwäche für eine Frau gezeigt, und genau das wurde ihm zur Falle. Cool zu sein und gleichzeitig dem Ruf der göttlichen Liebe zu folgen – beides paßte anscheinend einfach nicht zusammen. Dabei war er sich sicher, daß es dieses doch so hehre Gefühl der sagenumwobenen Liebe gewesen sein mußte, das ihn den Brief an Heidi hatte schreiben lassen. Und dabei log Horst nicht, denn aus seiner bisherigen Erfahrung konnte er natürlich nicht wissen, daß es nicht immer gleich Liebe ist, wenn man als Mann einen Steifen bekommt.

Je länger Horst auf dem Fensterbrett saß, desto enttäuschter und verzweifelter wurde er. So war das also. Die Gesellschaft erträgt keine Menschen, die so sind, wie sie sind, sondern nur Bilder von Menschen, und die bitteschön müssen einfarbig sein. Blau oder gelb. Aber in keinem Fall blau mit einem Hauch von gelb, das von unten und von Zeit zu Zeit durchbricht. Und die einzige Möglichkeit, diesem Dilemma zu entgehen, lag für ihn darin, sich zu besaufen, sich hemmungslos zuzuschütten, sich wegzuschießen, Schluck für Schluck und Prost!

Horst begann zu weinen. Er war unsicher und wünschte sich eine starke Hand, die ihm den richtigen Weg wies, ohne ihn seiner Freiheit zu berauben. Und als die ersten salzigen Tropfen seine verzweifelten Lippen berührten, da war es ihm, als hörte er in der Ferne eine Stimme.

»Was ist los, mein Freund?«

»Was?« fragte Horst aufgeregt in die Nacht.

»Was los ist, will ich wissen!«

»Wer ist da? Rambo? Bist du das?«

»Wer sonst? Wer außer mir könnte dir jetzt so eine Frage stellen?«

Tatsächlich. Es war Rambo, der leibhaftige. Und er konnte sprechen, mit ihm, Horst, dem deprimierten. Das war natürlich eine völlig neue Erfahrung für Horst, denn im Film sprach Rambo eigentlich nie.

»Ich warte auf eine Antwort! Also raus mit der Sprache«, klang erneut die Stimme aus der Dunkelheit.

»Du fragst, was los ist? Ja, siehst du denn nicht, was sich in meinem Leben gerade abspielt? Ich liebe eine Frau. Ich liebe Heidi. Und nur, weil ich das zugebe, macht sich alle Welt über mich lustig, und mir bleibt in meiner Verzweiflung nichts anderes übrig, als alles mit einer Pulle *Jägermeister* runterzuspülen. Das ist los!«

»Das ist kein Grund, Horst. Denk' doch nach. She drew first blood. Es sind immer die Weiber. Und deshalb braucht ein echter Mann keine Frau, verstehst du? Mehr kann ich dir nicht sagen. Bye-bye, mein Freund. Und good luck!«

Nach diesem Satz wurde es draußen in der Nacht wieder still. Und obwohl Horst noch oft nach ihm rief, meldete sich Rambo nicht mehr. Er war gegangen und ließ ihn fortan mit seiner Botschaft allein.

Aber anstatt sich ernsthafte Gedanken über die Welt der alkoholbedingten Wahnvorstellungen zu machen, zögerte Horst keinen Augenblick und begann nachzudenken, wie es Rambo von ihm verlangt hatte. *Wieso, verdammt noch mal, braucht ein echter Mann keine Frau?* Wieder raste ihm diese Frage durch den Kopf, aber stets meldete sein Gehirn klar und unmißverständlich, daß es leider nicht in der Lage sei, auf solch einen Quatsch zu antworten. Doch gerade, als sich Horst nach einer vollen Stunde ermüdender Kopfzerbrecherei mit diesem höchst unbefriedigendem Ergebnis zufriedengeben wollte, um todmüde und völlig fertig ins Bett zu fallen, da fiel ihm plötzlich die einzig mögliche Antwort auf diese Frage ein, und die war schlicht und ergreifend und mehr als ernüchternd: Rambo mußte schwul sein! Natürlich und logisch. Schließlich würde kein echter Hetero dieser Welt behaupten, er brauche keine Frau. Ganz im Gegenteil. Ein echter Mann braucht sogar viele Frauen! Das würde ein echter Mann sagen. So ein Gerücht konnte also nur von einer hochkarätigen Tucke kommen, die auf knackige Männerärsche stand. Und offensichtlich tat Rambo genau das, da war sich Horst von nun an sicher.

Diese Erkenntnis allein war ihm völlig egal. Er hatte nichts gegen Schwule, dafür war er aufgrund seiner eigenen Außenseiterrolle in dieser Welt viel zu tolerant. Was ihn jedoch ärgerlich machte, war die Tatsache, daß sein Held offensichtlich versuchte, ihn mit derart blöden Sprüchen zu ködern und auf das andere Ufer zu locken. Wahrscheinlich hatte sich Rambo sogar unsterblich in ihn verliebt und war jetzt tierisch eifersüchtig, daß außer ihm plötzlich eine Frau in Horsts Leben eine Rolle spielte. Aber sosehr ihm diese Vorstellung auch schmeichelte, sollte er nur deshalb zum Tuntentum konvertieren? Natürlich hatte er Rambo viel zu verdanken. Natürlich war er in seinem Leben bisher am glücklichsten, als er so war wie er. Und natürlich liebte er seinen Helden auch irgendwie, aber deshalb stand er noch lange nicht auf Männer, sondern eben auf Frauen, und momentan auf die Heidi aus seiner Klasse, das spürte er ganz deutlich.

Das Verhältnis zu Rambo hatte sich seit diesem nächtlichen Gespräch verändert, aber es war nicht gebrochen. Zu dankbar war Horst seinem Helden für das, was er für ihn getan hatte. Er achtete ihn auch weiterhin und verehrte ihn sogar, aber eben nur als Mensch, und deshalb ging er von nun an einen anderen Weg, nämlich den eines normalen Hetero-Jungen, der sehnsüchtig auf der Suche nach seinem ersten sexuellen Erlebnis war. Doch sosehr er sich das auch wünschte, und obwohl er körperlich und geistig dazu bereit war, bei Heidi landete er keinen Stich mehr, wie überhaupt die Mädchen in seiner Schule für ihn zwangsläufig nicht mehr in Frage kamen. Zu groß war seine Angst, erneut zum Gespött des Gymnasiums zu werden. Und weil er sonst keine Frauen kannte und auch nicht ausging, oder besser, nicht ausgehen durfte, um andere Geschlechtspartnerinnen aufzureißen, begann für Horst eine sehr lange Zeit, in der sich der ach so gewünschte erste Sex ausschließlich beim Wichsen abspielte, und die deutsche Taschentuchindustrie verdiente nicht schlecht an ihm. Trotzdem gab er seine Leidenschaft für die Frauenwelt nicht auf, und diese Hartnäckigkeit sollte sich ein paar Jahre später auszahlen, und zwar genau an seinem 18. Geburtstag.

Horst wurde im späten Februar geboren, und somit konnte er die Vollendung eines neuen Lebensjahres meistens in der Karnevalszeit feiern. Im Jahr 1988 wollte es nun das Schicksal, daß sein Geburtstag genau auf den

Rosenmontag fiel und damit auf die wichtigsten 24 Stunden, die es für einen Rheinländer gibt. Seine Eltern waren zwar nur mäßig begabte Feiereltern, aber selbst sie ließen es sich zum Karneval nicht nehmen, sich zu verkleiden und auszugehen. Schließlich hatte so auch ihre Liebe begonnen, und das wollte man jedes Jahr gebührend begießen. Um Horst nun eine Freude zu machen, nahmen sie ihn zur Feier seiner Volljährigkeit mit auf den traditionellen und lustigen Kostümball der Kolpingfamilie in Troosdorf. Horst hatte darauf natürlich überhaupt keine Lust und wäre viel lieber auf die Fete seiner Schule gegangen, denn immerhin war es sein 18. Geburtstag und damit ein ganz besonderer Tag im Leben eines Heranwachsenden. Vor allem Walter Gurk sah das aber deutlich anders. Für ihn war das Erreichen dieses magischen Alters schlicht kein Grund, einen Sohn in die gesetzlich vorgesehene Selbständigkeit zu entlassen und ihm endlich einen eigenverantwortlichen Willen zuzugestehen. So ordnete er herrisch an, Horst habe sich ihnen anzuschließen, anstatt auf ein verlottertes Schulfest zu gehen. Und was hätte Horst tun sollen? Zum Protest und zur offenen Auseinandersetzung fehlte ihm die Macht, denn ohne eigenes Geld und damit ohne Druckmittel war er leider abhängig von seinen Eltern. Dazu kam, daß ihn seine Mutter in den letzten beiden Jahren immer wieder anflehte, für den Preis des häuslichen Friedens zumindest sein Abitur zu machen. Dann könne man weitersehen, und dann dürfe er schon noch früh genug seinen eigenen Weg beginnen, das würde sie ihm versprechen. So hielt Horst im Vertrauen auf diese Zusage und in der Hoffnung auf bessere Zeiten still, verkleidete sich als Cowboy mit Colt, Lasso und Gummistiefeln und ging mit seinen Eltern zum »Ball der kecken Jecken«, für den sich Walter und Irmtraud Gurk als zwei total durchgeknallte Bayern hergerichtet hatten.

Um acht Uhr saß man in trauter Runde zusammen an einem Tisch der dritten Kategorie, stieß mit Bowle und Sekt auf den besonderen Abend und natürlich auf den Geburtstag an und genoß das bunte Treiben. Jedenfalls Walter und Irmtraud taten das, und nachdem sie sich einen leichten Schwips angetrunken hatten, erhoben sich die beiden um halb zehn beschwingt von ihren Stühlen, um blendend gelaunt und unermüdlich das Tanzbein zu den rockesk aufgemotzten Evergreens der großen Big Band zu schwingen. Horst dagegen langweilte sich bis aufs Blut, und weil ihn seine Eltern derart verantwortungslos zurückließen, begann er mit sich alleine zu feiern und schüttete mechanisch ein Glas Bowle nach dem anderen in sich hinein. Der Alkohol zeigte erschreckend schnell seine teuflische Wirkung, und schon bald konnte er seine Eltern zwischen Konfetti, Luftschlangen und den anderen, peinlich ausgelassenen Erwachsenen mit ihren Perücken und Pappnasen nur noch schemenhaft ausmachen. Eine ganze Zeit lang saß er einfach nur da und war bereits ordentlich bedient, als plötzlich eine völlig ausgerastete Närrin mit schwingenden Hüften und wabernden Brüsten antanzte, die sich als Schönheit aus ›Tausendundeiner Nacht‹ verkleidet hatte. Aus ihrem Gesicht schoß ein leicht manischer Blick, als sie sich äußerst zielsicher und laszív breitbeinig vor Horst, dem Cowboy, aufbaute, und sofort zur Sache kam.

»Laß uns tanzen, mein Kleiner. Ich bin scharf auf dich!«

Horst blickte sie völlig fassungslos an, und da er noch nie in seinem Leben getanzt hatte, sagte er nur: »Ich tanze nicht!«

»Das ist mir aber egal«, antwortete die Orientalin, packte Horst bei der Hand, zog ihn von seinem Stuhl hoch und zerrte ihn durch den ganzen Saal auf die überfüllte Tanzfläche. Und so fand sich Horst, dank der Bowle zu einer Gegenwehr nicht mehr fähig, nur wenige Augenblicke später inmitten unzähliger ausgelassener Karnevalsfreaks wieder und tanzte. Eigentlich wollte er sich gar nicht bewegen, doch er hatte keine Chance, denn seine Partnerin schlang sofort ihre Arme um seinen Hals, zog ihn an ihre wirklich phänomenalen Brüste, schob ihren Schritt nach vorne und nötigte Horst mit kreisenden Bewegungen ihrer Hüften zum Mitkreisen.

»Laß uns einen Schieber tanzen«, keuchte die Frau Horst ins Ohr.

»Und was macht man bei einem Schieber«, fragte er verlegen zurück.

»Na, schieben, meine Süßer. Schieben!«

Und so schob Horst eben. Oder besser, er wurde geschoben. Und das ganz schön heftig.

Ihr Name war Gerda, sie war Chefin eines Bräunungsstudios und gab sich für Anfang Vierzig aus, was wohl ein bißchen geschwindelt war. Aber wen interessierte das schon, immerhin war Karneval. An die zwanzig Nummern tanzte sie mit ihm ohne Unterlaß, und so blieb viel Zeit, dieser Frau auf den Grund zu gehen. Ihr Gesicht verbarg sich unter einer dicken Schicht Schminke, die die tiefen Falten und die leicht hängenden Backen gut versteckte. Die Lippen waren voll und knallrot angemalt und ihre Zähne in sehr gutem Zustand, allerdings vermutlich falsch. Die mäßig straffen Oberarme waren massiv, genau wie ihre Oberweite, und aus dem bauchfreien Haremskostüm schob ein warmer, weicher Bauch hervor, der einen großen mütterlichen Sex ausstrahlte. Da aber der echte Mann vom Schauen allein nicht satt wird, mußte Horst auf freundliche Einladung seiner Gerda auch weiter unten forschen und durfte mit seinen Händen an ihren feisten Hintern fassen und dort, nach einer weiteren Aufforderung seiner Tanzpartnerin, ordentlich herumkneten. Warum auch nicht, dachte sich Horst, schließlich war er nicht mehr ganz zurechnungsfähig, und außerdem tat Gerda mit seinem Hintern genau das gleiche. Das war wahrscheinlich auch der Grund, warum Horst auf der Stelle einen Ständer bekam. Und da die gute Gerda immer noch mit ihrem Schritt an seinem klebte, blieb ihr das natürlich nicht verborgen.

»Na, mein Süßer! Da rührt sich ja was in deiner Hose! Mmmh! Das macht mich aber ganz schön oh, là, là«, schnurrte sie.

Das hätte sie aber lieber nicht sagen sollen, denn spätestens jetzt ging es Horst genauso, und keine zwei Minuten später schleppte Gerda ihren Süßen aus dem Saal, ging mit ihm zielstrebig die Treppen in den dritten Stock der Stadthalle hinauf und fand verdächtig schnell eine offene Tür, die auf den Speicher führte. Offensichtlich kannte sie den Weg, wahrscheinlich aus langjähriger Erfahrung. Oben angekommen, war es stockfinster, und nur durch eine Dachluke fiel etwas Licht, und zwar auf einige ausgemusterte Schreibtische, die in der Mitte des Speichers zusammengestellt waren.

Dann ging alles ganz schnell. Gerda warf Horst auf die Tische, zog ihm die Schuhe aus und die Hose runter und stieß beim Anblick seines Gemächtes einen freudigen Lustschrei aus, was Horst als eindeutiges Indiz dafür interpretierte, daß er anscheinend einen ziemlich großen Pimmel hatte. Um nicht noch mehr Zeit zu verlieren, versenkte sie ohne zu fragen das gute Stück in ihrem Schlund und entledigte sich währenddessen geschickt ihrer Bluse und ihres Schlüpfers. Dann schob sie den Rock hoch und wollte sich gerade auf Horst draufsetzen, als dem, völlig sprachlos und hin- und hergerissen zwischen Geilheit und Nervosität, einfiel, daß er ganz dringend pinkeln mußte.

»O Gott! Ausgerechnet jetzt«, murrte Gerda sichtlich

genervt, wälzte sich aber notgedrungen zur Seite, gab ihren jugendlichen Liebhaber frei und rief ihm noch hinterher: »Du kannst ja aufs Dach steigen. Aber gibt acht, daß *er* keinen Zug bekommt.«

Dankbar für diesen hervorragenden Vorschlag stand Horst auf und kletterte mit halb heruntergelassener Hose durch die Luke auf das Dach. Das allein erforderte schon einige akrobatische Begabung, aber noch viel schwieriger gestaltete sich der Akt des Wasserlassens an sich. Bei dem Dach handelte es sich nämlich um ein Schrägdach, und das war zu allem Überfluß auch noch naß. Und weil nur Mädchen im Sitzen pinkeln, stellte sich Horst aufrecht hin, ständig um Balance bemüht, doch als er endlich loslegen wollte, mußte er zu seinem Entsetzen feststellen, daß Mann mit einer Erektion nicht einfach pinkeln kann, selbst wenn man ganz dringend muß. Er drückte und preßte, aber nichts rührte sich. Die ständigen Rufe von Gerda, ob er es jetzt endlich habe, taten ein übriges, sein Vorhaben zum Scheitern zu bringen. Und so entschloß er sich nach einigen Versuchen völlig entnervt, daß ihn seine Blase mal am Arsch lecken könne und daß er sich jetzt statt dessen zusammenreißen werde. Schließlich ging es hier um seinen ersten, ach so lange ersehnten Sex. Deshalb drehte er sich unverrichteter Dinge um, ging zur Luke zurück, und sofort fiel sein lüsterner Blick auf Gerda, die sich mittlerweile ausgezogen hatte und sich nun, bis auf lila Seidenstrümpfe, die von farblich abgestimmten Strapsen gehalten wurden, nackt auf den Tischen räkelte und an sich herumfummelte. Von seiner Lust gepackt, wollte er gerade wieder zu ihr zurücksteigen, als er plötzlich das Gleichgewicht verlor, ins Straucheln kam, ausrutschte und vornüber und mit voller Wucht auf das Dach fiel, wobei er sich schrecklich das Glied quetschte.

Sein danach sofort eingeleiteter Rettungsversuch

schlug allerdings fehl, denn noch ehe Horst mit seinen Händen den Blitzableiter zu fassen bekam, schlitterte er auch schon mit hoher Geschwindigkeit und mit den nackten Füßen voran das Dach hinunter und wäre wohl tödlich abgestürzt, wenn ihn nicht ein Schneegitter mit einem lauten Schepperer daran gehindert hätte. Da lag er nun, halbnackt und mit geschwollenem Glied und konnte nicht vor und nicht zurück, weil das Dach viel zu steil und viel zu rutschig war, um wieder hinaufzuklettern. Daher rief er nach Gerda und deren Hilfe, doch die Gute hatte sich in der Zwischenzeit entnervt davongemacht und konnte deshalb seine Hilfeschreie nicht mehr hören. Wohl aber taten dies einige Partybesucher, die zufällig auf der Straße standen, und so rückte nur kurze Zeit später die städtische Berufsfeuerwehr mit einem Leiterwagen an und holte Horst vom Dach. »Tolles Kostüm«, sagte der Feuerwehrmann, als er ihn sah.

Gut zwei Jahre später machte Horst erfolgreich sein Abitur und wurde danach zum Wehrdienst eingezogen, den er als Panzergrenadier im holsteinischen Bad Segeberg absolvieren durfte. Auch wenn er dieser Zeit außer der Erfindung der Panzerkekse nichts abgewinnen konnte, hatte die 12monatige Tortur etwas Gutes, denn spätestens nach seiner Entlassung als Obergefreiter war Horst äußerlich ein richtiger Mann. Harte und ständige Übungen der Körperertüchtigung, wie das Ausheben von Schützengräben mit anschließendem und sofortigem Wiederzuschütten, ließen ihm ansehnliche Muskelpakete wachsen, und auch sein Gesicht hatte überaus markante Züge angenommen. Trotzdem war er immer noch nicht das, was man landläufig als einen hübschen Kerl bezeichnet, und Schuld daran hatten vor allem seine immensen Segelohren, die durch die obligatorische Kurzhaarfrisur eines Soldaten besonders gut zur Geltung kamen. Gerade wenn es kälter wurde, liefen sie leuchtendrot an, lugten neckisch unter seinem schicken Stahlhelm hervor und machten ihn damit nicht nur für den vermeintlichen Feind zu einem schnell erkennbaren Opfer. Dieser ästhetische Mangel hinterließ nun tiefe Spuren in seinem Selbstwertgefühl. Kaum hatten sich die Kasernentore das letzte Mal hinter ihm geschlossen, ließ er sich deshalb im Namen der Schönheit sein Haar schulterlang wachsen. Und siehe da, dank dieser kleinen Veränderung sah er schon bald aus wie die Mischung aus einem Edel-Stripper aus Marbella und einem Energie-Elektroniker aus Castrop-Rauxel. Sein Vater fand das natürlich zutiefst gräßlich und fluchte und zeterte, aber zum ersten Mal konnte er sich mit seinem Willen nicht durchsetzen und ließ seinen Sohn gewähren, wahrscheinlich auch deswegen, weil sich Horst ansonsten erstaunlich vorbildhaft verhielt. Auf väterlichen Rat nämlich begann er sofort nach dem Dienst an der Nation das Studium des Maschinenbaus an der Universität in Köln, wo er jeden Tag mit der Bundesbahn hinfuhr, da sein Vater nicht bereit war, ihm in der Rheinmetropole eine Wohnung zu finanzieren.

Aber bereits im ersten Semester war für Horst klar, daß es so in seinem Leben nicht mehr weitergehen konnte. Und dieses Mal meinte er es ernster denn je, diesmal mußte sich endlich und tatsächlich etwas ändern. Zwar hatte er sich frisurtechnisch durchgesetzt, doch noch immer war er ein abhängiges und unemanzipiertes Söhnchen, das bei Papa und Mama wohnte und unter deren ständigen und wohlgemeinten Ratschlagattacken zu leiden hatte. Bei jedem Schritt fühlte er sich beobachtet und bevormundet, er verdiente kein eigenes Geld, und vor allem, und das war das Schlimmste, er hatte immer noch keinen Sex. Dieses Problem nagte nun derart an seiner Seele, daß er eines Mittwochs den Entschluß faßte, seinem Leben eine entscheidende Wendung zu geben. Nachdem er am frühen Nachmittag aus der Uni kam, ging er zur Bank, hob 1000 Mark seines Entlassungsgeldes von der Bundeswehr ab und beschloß, jetzt, mit 22 Jahren, und mit allen Mitteln und ohne Rücksicht auf Verluste diese größte Schmach seines bisherigen Daseins zu beseitigen. Er war bereit zu vögeln, zu ficken oder auch zu bumsen, egal was, Hauptsache es war Sex. Und für jemanden wie ihn, der mit Frauen noch keinerlei Erfahrungen gesammelt hatte, konnte es zu diesem Zweck nur einen Ort geben, an dem ein solch frommer Wunsch feuchte Wirklichkeit werden sollte, und das war der einzige und damit beste Puff in ganz Troosdorf, das *Crazy Sexy.*

Ein solches Unternehmen mußte natürlich sorgfältig vorbereitet werden, und deshalb richtete er sich nach dem trauten Abendbrot mit seinen Eltern für diesen epochalen Schritt in seinem Leben ein wenig her. Zuerst ging er in sein Zimmer und holte sich seine coolsten Klamotten aus dem Schrank: eine helle *Diesel*-Jeans mit dazu passendem Oberhemd, einen schicken Ledergürtel und die schwarzen College-Slipper mit je zwei Bömmelchen auf der Spannlasche. Danach duschte er ausgiebig, bewaffnete seinen Astralkörper mit eng sitzenden und gestreiften Unterhosen, trug sein Deo auf und schlug schließlich noch die gefönten Haare lässig über die Ohren, nicht zuletzt um seine Aufregung zu verbergen. So durchgestylt baute er sich vor dem großen Badezimmerspiegel auf, steckte sein Geldbündel in die Gesäßtasche und stellte mit einem lauten »O. k.!« fest, daß es nun losgehen konnte. Als ihn seine Eltern derart zurechtgemacht aus dem Haus gehen sahen und fragten, was er denn Besonderes vorhabe, sagte Horst nur, er ginge noch kurz aus, ein Bierchen trinken.

Dann verschwand er zur Tür hinaus, stieg auf sein 3-Gang-Fahrrad der Marke *Weidemann* und trat hastig in die Pedale, wobei er ein fröhliches Liedchen aus seiner Bundeswehrzeit vor sich hinpfiff.

Horst war nervös. Sehr nervös sogar. Schließlich sollte er schon bald ein Bordell betreten und sich einen richtig scharfen Superhasen für die erste heiße Liebesnacht in seinem Leben raussuchen. Man würde sich zusammen etwas Mut antrinken, jedenfalls er würde das tun, und dann würde es ordentlich zur Sache gehen, so mit allem Drum und Dran. Doch bis zur Erfüllung dieses Traums war es noch ein weiter Weg. Bislang bekam Horst nämlich schon weiche Knie, wenn er sich nur am Bahnhofskiosk einen *Playboy* kaufte, um besser einschlafen zu können. Und daher dauerte es eine ganze Weile, bis er endlich am *Crazy Sexy* ankam, denn immer wieder änderte er aus Angst seinen Kurs in Richtung Heimat, um dann wieder umzudrehen in Richtung Puff. Es war die härteste und anstrengendste Fahrradfahrt, die er je gemacht hatte, ein Kampf seiner guten Erziehung gegen die verzweifelte Sehnsucht, endlich in den Club der praktizierenden SexMacs aufgenommen zu werden. Als er nach etwa einer halben Stunde immer noch nicht entscheidend vorangekommen war, entschloß sich Horst, seine Unentschlossenheit mit dem einen oder anderen Bierchen zu zähmen. Er ging in eine Pinte am Bahnhof und leerte dort drei frische Pils und zwei Jägermeister. Das half und gab Kraft für die letzten gut zwei Kilometer bis ins Ziel.

Die Fassade des *Crazy Sexy* erstrahlte dank einer nackten Frau aus sexy Neonleuchten in einem ganz schön crazy roten Licht, und bereits beim Gedanken an das, was gleich passieren würde, hatte Horst seine Erregung kaum mehr im Griff. Und obwohl er es nicht wahrhaben wollte, plagten ihn bereits jetzt die typisch männlichen Versagensängste, von denen er schon so viel gehört hatte. Aber nun war er schon mal hier, und deshalb gab es für ihn auch kein Zurück mehr. Er stellte sein Fahrrad hinter dem Haus ab, gleich neben mehreren verdächtig tiefen und breiten Sportwagen, atmete ein letztes Mal tief durch, fuhr sich nochmals durch die wallenden Haare und schritt dann mit gespielt selbstbewußten Schritten zur Tür. Dabei beobachtete er angespannt die Umgebung, um sicherzugehen, daß ihn keiner sah, und öffnete schließlich mit einem beherzten Zug die Pforte ins Reich der Lust.

Dann überschlug sich alles, und insbesondere verlief es anders, als Horst es erwartet hatte. Kaum war die Türe offen, erblickte er eine riesige Meute fast gar nicht mehr bekleideter Damen, die bei seinem Anblick sofort in ein frenetisches Johlen ausbrachen, auf ihn zustürmten und ihn ins Foyer zerrten. Horst wußte überhaupt nicht, wie ihm geschah, denn nur Augenblicke später fand er sich inmitten dieser Weiber wieder, die alle fett nach billigem Parfum rochen, die geilsten Mieder trugen, über ihn herfielen und an ihm zupften und zogen und rieben und tatschten. Hier stimmte etwas nicht, soviel stand fest, und gerade, als er sich ein wenig Luft machen wollte, um über dieses Etwas Klarheit zu erlangen, da schrie ihn jemand von der Seite her an.

»He du! Schau mal hierher!«

Instinktiv blickte Horst in die Richtung, aus der die Stimme kam, und schon prasselte ein Blitzlichtgewitter auf ihn nieder, von dem er derart geblendet wurde, daß er seine Augen zukneifen mußte. Aber kaum machte er sie nach einigen Sekunden wieder auf, begann die Blitzerei von vorn, diesmal allerdings mit dem feinen Unterschied, daß sich in der Zwischenzeit ein ziemlich kompakter, etwa 45jähriger Typ mit Seidenhemd, Porschebrille und leichtem Bauchansatz neben ihn gestellt hatte, der nun ungefragt nach seiner Hand griff und diese eifrig und mit einem tief zufriedenen Lächeln schüttelte.

»Darf ich vielleicht mal erfahren, was hier eigentlich los ist?« platzte es aus Horst heraus.

»Aber natürlich«, sagte der Typ neben ihm gelassen. »Du hast gewonnen, mein Kleiner. Du bist der zehntausendste Gast, der das *Crazy Sexy* besucht. Und das will doch gefeiert werden, oder?«

»Wie, gewonnen? Was hab' ich denn gewonnen?« fragte Horst ungläubig.

»Na was schon? Einen warmen Händedruck natürlich. Und zwar von mir! Ich bin übrigens der Rocko, mir gehört der Laden hier!« Sprach's, und schon begannen die Huren erneut zu kreischen. »Nein, nein, nur keine Sorge. War ein kleiner Spaß. Du kriegst selbstverständlich einen Super-Preis. Und zwar darfst du heute Nacht trinken, was du willst, und mit einem meiner Mädchen rumvögeln, bis die Schwarte kracht. Und das beste ist, obendrauf gibt's noch eine kostenlose Reise nach Vietnam. Als Sahnehäubchen, sozusagen. Na, ist das nichts?«

Horst wußte überhaupt nicht, was er damit anfangen sollte. Eigentlich wollte er doch nur für ein paar Mark etwas trinken und danach ein bißchen nett bumsen. Doch plötzlich sollte das alles umsonst sein? Soviel er wollte und soviel er konnte? Und eine Reise gab es noch dazu? Er konnte das alles nicht fassen, und um sicherzugehen, daß hier niemand einen üblen Spaß mit ihm machte, fragte er vorsichtshalber noch mal nach.

»Ich meine ..., also Sie meinen ..., also ich muß hier heute gar nichts zahlen?«

»Keinen lausigen Pfennig. Selbst die Präser sind for free. Aber jetzt genug gequatscht, wir müssen noch die Übergabe des Flugtickets fotografieren!«

Rocko holte aus seiner Seidenhemdtasche einen Briefumschlag, griff erneut nach Horsts Hand, hielt den Umschlag gut sichtbar in die Luft, setzte sein schönstes Jacketkronen-Grinsen auf, und schon schoß der Photograph eine weitere Blitzlichtsalve ab.

»Wozu sind eigentlich die ganzen Fotos?« wollte Horst wissen.

»Nur ein bißchen Promo, verstehst schon. Man will ja mit so einer Aktion auch bekannt werden. Und jetzt Schluß damit, jetzt wird sich amüsiert«, brach Rocko die Unterhaltung ab und wandte sich seinen Huren zu. »Mädels! Ab in die Bar! Und für unseren jungen Sportsfreund hier erst mal eine Flasche Schampus verstanden?«

Das ließen sich die Horizontalen nicht zweimal sagen. Sie nahmen Horst in ihre Mitte und zogen mit ihm in die Bar. Horst selbst wußte zwar immer noch nicht so recht, was gerade mit ihm geschah, aber irgendwie fühlte er sich in seiner Rolle als Gewinner ziemlich wohl, und er spürte, wie er immer entspannter wurde. Daher blieb er selbst dann noch gelassen, als ihn plötzlich die erste Dirne zur Seite nahm, sich mit dem Namen Jackie vorstellte und ihm zur Begrüßung erst einmal ordentlich von hinten in den Schritt faßte. In diesem Klammergriff zog sie ihn dann an den Tresen, nahm eine Flasche Schampus aus dem Kübel und goß sich und Horst ordentlich einen ein.

»So, mein Süßer, jetzt trinken wir erst mal auf dich und deinen tollen Gewinn. Also dann, prost!«

»Also dann, prost«, wiederholte Horst.

»Na, meinen Namen kennst du ja nun. Jetzt will ich natürlich auch deinen wissen.«

»Ich heiße Horst.«

»Horst? Na ja, immer noch besser als Willibald, oder? Also dann. Aber jetzt wirklich. Prost Horst!«

»Prost Jackie!«

Man trank das erste Glas in einem Zug leer, und noch

bevor sich eine Sprachlosigkeit breitmachen konnte, schenkte Jackie nach und ergriff dann die Initiative.

»Wenn du genug getrunken hast, suchst du dir einfach ein Mädchen raus, und dann geht's ab auf's Zimmer. Kannst natürlich auch mit mir, wenn du dich traust«, sagte sie, schob dabei genüßlich ihre Zunge nach vorne und leckte sich die Lippen.

Horst konnte das alles nicht fassen. Seit fünf Minuten war er das erste Mal in einem Puff, und schon soff er mit einer rattenscharfen Braut *Moët Chandon* an der Bar, mußte nichts dafür bezahlen und durfte danach sogar noch eine Mieze seiner Wahl ordentlich durchpoppen. Der helle Wahnsinn! Doch so toll das auch klang, spätestens hier begannen seine Probleme. Welche sollte er nur nehmen? Welche war wohl die Richtige für sein erstes Mal? Sollte er sich eine rassige Versaute oder lieber eine einfühlsame Schüchterne raussuchen? Und woran, verdammt noch mal, konnte man erkennen, ob eine Hure versaut oder schüchtern ist? Horst war verwirrt! Jetzt bloß keine Fehlentscheidung! Und da seine Verunsicherung mit jeder Sekunde wuchs, entschloß er sich, Jackie um Rat zu bitten.

»Du, Jackie, darf ich dich mal was fragen?«

»Aber natürlich, dafür bin ich doch da. Also raus mit der Sprache. Was willst du wissen?«

»Weißt du, es ist so. Ich war noch nie im Puff, und jetzt …«

»Das ist doch kein Beinbruch, mein Kleiner. Irgendwann ist immer das erste Mal. Trink einfach noch ein Schlückchen, und dann geht das ganze wie von selbst.«

»Ja, äh, schön. Aber um ehrlich zu sein, ich habe auch noch nie mit einer Frau, also, na du weißt schon, ge… also, ich habe noch nie mit einer Frau geschlafen.«

Dieser Satz war noch nicht ganz verklungen, da stand

Jackie auch schon auf und brüllte durch die ganze Bar: »He, hört mal alle her! Der kleine Horst hier, unser Gewinner, der ist noch 'ne richtige Jungfrau!«

Die Mädchen schrien spitz auf, und Horst versank vor Scham hinter seinem mittlerweile dritten Glas Champagner.

»Weißt du was, Horst«, sagte Jackie streng, »du bist ein Fall für unsere Tonja! Die zeigt dir alles, wovon du bis jetzt nicht mal geträumt hast. Die, die besorgt's dir wie keine zweite. Tonja, komm doch mal rüber!«

Sofort rückte Tonja an. Sie war eine Frau mindestens mittleren Alters, in schwarzes Lackleder geschnürt und durchgestrapst bis zu den Zähnen, bewaffnet mit High Heels und einem nietenbesetzten BH, der ihre prallen Titten im Zaum hielt, und dazu war sie von Gott gesegnet mit feuerroten Haaren, die ihr bis zum Arsch reichten.

»Darf ich vorstellen, das ist Tonja, unser geilstes Pferd im Stall! Wenn du willst, wird sie dich jetzt mal so richtig rannehmen«, sagte Jackie, stand auf und ließ Horst mit ihr allein.

Es war die nackte Angst, mit der er es zu tun bekam. Tonja war eine Nummer zu heftig für ihn, das spürte er in allen Gliedern, und er wußte, daß er eine Nacht mit ihr nicht überleben würde. Aber wie sollte er das dieser Frau nur sagen, zumal sie schon neben ihm saß, mit ihren fleischigen Händen an ihm herumfummelte und dabei lauter unanständige Dinge sagte? Eines war klar, er mußte in die Offensive gehen. Jetzt oder nie, sonst würde er den Abend noch bitter bereuen.

»Entschuldige, Tonja, ich hoffe, du bist mir nicht böse. Aber wäre es vielleicht möglich, daß ich den Abend mit einer, äh, anderen Frau verbringe?« stammelte er mit allem Mut, den er zusammenkratzen konnte.

Tonja blickte zunächst etwas verwundert drein, nahm

dann jedoch sofort ihre Hand aus seiner Hose und sagte: »Wenn du meinst. Aber ich kann dir nur sagen, du verpaßt was.«

Danach machte sie sich davon und ließ Horst allein. Da saß er nun, verloren auf seinem Barhocker vor einer weiteren Flasche *Moët* und blickte erst einmal in aller Ruhe in die Runde. O Gott, dachte er sich, wie die alle aussehen. Von wegen Top-Puff mit Top-Frauen! Alle Huren hatten etwas Gelangweiltes und Verbrauchtes in ihren Gesichtern, und irgendwie roch es auch noch schlecht. Horst ließ seine Blicke schweifen, die sich ständig und fasziniert an irgendwelchen Titten und Ärschen festsaugten, aber nicht lange, denn so recht mochten ihm die Frauen nicht gefallen, die an diesen Titten und Ärschen dranhingen. Entweder waren sie zu alt oder hatten schlechte Zähne, oder sie waren zu kräftig oder sahen zu durchgenudelt aus oder hatten blondierte Dauerwellen oder erinnerten ihn sogar an seine eigene Mutter. Alles Dinge also, die seine jungfräulichen Vorstellungen von Erotik bereits im Keim erstickten. Verzweiflung machte sich in ihm breit. Sollte es etwa wieder nichts werden? Ausgerechnet an einem Glückstag wie diesem, wo alles erlaubt und dazu noch umsonst war? Scheiße, dachte sich Horst, und er überlegte schon, ob er es in seiner Not nicht vielleicht doch mit Tonja aufnehmen sollte, als ihm plötzlich, in der hintersten Ecke der Bar an einem Tisch ein Mädchen auffiel, das ganz anders war als all die anderen. Jung war sie, bildhübsch dazu, mit langen dunklen Haaren und vollendeten Lippen, die so süß waren wie die gesamte Erdbeerernte auf allen Troosdorfer Selbstpflückfeldern zusammen, und zwar mindestens, wenn nicht noch viel süßer.

Horst schenkte sich zwei neue Gläser ein und schritt mit wackeligen Knien auf diese Göttin zu. Sie war wahrscheinlich sogar in seinem Alter, trug weiße Wäsche mit Spitze, und das verlieh ihrer olivgrünen Haut einen zusätzlichen, unendlich faszinierenden Reiz.

»Darf ich mich setzen?« fragte Horst schüchtern.

»Aber natürlich. Bitte sehr«, kam es in gebrochenem Deutsch zurück.

»Du kommst nicht aus Deutschland, oder?«

»Nein, ich komme aus Ungarn.«

Horst war überwältigt. Noch nie hatte er eine solch weiche und unschuldige Stimme gehört.

Und noch nie hatten ihn derart milde Augen angeschaut.

»Wie heißt du?« wollte Horst wissen.

»Ich heiße Bea. Und du?«

»Ich, äh, ich heiße Horst.«

»Das ist aber ein netter Name. Wollen wir darauf trinken?«

Was hatte Bea da gerade gesagt? Ein netter Name? Horst war gerührt. Und er war sogar so gerührt, daß er sich auf der Stelle in Bea verliebte. Hals über Kopf und unendlich. Die beiden tranken noch ein paar Gläschen und unterhielten sich angeregt über Gott und seine Welt. Horst erzählte von seiner Jungfräulichkeit und Bea über ihr Leben. Horst erfuhr, daß sie 20 Jahre alt war und in Deutschland Geld verdienen mußte, um ihre kranke Mutter in Budapest zu unterstützen, die von ihrem wahren Job allerdings nichts wußte. Sie erzählte ihm, daß sie von keinem Menschen gezwungen wurde, als Prostituierte zu arbeiten, sondern daß lediglich die Not ihrer Mama sie dazu treiben würde. Drei Jahre wollte sie noch so weitermachen und dann einen Schlußstrich ziehen, denn ihr Job kotzte sie an. All die widerwärtigen Männer, mit denen sie ins Bett gehen mußte! All die kaputten Typen mit ihren kaputten Ehen! Jedesmal empfand sie Ekel dabei, aber es sei halt ihr Schicksal. Und schließlich lachte sie und verriet

Horst, daß sie letztens einen Traum hatte. Ein junger Mann sei ins *Crazy Sexy* gekommen, habe sich Hals über Kopf in sie verliebt und, ob er es glaube oder nicht, am Ende hätten sie geheiratet.

Nach dieser Geschichte ging Horst mit Bea auf ihr Zimmer und verbrachte die ganze Nacht mit ihr zusammen. Es war Horsts erster Sex, und es war einfach wunderbar. Und anscheinend empfand auch Bea etwas für ihn, denn am nächsten Morgen brach sie die goldene Regel der Dirnen und gab ihm zum Abschied einen leidenschaftlichen Kuß.

5. Adieu Erzeuger

Horst und Bea lagen noch eng umschlungen im Bett und erholten sich von ihrer heißen Liebesnacht, als Walter Gurk mit seiner Frau am liebevoll gedeckten Frühstückstisch in der Wohnküche saß und auf das Erscheinen seines Sohnes wartete. Irmtraud hatte natürlich gemerkt, daß Horst in dieser Nacht nicht nach Hause gekommen war, doch um ihrem Mann diese Wahrheit zu ersparen, behauptete sie einfach, er wolle ausnahmsweise ein bißchen länger ausschlafen, weil er am Abend erst ziemlich spät zurückgekommen sei. So frühstückte man eben nur zu zweit, und dementsprechend war die Stimmung nicht die beste. Vater Gurk schimpfte über die nächtlichen Eskapaden von Studenten, die lieber lernen sollten, anstatt zu feiern, und Mutter Gurk nickte dazu. Dabei hoffte sie jedoch insgeheim, daß ihrem Sohn nichts zugestoßen war, vor allem aber, daß er erst dann wieder auftauchen würde, nachdem sich ihr Mann auf den Weg ins Ministerium gemacht hatte, damit ihre Notlüge unentdeckt blieb. Diese Hoffnung sollte sich übrigens erfüllen, denn selbst Stunden später fehlte von Horst noch jede Spur.

Walter Gurk kam pünktlich um acht Uhr dreißig in sein Büro, und wie jeden Morgen kochte er sich erst einmal einen starken Kaffee und aß dazu ein Käsebrot, das er sich traditionell immer von daheim mitbrachte. Zum Ritual seines zweiten Frühstücks gehörte für den Postbeamten Gurk selbstverständlich auch die Lektüre einer Zeitung, schließlich mußte ein Mann in seiner Position gut informiert sein. Um nun dieses Informationsbedürfnis möglichst schnell zu befriedigen und seine wertvolle Arbeitszeit nicht unnötig zu verplempern, las er stets den *Kölner Express*, eine mäßig anspruchsvolle Lokalpostille, die jedoch für einen normalen Menschen durchaus geeignet ist, sich einen groben und intellektuell erträglichen Überblick über die Geschehnisse in der Welt zu verschaffen. Außerdem regte das Blatt allmorgendlich mit reichlich Bildmaterial von nur leicht bekleideten Damen den Appetit an, und zudem gab es da noch ein prima Kreuzworträtsel, das sich Herr Gurk immer für seine Mittagspause aufhob.

Gegen zehn vor neun war der Kaffee durchgelaufen. Horsts Vater setzte sich an den Schreibtisch, mümmelte gemütlich an seinem Schwarzbrot-Käse-Doppeldecker und schlürfte schlückchenweise seinen Kaffee, wobei er zuvor seinen Tisch stets mit einem zum Deckchen umfunktionierten Abtrockentuch verhüllte, um zu verhindern, daß etwa Brotkrümel oder gar Kaffeeflecken seinen Arbeitsplatz besudelten. Dann begann er zu lesen. In der Weltpolitik passierte in diesen Tagen nichts sonderlich Spannendes, so daß er die ersten Seiten schnell durchgeblättert hatte. Als er nun gerade zum Regionalteil übergehen wollte, wurde plötzlich die Bürotüre aufgerissen, und sein Bürokollege Herr Much stürzte aufgeregt ins Zimmer.

»Haben Sie schon den *Express* gelesen, Gurk?«

»Wie wäre es erst einmal mit einem ›Guten Morgen‹, Herr Much?«

»Ja, ja, guten Morgen. Aber sagen Sie, haben Sie es schon gelesen? Ich glaube, Ihr Sohn steht in der Zeitung!«

»Mein Sohn? Ausgeschlossen! Der liegt im Bett und schläft. Warum sollte der schon in der Zeitung stehen?«

»Na«, sprach Kollege Much und fing an zu grinsen, »das sollten Sie sich besser mal selbst anschauen. Auf Seite 14 oben. Toller Hecht übrigens, Ihr Horst.«

Walter Gurk schlug neugierig die besagte Seite auf, überflog sie hektisch und blieb bei einem Artikel hängen, der die Überschrift trug: »Gratisnacht in Troisdorfer Edelbordell – 22jähriger genoß Sex in vollen Zügen.« Rechts unter der Headline war ein Bild abgedruckt, und es zeigte eindeutig und unabstreitbar Horst Gurk, seinen Sohn, neben Rocko, dem Luden. Beide lächelten. Horst leicht verlegen und Rocko stark verdorben, und gemeinsam waren sie umringt von unzähligen Frauen, die alle so drall dreinschauten, als hätten sie gerade den kollektiven Orgasmus erfunden. Papa Gurk fiel die Zeitung aus der Hand. Er sackte in seinem Drehstuhl zusammen, löste seine Krawatte und die oberen zwei Knöpfe seines Hemdes und rang nach Luft. Kollege Much hatte ihn noch nie derart fassungslos gesehen. Aber anstatt sich Sorgen zu machen oder gar Mitleid zu empfinden, stellte sich bei ihm nichts als blanke Freude ein, denn er konnte den alten Spießer mit seiner akkuraten Schreibtischordnung und seinem übertriebenen Pflichtbewußtsein sowieso noch nie ausstehen. Und als wäre das Antlitz des hechelnden und keuchenden Zimmergenossen nicht schon Befriedigung genug gewesen, setzte Herr Much noch einen drauf.

»Aber Gurk. Sie sind ja ganz blaß im Gesicht. Der Blutdruck, was? Na, den kriegen wir schon wieder hoch. Hören Sie einfach mal zu.«

Herr Much griff sich die Gurksche Zeitung und begann genüßlich und laut zu lesen.

»Am gestrigen Mittwoch begrüßte das Troisdorfer Edelbordell Crazy Sexy *seinen zehntausendsten Freier! Dafür bedankte sich Geschäftsführer Rocko L. bei seiner*

treuen Kundschaft mit einem ziemlich außergewöhnlichen Preis: ›Wer als zehntausendster Gast unser Haus betritt, bekommt eine Liebesnacht umsonst‹. Gewonnen hat diesen Männertraum der 22jährige Maschinenbaustudent Horst Gurk aus Troisdorf, und der konnte sein Glück gar nicht fassen (s. Foto!). Geschäftsführer Rocko L. dazu: ›Es hat auf jeden Fall den Richtigen getroffen. Für unseren Gewinner war es nämlich der erste Sex in seinem Leben.‹ Ein Satz, der auf Horst Gurk heute vermutlich schon nicht mehr zutrifft.«

Bereits während Herr Much den Artikel vorlas, veränderte sich Gurks Zustand bedrohlich. Riesige und knallrote Hektikerflecken breiteten sich in seinem fahlen Gesicht aus, ein Schweißausbruch jagte den nächsten, und als er schließlich das Wort »Sex« hörte, meldete sich sein Herz mit einem heftigen Flimmern. Ruckartig griff er sich zur Brust und, um Schlimmeres zu verhindern, stand er auf und torkelte schwer angeschlagen in Richtung Fenster. Er brauchte frische Luft. Auf der Stelle und sofort.

»Gurk, was ist denn bloß los mit Ihnen?« fragte Herr Much nun sichtlich besorgt und versuchte ihn zu beruhigen. »Das ist doch nicht so schlimm. Schließlich gehen wir alle mal ganz gern ins Puff, oder?«

Walter Gurk konnte es nicht fassen. Sein Sohn, sein eigen Fleisch und Blut, trieb es hinter seinem Rücken mit einer Prostituierten! Nicht etwa mit irgendeiner Kommilitonin oder mit einem netten anderen Mädchen aus der Nachbarschaft, nein, er trieb es mit einer Nutte! Gurk stand am Fenster, und tausend Fragen schossen ihm durch den Kopf. Wozu hatte er ihn nur erzogen? Wozu hatte er nur versucht, ihm christliche Werte mit auf den Weg zu geben? Was dachte sich dieser Drecksjunge nur dabei? Es war eine Schande! Die ganze Stadt würde ihn mit Verachtung strafen, die Menschen würden auf offener Straße und mit bloßen Fingern auf ihn zeigen, und in seiner Gemeinde St. Gerhard dürfte er gewiß nicht mehr ein einziges Mal die Fürbitten verlesen!

Das Fenster war offen, Gurk stand wie ein gestrandeter Wal davor, schnappte nach Luft und versuchte gerade verzweifelt, nicht zu explodieren, da schoß ohne Vorwarnung ein Hausbote ins Zimmer und rief: »Der Chef will Sie sprechen, Gurk. Sofort, meint er. Wegen irgendeiner Zeitungsgeschichte, sagt er.« Und so schnell, wie der Bote gekommen war, verschwand er auch wieder.

Das war alles zuviel für den anständigen Menschen Walter Gurk. Ihm wurde schwarz vor Augen, ein starker Schwindel stellte sich ein, und er begann, die Kontrolle über seinen Körper zu verlieren. In seiner Panik wollte er sich am Fensterrahmen festhalten, griff jedoch viel zu weit, verfehlte ihn daher deutlich, kippte mit einem Mal nach vorne über und rauschte mit hoher Geschwindigkeit und begleitet von einem lautstarken Schrei in die Tiefe. Es sollte sein letzter Schrei gewesen sein. Ein bißchen mehr Linksdrall, und er wäre vermutlich in einem rettenden Gebüsch gelandet. Aber nichts da. Sein Körper klatschte mit voller Wucht auf den Parkplatz. Und der war betoniert.

Herr Much rannte sofort zum Fenster, blickte fassungslos nach unten, und als er seinen Kollegen dort in seiner eigenen Blutlache am Boden liegen sah, regungslos und platt wie ein Apfelpfannkuchen, da wurde ihm auf der Stelle übel. Auch er konnte sich nun nicht mehr auf den Beinen halten, sondern brach vor der Heizung zusammen, wobei er aus Versehen den Büro-Ficus vom Fensterbrett stieß. Der schöne Terrakotta-Topf raste daraufhin mit Kurs auf den toten Kopf von Walter Gurk in die Tiefe, zerschellte mit einem sonoren Klirren an dessen Schädeldecke und bedeckte den Leichnam wie bei einem Begräbnis mit etwas Erde, was eine ordentliche Bestattungszeremonie allerdings nicht überflüssig werden ließ.

Diese Beerdigung war alles in allem ein ziemlich tragisches Ereignis, denn Irmtraud Gurk mußte gleich mit in die Kiste. Kaum war die Leiche ihres Mannes ein wenig ausgekühlt und von der Polizei eingehend inspiziert worden, benachrichtigte man sie nämlich von dem unglücklichen Vorfall. Dabei wurde von Selbstmord gesprochen, weil Herr Much den herbeigerufenen Beamten von der Mordkommission eine plausible Geschichte präsentieren konnte, wie es zu dem Sturz gekommen war. Der alte Gurk, so Kollege Much, habe es als strenger Glaubensmensch halt nicht verwinden können, daß sein Sohn solche Dinge tat, mit dem Puff halt, und so weiter, und deshalb, und nur deshalb, habe er sich aus dem Fenster geworfen. Schade sei das natürlich, aber irgendwie nehme das Leben doch immer seinen Lauf, und Schicksal bleibe eben Schicksal. Man glaubte Herrn Much, und da der Tote leider tot war und sich daher zu dem Vorgang nicht mehr äußern konnte, wurde nie bekannt, daß es sich lediglich um einen tragischen Unfall gehandelt hatte und nicht um einen beabsichtigten Selbstmord.

Irmtraud Gurk verkraftete diesen Schicksalsschlag nicht. Kaum hatte sie hinter dem Polizisten und seiner traurigen Nachricht die Türe zugemacht, verfiel sie auch schon in eine tiefe Depression. Sie fühlte sich von ihrem Sohn betrogen und belogen und verraten und verkauft und konnte und wollte unter diesen Umständen einem Witwendasein keinen Reiz abgewinnen. Daher beschloß sie, dem Beispiel ihres Mannes zu folgen und ihrem Leben ebenfalls ein Ende zu setzen. Zielstrebig ging sie ins Bad, genehmigte sich eine ausreichende Portion Schlaftabletten und spülte sie mit einer Flasche ihres Lieblingsweinbrandes hinunter. Dann duschte sie ausgiebig, putzte sich die Zähne, legte sich im Morgenmantel auf die Wohnzimmercouch und schlummerte langsam und irgendwie auch glücklich ein, konnte sie doch aufgrund ihres tiefen Vertrauens in das ewige Himmelreich sicher sein, ihren Mann sofort nach ihrem letzten Atemzug im Paradies wiederzutreffen.

Horst mußte sich an diesem Morgen bei einem kräftigen Frühstück erst einmal von den körperlichen Strapazen der letzten Nacht erholen. Bea wollte nicht mitkommen, sondern lieber ein bißchen anschaffen gehen, und so verabschiedete man sich äußerst zärtlich und liebevoll, aber auch in der bitteren Gewißheit, daß das Gewesene nicht die Wirklichkeit war. Horst ging ins *Belle Epoque*, ein schickes Troosdorfer Bistro, in dem sich vornehmlich die aufstrebende Bürgerlichkeit versammelte, um bei Kölsch und Kapotschino reich und schön zu spielen. Eigentlich paßte er nicht wirklich in dieses gewollte Ambiente aus weißem Baumarkt-Marmor, tropesker Hydrokulturbepflanzung und dauergebräunter Sonnenwelle, aber irgendwie stand ihm nach der schweren, muffigen Puffatmosphäre der Sinn einfach nach ein wenig steriler Kleinstadteleganz. Völlig erschöpft und mit bis dato unbekannten Schmerzen im Lendenbereich setzte er sich an einen freien Tisch, bestellte sich ein City-Frühstück mit Eiern und Speck, dazu frisch gepreßten Orangensaft, ein Kännchen Kaffee sowie ein Piccolöchen für den Kreislauf.

Kaum fünf Minuten saß er an seinem Platz, und bis auf die Eier war bereits alles serviert, da veränderte sich mit einem Mal die Stimmung im *Belle Epoque*. Es wurde seltsam unruhig, und Horst bemerkte schnell, daß seine Anwesenheit der Grund für diese Unruhe war. Die anderen Gäste tuschelten und kicherten und schauten dabei auffällig oft in seine Richtung. Horst wurde verlegen und nervös. Und er fühlte sich sichtlich unwohl. Was war hier nur los? Stand etwa sein Hosenlatz offen? Oder hing ihm ein riesiger Popel aus der Nase? Oder konnte man vielleicht sogar riechen, daß er gestern abend im Puff war? Und während Horst noch nach einer plausiblen Erklärung für seine plötzliche Prominenz suchte, da brachte ihm der schmierige Kellner sein lang ersehntes Bauernomelette und stellte es mit einem breiten Grinsen auf den Tisch.

»Wir haben zwei Eier mehr reingetan. Weil so ein bißchen mehr kann bei Ihnen heute morgen ja bestimmt nicht schaden, oder?« sagte der Mann mit der Schürze übertrieben lautstark und löste damit bei den anderen Gästen eine sonderbare Heiterkeit aus.

»Was soll das denn heißen?« wollte Horst verärgert wissen.

»Na hören Sie mal! Nach so einer Nacht! Da braucht man doch bestimmt neue Power, mmh?«

Horst wurde böse. Der Kellner ging ihm fürchterlich auf die Nerven, und auch das blöde Getuschel der Mitfrühstücker konnte er nicht mehr ertragen.

»Neue Power? Einen Scheiß brauch' ich neue Power. Und überhaupt, was weißt du denn schon von meinen Nächten, du alte Schwuchtel«, zischte er den Kellner an, der daraufhin leicht zusammenzuckte, vermutlich weil er sich ertappt fühlte.

»Mehr als genug. Steht ja alles im *Express*«, schnauzte der Kellner zurück, stellte die Eier auf den Tisch und verschwand hinter die Bar.

Horst durchzuckte es. Plötzlich sah er wieder das Blitzlichtgewitter aus dem *Crazy Sexy* vor seinen Augen, hörte, wie Rocko »nur ein bißchen Promo« sagte, und wußte, daß es zu Hause Ärger geben würde, und zwar einen Riesenärger. Ohne auch nur einen Moment lang zu zögern, kramte er einen Fünfziger aus seiner Hose, legte ihn auf den Tisch und verließ das *Belle Epoque* so schnell wie möglich. Dann schwang er sich auf sein Fahrrad, hielt kurz am erstbesten Kiosk an, um sich die Morgenausgabe des *Kölner Express* und einen Einwegflachmann Jägermeister zu kaufen, und fuhr an den Schwanenteich in der Nähe der Burg Wissem, um in aller Unruhe und mit dem Bier in der Hand seinen Artikel zu lesen.

Horst konnte nicht ahnen, daß seine Mutter noch zu retten gewesen wäre, wenn er nur einen Augenblick ins Wohnzimmer geschaut hätte. Dort lag sie lässig auf der Couch, hielt dabei die leere Flasche *Chantré* noch zärtlich in ihren Armen und schlief. Tief und fest und für immer. Völlig außer sich vor Wut und mit einer satten Schamesröte im Gesicht war Horst nach Hause geradelt und hatte sich lautlos in sein Zimmer geschlichen. Er legte sich sofort in sein Bett und fiel wenig später in einen tiefen, gehetzten Schlaf, genährt von der Hoffnung, daß seine Eltern von der Sache vielleicht noch nichts erfahren hatten und dies auch nie tun würden. Erst abends um sieben wachte er wieder auf und fand schließlich seine tote Mutter.

Die Beerdigung seiner Eltern fand im engsten Familienkreise statt. Horst stand mit dem Pfarrer in trauter Zweisamkeit in der Aussegnungshalle und geleitete seine Erzeuger zu ihrer letzten Ruhestätte. Als die Zeremonie zu Ende war, ging er zum Leichenschmaus in eine Imbißbude nahe dem Friedhof und genehmigte sich erst mal eine ordentliche Portion Fritten Fortuna mit Currywurst und eine Dose arschkalte Kola.

In den folgenden Tagen gab es einiges zu tun. Horst wurde mehrmals von der Polizei verhört, dazu mußte er die notwendigen Erbschaftsangelegenheiten regeln, und ständig galt es, die Anfragen neugieriger Pressefutzis abzuwiegeln, die sich brennend für seine Geschichte interessierten. Vor allem aber mußte er mit sich selbst ins reine kommen. Und daher beschloß er, sich unter einem Berg von Vorräten einzuigeln und so lange den verhaßten Bungalow nicht mehr zu verlassen, bis er sich darüber im klaren war, wie es in seinem Leben nun weitergehen sollte.

Zwei volle Wochen setzte er keinen Fuß vor die Tür, sondern dachte nach. Aber je mehr er nachdachte und je länger er in seiner Seele kramte, um das Leid eines Vollwaisen zu finden und die Tragik dieses Daseins zu erkennen, desto stärker wurde ihm bewußt, daß er gar kein Leid empfand. Ganz im Gegenteil. Es war, als hätte die Sonne das ewige Eis auf dem See seines Schicksals geschmolzen und ihn mit ihren wärmenden Strahlen von dieser drückenden Last befreit. Er fühlte, wie er plötzlich zu atmen begann, und er spürte, daß der Tod seiner Eltern die Geburt seines neuen Lebens bedeutete. Und so wollte er möglichst schnell alle Vorräte aufessen, um nach Vietnam zu fliegen. Allein, auf der Suche nach sich selbst und auf Kosten von Rocko, dem Mann, der für dieses neue Leben verantwortlich sein sollte.

6. Vietnamesische Gardinen

Hallo! *Crazy Sexy* hier«, tönte eine laszive Stimme aus dem Telefon, »was kann ich für dich tun?«

»Ja, äh, guten Tag. Mein Name ist Horst Gurk. Ich war vor kurzem bei Ihnen, und da habe ich eine Reise nach Vietnam gewonnen. Und jetzt wollte ich fragen, was ich machen soll. Also, wo ich das Ticket abholen kann.«

»Da bist du bei mir an der völlig falschen Stelle, mein Süßer. Aber ich stelle dich einfach mal zu unserem Geschäftsführer durch. Der kann dir bestimmt weiterhelfen. Bleib kurz dran.«

Horst wurde in eine Warteschleife gestellt, in der irgendwelche Frauen, unterlegt von billigem Kaufhausgedudel, sinnfrei vor sich hin stöhnten, um dem Anrufer Lust auf mehr zu machen. Aber kaum hatte er sich mit der ureigenen Erotik weiblicher Telefonstimmen vom Band angefreundet, da riß ihn Rocko auch schon aus seinen beginnenden Phantasien.

»Ciao, Horst, altes Haus. Na, die Nacht mit meiner Bea gut überstanden? War ja ’ne Riesenpresse, die wir mit dir hatten. Hast du den Artikel im *Express* gelesen?« fragte er äußerst gut gelaunt.

»Hab’ ich. Aber vor allem hat mein Vater ihn gelesen.«

»Ach was. Ja und? Was hat dein alter Herr denn zu deinem Gewinn gesagt?«

»Er hat sich aus dem Fenster gestürzt.«

»Mensch, ist ja Wahnsinn. Mein Beileid, ehrlich, du.

Hat ihn wohl noch stärker rangenommen als die kleine Bea dich, was. Habt es ja richtig krachen lassen. Die ganze Nacht, was ich so gehört habe.«

»Meine Mutter hat sich übrigens auch umgebracht.«

»Isnichwahr! Mensch tragisch, Horst. Is ja richtig tragisch die Geschichte. Beide Eltern. Einfach so hops. Puh! Da weiß ich jetzt gar nicht, was ich sagen soll. Wahrscheinlich willst du nach der Sache nicht mehr nach Vietnam, oder? Brauchst ein bißchen Ruhe, was?«

»Ich will keine Ruhe. Ich will fliegen, und zwar sofort. Ich wollte nur wissen, wie ich an das Ticket komme. Du hast mir ja letztens nur einen Gutschein gegeben. Und mit diesem Wisch allein kann ich wohl nicht fliegen.«

»Stimmt. Aber weißt du was, ich habe gerade ganz schlecht Zeit. Komm doch heute abend einfach im *Crazy Sexy* vorbei. Dann trinken wir ein gemütliches Pils zusammen und besprechen alles. O. k. mit dir?«

Es war o. k. mit ihm. Er hatte sowieso nichts anderes zu tun, und bei dieser Gelegenheit könnte er vielleicht auch noch Bea wiedersehen. Und mit dieser Hoffnung im Herzen machte sich Horst am späten Nachmittag auf ins *Crazy Sexy*.

Auf dem Weg dorthin dachte er nochmals über die ganze Puff-Geschichte und vor allem über Rocko nach. Irgendwie war es schon komisch. Auf der einen Seite war er ihm dankbar. Schließlich war er es, der ihm diese unvergeßliche Nacht mit Bea ermöglicht hatte. Und mit seiner Pressegeilheit hatte er auch noch für das plötzliche Ableben seiner Eltern gesorgt und ermöglichte ihm damit einen Neuanfang in seinem Leben. Aber auf der anderen Seite fühlte sich Horst schlecht bei diesen Gedanken. Was war er nur für ein Sohn? Einen Moment lang kam er sich unglaublich undankbar und hart vor. Denn anstatt um Vater und Mutter zu trauern und zu weinen, gab er sich ausgerechnet mit dem Mann ab, der für ihren Tod verantwortlich war. Hätte Rocko nicht die Redaktion des *Kölner Express* verständigt, würden seine Eltern heute noch leben. Und so gesehen war er sogar eine Art Mörder. Dazu kam die Leichtigkeit, mit der Rocko am Telefon mit ihm gequatscht und sein Beileid bekundet hatte. Als ob ihm die Sache scheißegal wäre. Als ob ihn das überhaupt nichts anginge. Als ob ihm ein Menschenleben nichts bedeutete. Horst war verwirrt. Er spürte, wie der Teufel und der Engel in seiner Seele Tauziehen spielten, und zu seinem Entsetzen stellte er fest, daß der Teufel stärker war, die Sau. Aber irgendwie wußte er, daß jetzt nicht die Zeit war, in Selbstzweifeln und Vorwürfen unterzugehen. Seine Eltern waren tot, und was immer er auch tat und wie reumütig er auch war, sie würden nicht mehr aus dem Himmelreich zurückkehren. Aus und Ende. Daher galt es zu leben und das Beste aus diesem neuen Leben zu machen. Und so beschloß Horst, kurz das Ticket abzuholen und danach die ganze Sache mit Rocko und seinen Eltern endgültig zu vergessen und einfach nur noch ein glücklicher Mensch zu sein.

Als er ins *Crazy Sexy* kam, stand Rocko gerade im Foyer und schrie wie ein Irrer auf eines seiner Mädchen ein, das er mit seiner rechten Hand am Oberarm festhielt und wild hin- und herschüttelte. Es war Bea! Sie weinte fürchterlich, ihr Gesicht war geschwollen, die Oberlippe blutete, und unter ihrem linken Auge leuchtete ein fetter blauer Fleck. Rocko hatte Horst beim Hereinkommen nicht bemerkt und zuckte daher heftig zusammen, als er ihm plötzlich von hinten auf die Schulter klopfte. Ruckartig drehte er sich um und ließ dabei Bea los, die die Gelegenheit nutzte und sofort davonstürzte.

»Mensch, Horst. Du bist das. Ja, äh, hatte dich gar nicht so früh erwartet. Willst jetzt das Ticket, wie«, stammelte er und versuchte offensichtlich von dem kleinen Zwischenfall abzulenken.

»Das war doch Bea, oder?« sagte Horst streng.

»Ja, ja. Das war Bea. Aber komm doch einfach mit in mein Büro, dann erkläre ich dir alles.«

»Was ist denn mit ihr passiert? Ihr hattet wohl Streit?«

»Ach was, sie ist, äh«, fing Rocko an zu stottern, »sie ist nur gestern ..., also ich meine ..., also sie war ziemlich betrunken, und da ist sie, äh, die Treppe runtergestürzt. Genau, die Treppe ist sie runtergestürzt. Weiter nichts. Und da hab ich ihr gesagt, sie soll in Zukunft besser aufpassen. Ist halt nicht gut für's Geschäft, wenn man so rumläuft. Ich meine, mit einem blauen Auge und so weiter. Aber jetzt laß uns kurz über deinen Flug sprechen.«

Horst glaubte von all dem kein Wort. Von wegen betrunken! Von wegen gestürzt! Rocko höchstpersönlich hatte sie derart zugerichtet, da war er sich sicher, und diese Gewißheit machte ihn unglaublich wütend. Diese Drecksau! Frauen schlagen, und noch dazu solche wie Bea! Horst schäumte innerlich und biß sich vor lauter Wut auf die Backenzähne. Dann ballte er langsam seine Fäuste und wollte mit Rocko gerade eine intime Variante des Jüngsten Gerichts spielen, als ihn auf einmal sein Überlebensinstinkt zurückhielt und dazu zwang, sich seinen Gegner nochmals genau zu betrachten. Und bereits als sein Blick auf dessen Stiernacken fiel, da wußte er, daß er bei einem Kampf mit diesem aufgeschwemmten Fleischboliden nur verlieren konnte. Doch damit wäre weder ihm noch seiner geliebten Bea geholfen, und daher faßte er den Entschluß, seine Wut und seinen Schmerz für diesen Moment hinunterzuschlucken und cool zu bleiben, auch wenn es weh tat. Aber ebenso schwor er sich wiederzukommen. Nach seiner Reise. Ein letztes Mal. Und dann würde er sich irgendwie an diesem Schwein rächen und Bea aus seinen Klauen befreien. Darauf konnte sie sich verlassen, und lieber wollte er sterben, als dieses Versprechen zu brechen.

Horst folgte Rocko nun also in dessen Büro, als wäre nichts geschehen, und bekam die Telefonnummer eines Reiseveranstalters. Dort solle er morgen anrufen, sagte Rocko, und dann könne er auch schon losfliegen, wobei das *Crazy Sexy* natürlich die Kosten für den Flug übernehmen werde. Versprochen sei versprochen und Männerwort bleibe Männerwort. Horst steckte die Telefonnummer ein und wollte gerade wieder verschwinden, um keine Sekunde länger als nötig mit seinem neuen Todfeind in einem Raum bleiben zu müssen, da gab ihm Rocko noch etwas mit auf den Weg.

»Ach ja, eines hätte ich beinahe vergessen. Wenn du schon in Vietnam bist, dann solltest du unbedingt nach Danang fahren. Wir haben da nämlich ein paar Freunde. Ich gebe dir einen Brief mit, und wenn du den abgibst, bekommst du noch eine super Extra-Überraschung.«

»Und was für eine Extra-Überraschung soll das sein?« fragte Horst mißtrauisch.

»Das werde ich dir jetzt natürlich nicht verraten. Sonst ist das doch keine Überraschung mehr, oder?«

»Da hast du jetzt wieder recht!«

»Genau. Geh einfach zu meinen Freunden, ich verspreche dir, das wirst du dein Leben lang nicht mehr vergessen.«

Rocko gab Horst zum Abschied die Hand und grinste dabei.

»Also dann, guten Flug. Und hoi, hoi, hoi, wie der Vietnamese sagt.«

Vier Wochen später saß Horst in der Bums-Boeing nach Bangkok. Besonders die aufwendigen Visaformalitäten hatten seine Abreise verzögert und damit seinen sehnlichen Wunsch durchkreuzt, Troosdorf und alles, was damit zusammenhing, auf der Stelle und sofort zu verlassen. Das war zwar schrecklich, aber Horst machte das Beste aus dieser zwanghaften Wartezeit und begann, sich intensiv auf seinen ersten Ausflug in die große weite Welt vorzubereiten. Er las mehrere Reiseführer, ließ sich gegen einige bösartige asiatische Krankheiten impfen und kaufte sich neben Rucksack, Badelatschen, tropenfester Kleidung und Erste-Hilfe-Kit noch das größte, schickste und teuerste Überlebensmesser, das er finden konnte. Immerhin fuhr er nicht nach Jesolo, sondern nach Vietnam, und dort war es äußerst gefährlich, das wußte Horst spätestens seit dem zweiten Teil von Rambo, mit dem die Menschheit in der Zwischenzeit konfrontiert worden war. In diesem First-Class-Action-Streifen wurde sein Held nämlich mitten in die Hölle des Vietcong geschickt, direkt in das Mekka des Bösen, nach Nord-Vietnam. Dort hatte er die Aufgabe, an die zwanzig Kriegskameraden aus den brutalen Fängen des Weltkommunismus zu befreien, die über das Kriegsende hinaus in einem Arbeitslager gefangengehalten wurden. Das gelang ihm zwar nach eineinhalb Stunden cineastischer Höchstleistung, aber nur durch fast schon übermenschliche Anstrengungen und natürlich durch den bedingungslosen Einsatz von zigtausend Raketen, Granaten, Patronen, Hubschraubern und Menschenleben. Daß er bei dieser Aktion nicht selbst getötet wurde, verdankte er allerdings – wie schon im ersten Film – fast ausschließlich der magischen Kraft seines Messers. Immer noch spielte Rambo eine wichtige Rolle im Leben des Horst Gurk, denn er blieb der Held seiner Jugend, und dies praktisch ohne Einschränkungen. Obwohl er schwul war.

Und die tiefe Seelenverwandtschaft, die Horst mit seinem Helden verband, spiegelte sich eben im Besitz eines anständigen Messers wider, und das hatte einen guten Grund. Schließlich konnte man nie wissen, was da draußen auf einen zukam, und ein echter Held mußte auf alles vorbereitet sein.

So hockte Horst also perfekt ausgerüstet für das größte Abenteuer seines Lebens in einem abgetakelten Jumbo einer ihm bis dato unbekannten Billig-Airline. Bereits der Flug nach Bangkok war eine ziemliche Tortur, denn die freundliche Stewardeß am Check-in nutzte Horsts fliegerische Unerfahrenheit schamlos aus. Frech wies sie ihm einen Sitz in der vorletzten Reihe des Raucherbereichs zu, dort, wo man selbst als Nichtraucher binnen einer Stunde Lungen-, Zungen- und Kopfkrebs zusammen bekommt. Dazu war es äußerst eng, weil er genau zwischen zwei dieser schwartigen Sextouristen saß, deren seitliche Bauchlappen stets über die Armlehnen hingen und so seinen Körper preßwurstartig zusammenquetschten. Aber damit nicht genug. Die gesamte Flugzeit unterhielten sich die beiden ausschließlich darüber, wo man in Bangkok am besten, am billigsten und vor allem am jüngsten ficken konnte, wobei das Wort »Superpuff« vermutlich mehrere hundert Male fiel. Solche Gespräche trafen Horst angesichts seiner Liebe zu Bea mitten in sein Herz, und nur zu gerne hätte er den beiden Arschlöchern die Schwänze abgeschnitten. Doch leider durfte er aus Sicherheitsgründen sein Messer nicht im Handgepäck mitführen. So blieb ihm lediglich, deutsche Sextouristen im stillen zu hassen und zu hoffen, daß der Flug möglichst schnell zu Ende ging. Nach vollen zwölf Stunden setzte die Maschine auf dem Rollfeld in Bangkok auf. Zwischen der Landung und dem Anschlußflug nach Hanoi hatte Horst weitere zwei Stunden Aufenthalt, und so war er fast einen ganzen Tag lang unterwegs, als er endlich und völlig erschöpft vietnamesischen Boden unter seinen Füßen hatte. Er passierte die Paßkontrolle, holte sich seinen Rucksack vom Rollband und machte sich danach auf zum Taxistand vor dem Flughafen, um möglichst schnell in das Hotel zu fahren, das er sich aus dem Reiseführer für seine ersten Nächte in der Ferne herausgesucht hatte. Dabei bekam er schnell zu spüren, was ein Einheimischer eines Entwicklungslandes für einen reichen Europäer übrig hat, wenn es um das Thema »Need a taxi« geht. Dreiste 30 Dollar mußte er für eine halbstündige und halsbrecherische Fahrt in einem für deutsche Verhältnisse völlig fahruntauglichen Auto bezahlen, um dann festzustellen, daß ihn der Taxifahrer an einem ganz anderen Hotel rausließ, als Horst ihm eigentlich angeschafft hatte. »This hotel good. Other hotel not good.« Willkommen in Vietnam.

Obwohl die empfohlene Herberge wenig einladend aussah, regte sich bei Horst kein Protest. Er war viel zu müde, um zu diskutieren, und außerdem hatte er keinen Grund, der Einschätzung seines Chauffeurs zu mißtrauen. Daher stieg er aus, überreichte dankbar ein großzügiges Trinkgeld und buchte sich in der kleinen Absteige ein. Für einen Schleuderpreis bekam er ein dunkles Zimmer im Erdgeschoß mit feuchten Wänden, pekigen Möbeln und klammen Matratzen. Allerdings mußte er sich dieses Schmuckstück noch mit unzähligen Kakerlaken teilen, die das aber, im Gegensatz zu Horst, nicht sonderlich zu stören schien. Putzmunter schrabbelten sie überall herum und rotteten sich an strategisch wichtigen Positionen, wie etwa auf dem Badezimmerboden, dem Klo oder auf dem Bett, zusammen. Beim Anblick dieser geballten Schabenmacht bekam Horst einen Ekelanfall. Da er sich aber nichts sehnlicher wünschte als zu schlafen und ihm auch die Kraft für einen Aufstand gegen das Hotelmanagement fehlte, entschloß er sich zur Hilfe durch Selbsthilfe. Er zog sein Messer aus dem Rucksack und begann sorgfältig, einer Kakerlake nach der anderen mit einem gezielten Stoß durch den Rückenpanzer den Garaus zu machen. Eine gute halbe Stunde dauerte das Blutbad, und als sich Horst das Ergebnis seines Massakers betrachtete, überkam ihn ein Gefühl großer Erleichterung. 50 Stück Kriechtiere hatte er erledigt, und insofern erwies sich der Kauf seiner Heldenwaffe schon am ersten Urlaubstag als überaus sinnvolle Investition. Erst jetzt war er zufrieden und schlief nur kurze Zeit später ein. Volle vierzehn Stunden lang dauerte seine Auszeit, doch als er aufwachte, schien sich nichts verändert zu haben. Den toten Schaben war aus irgendwelchen Löchern ein neues, lebendiges Heer dieser krabbelnden Biester gefolgt. Überall krochen sie herum. Frech und unerschrocken. Kein Fleck im Zimmer war vor ihnen sicher, und als Horst dann auch noch ein seltsames Kribbeln unter seiner Bettdecke spürte, da drehte er durch. Angewidert sprang er auf und leitete umgehend eine zweite Vernichtungsaktion ein, und als er dabei unter seinem Bett ein unlängst eingesetztes Kondom fand, entschied er, diesen Ort schleunigst zu verlassen.

Mit dem zweiten Hotel hatte er Glück. Für nur elf Dollar bekam er in einem freundlichen Haus in der Trang Tien Street ein sauberes Zimmer im vierten Stock, das zudem eine kleine Terrasse hatte, von der aus sich ein wunderschöner Blick über die Dächer von Hanoi bot. Sogar eine funktionierende Klimaanlage gab es, und dafür war er angesichts der schwülen Juli-Hitze besonders dankbar. Horst packte seinen Rucksack aus, gönnte sich eine ausgiebige, heiße Dusche und machte sich dann auf, Hanoi zu erkunden. Er begann seinen Spaziergang in der Altstadt, nördlich des Hoan-Kiem-Sees, und es dauerte nicht lange, da wurde ihm zum ersten Mal richtig bewußt, daß er nicht mehr zu Hause war. Mit dem guten, alten Troosdorf und seinen vertrauten Verhältnissen hatte das hier nichts mehr zu tun. Durch die engen, baumgesäumten Sträßchen drängten sich mit einer atemberaubenden Geschwindigkeit derart viele Menschen, daß Horst allein vom Zusehen schwindelig wurde. Die ganze Stadt schien in Hektik, Lärm und Chaos zu versinken, und das paßte nicht in sein anerzogenes Weltbild, in dem das Wort Ordnung bislang eine zentrale Rolle einnahm. Allein schon die Aufgabe, in den überfüllten Gassen eine Straßenseite zu wechseln, fiel ihm anfangs äußerst schwer, denn Fortbewegung in Hanoi war ein einziges Ausweichmanöver. Freilaufende Hühner wichen Kindern aus, die sie jagten, unzählige Fahrradfahrer mußten sowohl den jagenden Kindern als auch den gejagten Hühnern ausweichen, und die Aufgabe von Mopedfahrern bestand darin, allem auszuweichen, was sich bewegte.

Horst bewegte sich ständig. Zu groß war die Versuchung des Fremden, als daß er hätte stillhalten können. Er war neugierig auf die Stadt und hungrig nach ihren Geheimnissen. Schnell hatte er den Rhythmus der Straße in seinem Blut aufgenommen, und er spürte das aufregende Pochen des Kulturschocks in seinem Körper, das ihn von nun an nicht mehr ruhen ließ. So lief er drei volle Tage lang wie in Trance durch die Stadt, und es war ihm, als sei er schon immer ein Weltenbummler gewesen. In der Fremde daheim, zu Hause in Rio, New York und Tokio, und jetzt halt gerade in Hanoi. Er ließ sich treiben und erforschte die kleine, aber pulsierende und aufstrebende Metropole, in der man noch an jeder Ecke den morbiden Charme der verwelkten Kolonialzeit riechen konnte. Er steckte seine Nase in die unzähligen und köstlich riechenden Kochtöpfe der Straßenrestaurants, ließ sich mit dem Cyclo, der vietnamesischen Rikscha, umherfahren, sah sich das berühmte Wasserpuppenballett an, trank bevorzugt frische Kokosnußmilch, streunte durch das ehemals feudale und immer noch wunderschöne Diplomatenviertel, inspizierte die vielen Pagoden und Märkte, und natürlich besuchte er den guten alten und einbalsamierten Ho in seinem Mausoleum. Abends kam er dann in sein Hotel zurück, sank völlig erschöpft auf seinem Bett zusammen und fiel in einen tiefen, zufriedenen Schlaf.

Nach drei Tagen und mehreren Blasen an den Füßen hatte er genug von Hanoi gesehen und faßte daher den Entschluß, am folgenden Morgen mit dem Bus in Richtung Süden aufzubrechen. Sein Ziel war das etwa 100 Kilometer entfernte Ninh Binh, von wo aus man eine Tagestour in einen Nationalpark machen konnte, der Wildnis pur und damit reines Abenteuer versprach. Zuvor wollte er sich aber wenigstens einmal in das Hanoier Nachtleben stürzen, um mit sich selbst auf den gelungenen Beginn seines ersten Fernurlaubs anzustoßen. Nach dem Abendessen fragte er den Hotelportier, wo es für einen Westler in dieser Stadt etwas zu erleben gäbe, worauf der zu lachen begann und sagte, das Unterhaltungsprogramm laufe frei auf der Straße herum und man müsse lediglich warten, bis man angesprochen werde. Horst verstand den horizontalen Charakter dieses Hinweises nicht, sondern vermutete in der Aussage eine tiefe, konfuzianische Weisheit, und so machte er sich einfach auf den Weg und streifte ziellos durch die Straßen, die ab elf Uhr verdächtig leer und vereinsamt waren. Etwa eine Stunde lang lief er umher und hatte sich schon hoffnungslos verlaufen, als ihn mitten auf dem Bürgersteig plötzlich und tatsächlich jemand ansprach. Es war ein junger Mann, und der fragte ihn, ob er nicht mal etwas wirklich Tolles erleben wolle. Horst fand das eine prima Idee. Immerhin war es seine letzte Nacht in Hanoi, und er war zu allem bereit.

Allerdings wollte er zuerst wissen, was man denn in dieser Stadt unter etwas wirklich Tollem verstand. Der junge Mann, der sich Pham nannte, beruhigte Horst und sagte, er solle sich keine Sorgen machen. Ein paar Freunde von ihm würden gerade eine kleine Party feiern, und man würde gemütlich zusammensitzen, ein bißchen Musik hören und den einen oder anderen rauchen. Das Ganze wäre nur ein paar Minuten entfernt und er müßte ihm lediglich fünf Dollar geben, dann könne er die ganze Nacht mitfeiern. Horst kam das zwar ein bißchen seltsam vor, doch er war neugierig geworden, und außerdem machte dieser Pham mit seinen weichen Gesichtszügen und seinem freundlichen Lächeln einen sehr vertrauenswürdigen Eindruck. Daher zog er kurzerhand sein Geldbündel hervor, gab dem Vietnamesen die erforderlichen fünf Dollar und ging, ohne weiter nachzudenken, mit ihm mit.

Schon bald kamen ihm allerdings große Zweifel an der Richtigkeit seines blinden Vertrauens, denn die Sträßchen, durch die sie gingen, wurden immer abgelegener und dunkler. Dazu kam, daß Pham auf dem Weg kein Wort mehr von sich gab. Er ging zielstrebig und mit schnellen Schritten voraus, und Horst blieb nur, ihm zu folgen. Nach zirka zehn Minuten bog Pham dann in eine Gasse ab, die in ein heruntergekommenes Hüttenviertel führte. Beleuchtung gab es nun keine mehr, und man mußte höllisch aufpassen, wohin man trat, da der Weg matschig und voller Schlaglöcher war. Ab und zu lugte zwar der Mond zwischen den Wolken hervor, aber ansonsten war es stockfinster. Horst bekam es langsam mit der Angst zu tun. So dumm konnte doch kein Mensch sein. Erst gab er in einer wildfremden Stadt irgendeinem dahergelaufenen Typen sein Geld, und dann ließ er sich von diesem Kerl auch noch in das vermutlich übelste Viertel von Hanoi schleusen.

Niemals würde er hier alleine wieder rausfinden, jederzeit könnte er Opfer eines hinterhältigen Attentats werden, und kein Mensch würde sich aufmachen, um ihm zu helfen.

Als Pham schließlich vor einer schäbigen Wellblechhütte stehenblieb und eine kleine Melodie zu pfeifen begann, rechnete Horst mit dem Schlimmsten. Spätestens jetzt dachte er endgültig an ein Komplott. Auf dieses ausgemachte Signal hin würden bestimmt gleich ein paar Halbstarke auf ihn zustürmen, ihn zuerst zusammenschlagen und dann ausrauben, wobei es keine Chance zur Gegenwehr gab. Er war eindeutig in der Unterzahl, und sein Messer lag dummerweise im Hotel. Und selbst wenn er es dabeigehabt hätte, würde ihm das auch nicht viel weiterhelfen, denn diese Asiaten, das wußte Horst aus ein paar Kung-Fu-Filmen, beherrschten alle irgendeine chinesische Kampfkacke, mit der sie einen umhauen konnten, ohne daß man es überhaupt merkt.

Pham pfiff ein zweites Mal die Erkennungsmelodie. Nichts passierte. Horst stand mit seinem Begleiter da und schwieg. Was hätte er auch sagen sollen? Seine innere Anspannung war viel zu groß für nette Worte. Und je länger Horst so dastand, die Füße fast knöcheltief im Schlamm eingesunken, desto mehr wurde ihm bewußt, daß es in dieser Situation nur eine einzige, richtige Lösung gab. Flucht! Einfach umdrehen und abhauen, die Fliege und sich vom Acker machen, dabei möglichst die Orientierung nicht verlieren und rennen und rennen und rennen, was die Beine hergeben.

Horst atmete ein letztes Mal tief durch und wollte gerade losrasen, da wurde auf einmal die Tür der Hütte aufgestoßen, und ein etwa 30jähriger, überaus kräftiger Vietnamese mit nacktem Oberkörper kam heraus. Man konnte ihn nur schemenhaft erkennen, denn er stand inmitten einer riesigen und süßlich riechenden Rauchwolke, die sich aus der Hütte ihren Weg ins Freie bahnte. Trotzdem reichte der erste Eindruck für Horst aus, um zweifelsfrei festzustellen, daß mit dem Burschen nicht gut Kirschen essen war, zumal Vietnamesen wie dieser vermutlich überhaupt gar keine Kirschen kannten.

Zuerst trat der Mann auf Pham zu und begrüßte ihn mit einer überschwenglichen Umarmung auf das Herzlichste. Dann fiel sein Blick auf Horst. Mißtrauisch und durchdringend starrte er ihn an. Sekundenlang. Horst war sich sicher, daß gleich die erste Schlagkombination auf seinen Körper niederprasseln würde, und in Erwartung seines baldigen Exitus kniff er die Augen zu und begann vor Furcht am ganzen Körper zu zittern. Doch der Mann schlug nicht zu. Statt dessen begann Pham in einem Höllentempo irgendwelche Dinge zu erzählen, von denen Horst kein Wort verstand, nur soviel, daß es wohl um ihn gehen mußte, weil mehrmals sein Name fiel. Als Pham mit seinen Ausführungen am Ende war und Horst immer noch keine Faust in seinem Gesicht spürte, öffnete er ungläubig seine Augen und blickte um sich. Zu seiner großen Überraschung stand der Mann nun grinsend vor ihm, klopfte ihm jovial auf seine rechte Schulter und sagte ruhig und zufrieden: »I like you. Can come in.« Dann drehte er sich um und ging zurück in die Hütte. Dorthin, wo der Rauch herkam.

»Wer war das denn?« wollte Horst von Pham wissen.

»Das war Vo Van, ein guter Freund von mir. Man könnte sogar fast sagen, er ist eine Art Bruder.«

»Und warum hat er dann so böse geschaut?«

»Na du bist vielleicht lustig. Weil er aufstehen mußte, um uns die Tür aufzumachen. Aber jetzt hör auf zu fragen und komm, sonst kriegen wir nichts mehr.«

Pham schob Horst vor sich her, direkt in die Hütte hinein. Gemeinsam gingen sie durch einen langen, dusteren Gang, in dem lediglich ein paar Kerzen als Lampen dienten. Viel konnte ihr Licht gegen die Dunkelheit nicht ausrichten, zumal überall dichte Schwaden dieses würzigen Rauchs umherwaberten. Horst wurde von dem Gestank sofort ein wenig schwindelig, denn der Geruch erinnerte ihn an den Weihrauch, mit dem der Pfarrer in Troosdorf bei allen möglichen Anlässen die ganze Kirche einzunebeln pflegte und so Kreislaufschwache wie ihn in die Ohnmacht trieb. Nach etwa zehn Metern kamen die beiden an eine Tür. Pham öffnete sie, und schon standen sie mitten in der versprochenen Party, die sich aber zumindest Horst ganz anders vorgestellt hatte. Da gab es keine Musik, da waren keine tanzenden Mädchen, und da wurde sich auch nicht ordentlich die Birne mit eiskaltem Bier zugeschüttet. Statt dessen lagen zehn ausschließlich männliche Gesellen auf alten Teppichen um eine offene Feuerstelle herum und dösten vor sich hin. Keiner sprach mit niemandem, niemand trank mit keinem, und einige schliefen sogar bereits, während der Rest stoisch an die Decke starrte und den sich langsam drehenden Ventilator beobachtete. Nur einer bewegte sich noch, und das war Vo Van, der im Schneidersitz am Boden saß und an irgendeiner Pfeife herumfummelte.

»Sind wir zu spät?« fragte Horst leise.

»Nein, nein. Wir sind genau richtig«, antwortete Pham freudig und wendete sich danach zu Vo Van. Der flüsterte ihm kurz etwas zu und reichte ihm eine lange Pfeife, an der Pham sofort kräftig zu ziehen begann. Horst schaute dem Ganzen aufmerksam, wenn auch verwundert zu.

»Was ist das?«

»Was das ist? Na, Opium natürlich. Was dachtest du denn?«

»Ja, und warum rauchst du das?«

»Weil dann alles schön ist«, sagte Pham mit weicher Stimme und schaute Horst dabei ganz seltsam an, jedenfalls anders als zuvor.

»Wie, weil dann alles schön ist«, hakte Horst nach. »Was soll das denn heißen?«

»Nicht soviel reden, sondern probieren«, mischte sich nun Vo Van ein und reichte Horst eine zweite Pfeife, die er in der Zwischenzeit für ihn präpariert hatte. Dann wies er ihn in die hohe Kunst des Opiumrauchens ein. Er solle sich einfach entspannen, den Rauch tief in die Lunge ziehen und dort eine gewisse Zeit lang behalten. Alles weitere würde sich von selbst ergeben. Horst war sprachlos. Bislang hatte er nichts mit Drogen am Hut gehabt, sieht man einmal von vereinzelten Saufereien ab. Doch kaum machte er seine erste Reise in die Ferne, da landete er auch schon in einer fetten Opiumhöhle, wie sie der normale Deutsche lediglich aus dem Fernsehen kennt, wenn überhaupt. Es war unglaublich! Der pure Wahnsinn! Wenn das seine Eltern wüßten! Horst tat, was Vo Van von ihm verlangt hatte, und genehmigte sich einen tiefen Lungenzug. Da er aber noch nie in seinem Leben auch nur eine Zigarette geraucht hatte, bekam er sofort einen derart heftigen Hustenanfall, daß ihm die Tränen in die Augen schossen und die Augen fast aus dem Kopf. Pham lachte sich kaputt, die anderen Drogisten schlugen vor Schreck lediglich kurz die Augen auf, um sich dann wieder mit sich selbst zu beschäftigen, und Vo Van schüttelte mitleidig sein Haupt, während er in aller Seelenruhe für Horst ein weiteres Pfeifchen stopfte …

Die folgenden Träume waren süß, das Erwachen am nächsten Morgen grausam. Horst hatte einen riesigen Brand, heftigste Kopfschmerzen, und zudem war ihm speiübel. Pham und Vo Van waren beide fort, und nur ein Fremder saß in der Hütte und kochte Tee. Leicht erschreckt erhob sich Horst von seiner Liege und fragte den Fremden nach seinen Freunden, bat um eine Flasche Wasser und wollte außerdem die genaue Uhrzeit wissen. Da der Mann aber kein Wort Englisch verstand, gab er als Antwort auf diese drei Fragen nur ein monotones Lächeln von sich, und damit wußte Horst, daß jetzt die Zeit zum Aufbruch gekommen war.

Weit kam er nicht. Kaum hatte er die Hütte verlassen, mußte er sich auch schon mitten auf der Straße übergeben, was ihm unendlich peinlich war. Die Gassen nämlich, die gestern abend noch gruselig verlassen waren, hatten sich mittlerweile bis zum Anschlag gefüllt, und zwar mit Menschen, die für einen Moment alle nur das eine taten: Horst beim Kotzen zuschauen. Dabei fühlte er sich so, wie man sich eben fühlt, wenn man als deutscher Tourist am hellichten Tag in ein vietnamesisches Slum reihert. Aber anstatt den reichen Eindringling wegen dieser Sauerei zu beschimpfen, zu verjagen oder zu erschlagen, reagierten die Einheimischen zu Horsts Erstaunen mit einer liebevollen Geste asiatischer Gastfreundschaft und verfielen in ein kollektives Lachen. Horst bedankte sich für diese Geste, indem er kurz seinen Mund abwischte, freundlich zurücklachte und sich dann so schnell wie möglich auf den Weg in Richtung Hotel machte.

Sein Rucksack war schnell gepackt, und dem Aufbruch nach Ninh Binh stand nichts mehr im Wege. Er zahlte an der Rezeption seine Rechnung, bekam den Paß samt Touristenformular ausgehändigt und ging zu der Bushaltestelle, zu der ihn der Portier seines Hotels geschickt hatte. Dort mußte Horst zwar zwei Stunden warten, bis die Reise endlich losging, doch die Zeit verging wie im Flug, denn er war äußerst gut gelaunt. Das Schädelweh war verschwunden, der Brand mittlerweile gelöscht, die Übelkeit gewichen, und so blieb nur noch die süße Erinnerung an die vergangene Nacht, die sich in seinem Kopf mit einer Art überschwenglichen Jubelstimmung paarte. Er saß entspannt auf seinem Rucksack und betrachtete das bunte Treiben, ließ seine Blicke schweifen und hatte dabei die ganze Zeit das Gefühl, fünf Zentimeter über dem Boden zu schweben. So mußte sich der Zauberer aus dem Orient fühlen, wenn er mit seinem fliegenden Teppich unterwegs war.

Horst flog den ganzen Tag, und dieser euphorische Zustand wurde selbst dadurch nicht getrübt, daß es sich bei dem Bus der Linie Hanoi–Ninh Binh vermutlich um das älteste, klapprigste und schrottreifste Gefährt handelte, das es auf der ganzen Welt gab. Dazu war es nicht nur mit unzähligen Fahrgästen bis unters Dach vollgestopft, sondern diente zugleich als Transporter für tonnenweise sperriges und scharfkantiges Altmetall sowie für mehrere Säcke getrockneter Chilibohnen. Die wenigen Sitzplätze waren sofort eingenommen, und so blieb Horst nichts anderes übrig, als sich auf einen Bohnensack im Gang niederzulassen, was allerdings den großen Vorteil hatte, daß seine Wirbelsäule die Stöße der Schlaglöcher lediglich mit verminderter Härte zu spüren bekam. Chilibohnen dämpfen nämlich erstaunlich gut, wenngleich sie stinken wie die Pest.

Sieben Stunden dauerte die Fahrt, und Horst lag auf seiner dampfenden Unterlage und genoß jede Minute der zuckelnden Reise in Richtung Süden. Was für ein herrlicher Urlaub! Was für eine wahnsinnige Zeit! Was für ein unglaublicher Trip! Horst war glücklich, und nur eines fehlte, um dieses Glück vollkommen zu machen. Bea! Seine geliebte Bea! Er dachte viel an sie, und je länger er an sie dachte, desto weiter flog er auf seinen Gedanken davon. Er drehte sich auf die Seite, schloß die Augen, und schon sah er sie in ihrer ganzen Schönheit vor sich. Sie lachte. Sie tanzte. Und sie war nicht von dieser Welt. Irgendwann schlief er ein und begann von ihr zu träumen. Es wurde ein langer, tiefer und wunderschöner Traum, aus dem er allerdings mehrmals jäh herausgerissen wurde, weil er dachte, Bea würde beim Sex nach Chilis stinken.

Als er schließlich in Ninh Binh ankam, suchte er sich zunächst eine Unterkunft und wurde schnell im *Queen-Mini-Hotel* nahe des Bahnhofs fündig. Wie schon in Hanoi mußte er zum Schutz und zur Sicherheit des Landes Vietnam zunächst seinen Paß an der Rezeption abgeben. Erst dann durfte er in einem recht geräumigen Zimmer mit weichem Doppelbett, eigenem Balkon und einem überaus leistungsstarken Deckenventilator Quartier beziehen. Das Hotel wurde von einem reizenden älteren Ehepaar und deren noch reizenderen Tochter betrieben. Horst fühlte sich hier sofort wohl. Er bestellte sich zum Abendbrot eine Hühnersuppe, ein Tomatenomelette und drei Flaschen Bier, setzte sich damit auf seinen Balkon und schaute in den sternenklaren Abendhimmel. Es war ein göttlicher Platz. Ruhig, warm und gemütlich. Und genauso fühlte sich Horst auch. Ruhig, warm und gemütlich. Alles fließt und ist rund, dachte er sich, trank genüßlich sein eisgekühltes Bier und ging dann zu Bett.

Am nächsten Morgen stand er bereits um halb acht voller Tatendrang auf, duschte kalt, nahm auf einer überdachten Veranda des Hotels sein Frühstück ein und studierte den Reiseführer. Er wollte sich zunächst die beeindruckende und bedeutsame Kathedrale von Phat Diem anschauen, um danach in den Cuc Phuong Nationalpark zu fahren, der für einen harten Kerl wie ihn genau das Richtige zu sein schien. Mehr als 200 Quadratkilometer dichter Dschungel mit allen möglichen wilden und damit gefährlichen Tieren warteten nur darauf, von ihm, dem

Eroberer der fernen Welt, in einer mehrtägigen Tour abgelatscht zu werden.

Er packte sich ein Bündel mit dem Nötigsten für einen längeren Ausflug, ging dann hinunter zum Hotelpatron und fragte ihn nach dem Bus. Das Wort Bus entlockte dem Mann jedoch nur ein müdes Lächeln, und er erklärte Horst, daß es genau zwei Möglichkeiten gäbe, erst nach Phat Diem und dann in den Nationalpark zu kommen, der in der entgegengesetzten Richtung lag und nur schwer zugänglich war. Horst könne entweder ein Taxi samt Fahrer mieten oder es auf eigene Faust versuchen und sich ein Motorrad leihen. Beides sei zufälligerweise gleich hier in seinem Hotel möglich, wobei er für die Taxivariante 150, für das Motorrad dagegen lediglich 25 Dollar zu berappen hätte.

Damit stand Horst vor einem großen Problem. Er hatte keine Lust, einfach mal so 150 Scheine für eine kleine Taxifahrt auszugeben, aber er wollte den Ausflug unbedingt machen, zu verlockend klang die Beschreibung der beiden Attraktionen in seinem Reiseführer. Er mußte sich also gezwungenermaßen für das Motorrad entscheiden. Natürlich wußte er, daß er nicht den blassesten Schimmer einer Ahnung hatte, wie man mit einem solchen Gerät fuhr. Aber genau das machte die Sache doppelt spannend, genau das roch nach einem Abenteuer, und genau deshalb stand seine Entscheidung fest. Und weil Dreistigkeit immer siegt, erzählte Horst dem Hotelier, daß er liebend gerne mit dem Motorrad losziehen wolle. Dummerweise habe er jedoch seinen Führerschein in good old Germany vergessen und überhaupt sei er schon lange nicht mehr gefahren. Daher sei es sicherlich nicht verkehrt, wenn er hier und jetzt nochmals eine kleine Einweisung in die fundamentalen Regeln des Motorradfahrens bekommen könnte. Der Hotelwirt schaute ihn äußerst mißtrauisch an. Aber aus Angst, ein gutes Geschäft zu verpassen, glaubte er die Geschichte und ging mit Horst vor die Tür. Dort stand sie. Die Vollendung vietnamesischer Motorradentwicklung. Eine nagelneue *Bonus*, mit satten 125 Kubik, in schickem Violett lackiert und mit zwei handgemalten Drachen auf dem Tank. Zunächst erklärte der Hotelier trocken, wie man mit diesem Geschoß umzugehen habe, dann machte er mit Horst auf dem Sozius eine kleine Probefahrt rund um das Hotel, und schließlich sollte Horst selbst und unter den kritischen Augen des Meisters seine Fahrkünste unter Beweis stellen.

Jetzt kam es darauf an. Horst schwang sich auf die *Bonus*, schob sie vom Ständer und drückte den Elektrostarter. Der Motor sprang sofort an! Doch was nun? Er versuchte, Zeit zum Nachdenken zu gewinnen, und stellte sich langsam die Spiegel ein, überprüfte Blinker und Hupe und rutschte auf der Sitzbank so lange hin und her, bis er die optimale Sitzposition gefunden hatte. Der Motor surrte blechern vor sich hin, und der Hotelchef stand mit verschränkten Armen auf dem Bürgersteig und betrachtete sich das Spektakel mit skeptischen Blicken. Jetzt galt es cool zu bleiben. Horst zog die Kupplung, legte den ersten Gang ein, gab Gas und versuchte synchron dazu die Kupplung kommen zu lassen. Auf der Stelle soff die Kiste ab. Mist. Aber jetzt nur nicht aufgeben und das Ganze noch mal, dachte er sich und drückte erneut den Starterknopf. Doch nichts passierte. Wieder und wieder drückte er, aber das dumme Ding dachte gar nicht daran anzuspringen. Der Vietnamese schüttelte den Kopf, kam auf Horst zu und stellte die Gangschaltung mit verächtlicher Miene wieder auf Leerlauf.

»Logisch, der Leerlauf! Ich Idiot«, lachte Horst peinlich berührt auf und bemühte sich dabei um einen souveränen Gesichtsausdruck. Dann drückte er erneut den Starterknopf, und siehe da, sofort vibrierte die *Bonus* wieder unter ihm, zuckte kurz danach einen Satz nach vorne und starb zum zweiten Mal ab. Diesmal hatte Horst vergessen, vor dem Gangeinlegen die Kupplung zu ziehen.

Es war ein Desaster. Horst machte alle Fehler, die man nur machen konnte, und hinterließ damit bei seinem Vermieter den nachhaltigen Eindruck, daß hier jemand auf seinem Motorrad saß, der davon nichts, aber auch gar nichts verstand. Da half selbst Horsts Erklärung wenig, seine Schwierigkeiten müßten wohl daran liegen, daß er bislang nur größere und vor allem deutsche Motorräder gefahren sei, die völlig anders zu bedienen wären, und überhaupt sei diese *Bonus* schon eine rechte Dreckskiste, jedenfalls im Vergleich zu seiner *BMW*. Der Hotelwirt glaubte von all dem kein Wort.

Nach einer halben Stunde Übung und einem ganzen Liter Achselschweiß hatte Horst es dann allerdings geschafft. Mühelos konnte er vom Hotel aus die zweihundert Meter bis zur Hauptstraße fahren, dort ohne Fußabsetzen wenden, und auch der Rückweg klappte ohne Probleme. Von ihm aus stand nun also der Abfahrt nichts mehr im Weg. Der Hotelier jedoch sah das etwas anders. Zunächst wies er Horst darauf hin, daß es sich bei der *Bonus* um ein sehr teures Motorrad handle, und sollte er etwas kaputtmachen, dann müsse er selbstverständlich für die Reparatur geradestehen. Und um eventuelle Mißverständnisse darüber von vornherein auszuschließen, forderte er eine Kaution in Höhe von 1000 Dollar. Horst staunte zwar nicht schlecht über diese Forderung, aber es blieb ihm gar nichts anderes übrig, als das Geld lockerzumachen, denn sonst hätte ihn der Vietnamese nicht fahren lassen. Ohne zu zögern, übergab er daher praktisch seine gesamte Reisekasse in die Hände des alten Mannes und machte sich mit seinem Bündel und seinen restlichen 100 Dollar auf in Richtung Phat Diem.

Die Fahrt war wunderschön. Kaum hatte Horst die stinkenden Straßen von Ninh Binh hinter sich gelassen, öffnete sich die Landschaft, und er war mitten in der Pampa. Schnell gewöhnte er sich an seinen brummenden Untersatz, und schon bald spürte er das einzigartige Männergefühl, mit seiner Maschine zu verschmelzen und eins mit ihr zu sein. Dazu trug auch die Stimmung bei, durch die er hindurchsauste. Die Sonne stand bereits hoch am wolkenlosen Himmel, der Wind, der ihm ins Gesicht blies, war angenehm warm, und rechts und links der Straße lagen Reisfelder, die sich in der Ferne mit dem Horizont vereinigten. Alles zischte nur so an ihm vorbei, und zwar immer schneller, denn mit jedem Kilometer drehte er mehr und mehr am Gashebel und genoß die Geschwindigkeit in vollen Zügen. Das war die Freiheit, und er war der *Easy Rider*!

In das dritte Dorf, das sich seiner Fahrt in den Weg stellte, fuhr er mit einem Tick zuviel Speed. Er war ein wenig übermütig geworden und glaubte, seine *Bonus* voll und ganz im Griff zu haben. Das stimmte aber nicht ganz, denn als völlig unerwartet ein männlicher Einwohner dieses Dorfes auf seinem Fahrrad und in Hans-guck-in-die-Luft-Manier die Straße überquerte, verwechselte Horst die Bremse mit der Kupplung und fuhr volle Lotte in den armen Mann hinein. Der Aufprall war so stark, daß der Getroffene über Horst hinweg durch die Luft geschleudert wurde, kurz danach mit seiner Stirn auf der Bürgersteigkante aufschlug und schließlich blutend und bewußtlos auf der Straße liegenblieb. Horst blieb auch liegen, und zwar unter seinem Motorrad. Er hatte sich bei dem Unfall jedoch nur sein T-Shirt und seine Jeans zerrissen und blieb abgesehen von ein paar Schürfwunden und leichten Prellungen glücklicherweise unverletzt. An seiner *Bonus* hingegen war erheblicher Schaden entstanden. Der Lack war durch den Sturz völlig zerkratzt, die rechte Seite des Lenkers war weggeknickt, die Blinker- und Scheinwerfergläser waren zerbrochen, und sogar der Rahmen war ein wenig verzogen.

Es dauerte nur wenige Sekunden, da liefen aus allen Richtungen die Menschen zusammen. Einige befreiten Horst von seiner drückenden Last, doch die meisten stürzten sich schreiend und zeternd auf ihren darniederliegenden Landsmann. Natürlich war für jedermann klar, wer für diesen schrecklichen Unfall die Schuld trug. Und schrecklich war er, denn selbst Minuten später regte sich der vietnamesische Fahrradfahrer a. D. kein Stück, sondern lag trotz Tausender auf ihn einredender Menschen einfach nur da und blutete still vor sich hin. Ein paar kräftige Männer hoben ihn deshalb auf einen uralten Motorroller und fuhren den Schwerverletzten ins nahe Krankenhaus, während ein paar andere, noch kräftigere Männer auf Horst zugingen und ihn wild beschimpften. Horst konnte in ihrer Wortgewalt zwar keinen Sinn ausmachen, aber die Gesten waren international und damit eindeutig. Und spätestens, als am Ort des Geschehens zwei Herren in Uniform auftauchten, die sich schnell als Vertreter der örtlichen Polizei entpuppten, war ihm klar, daß harte Zeiten auf ihn zukamen.

Nachdem sich die erste Aufregung gelegt hatte, mußte Horst den Ordnungshütern zum Verhör ins Kommissariat des Dorfes folgen. Unter dem Schmerz seiner Blessuren stieg er auf sein kaputtes und verzogenes Motorrad und brauchte nur sechs Versuche, bis es endlich ansprang. Durch seinen Schock hatte er nämlich alles vergessen, was er je über das Motorradfahren gelernt hatte, und das war angesichts der Schwere seines Schocks im Verhältnis zu der Masse seines Wissens auch kein Wunder.

Allein der Weg zur Polizeistation wurde für ihn eine

ziemliche Qual. Salvenweise schlugen marternde Fragen in ihm ein. Was war eigentlich gerade passiert? Und vor allem, wie war das *Was* passiert? Und was war mit dem anderen? Hatte er sich etwa den Schädel zertrümmert? Oder zusätzlich noch innere Verletzungen erlitten? Und wenn ja, war er vielleicht in der Zwischenzeit diesen Verletzungen erlegen? Oder hatte er sogar nicht einmal mehr die paar Minuten ins Krankenhaus durchgehalten, sondern war bereits auf seinem Erste-Hilfe-Roller gestorben? Und wenn der Vietnamese nun tot war, was würde dann werden? Hätte er dann eine Strafe zu zahlen? Oder müßte er vielleicht sogar ins Gefängnis? Und falls das so wäre, wie lange hätte er dort abzusitzen? Lebenslänglich? Oder nur so lange, bis man ihn standrechtlich erschießen würde? Horst entschied sich für letzteres. Schließlich war er hier in Vietnam! Er malte seine Zukunft in dieser Welt in tiefstem Schwarz, und um das Schlimmste zu verhindern, beschloß er, bei dem folgenden Polizeiverhör in seinem Sinne zu lügen, und wenn es sein mußte, bis sich in der Kathedrale von Phat Diem die Balken bogen.

Das Dorfkommissariat lag nur einige hundert Meter entfernt, direkt an der Hauptstraße, und es war nicht viel mehr als ein großer, dunkler Raum mit ein paar Tischen, ein paar Stühlen, ein paar Pritschen, ein paar Ho-Chi-Minh-Bildern und den dazugehörigen paar Polizisten. Horst bekam einen Stuhl auf der einen Seite des mittleren Tisches zugewiesen, während die Männer in Grün, die auch in Vietnam Männer in Grün sind, aufgereiht wie die Stangenhühner auf der anderen Seite Platz nahmen. Damit konnte das Verhör beginnen. Der Cop mit den meisten bunten Abzeichen auf der Jacke führte das Gespräch und wollte zunächst wissen, wem er da eigentlich gegenübersaß. In diesem Moment kam Horst die geniale Idee, seine wahre Identität zu verschleiern und einen falschen Namen anzugeben.

Er kannte diesen Trick vom Schwarzfahren in deutschen Bussen und Bahnen, und dort funktionierte er immer vorzüglich. Wenn man nur ein bißchen vertrauensselig aussah, ließ man sich einfach eine glaubwürdige Geschichte einfallen, warum man keinen Fahrschein gelöst hatte, mimte ansonsten den devoten, anständigen und vor allem reumütigen Staatsbürger, und schon fraßen einem diese doofen Kontrolleure aus der Hand und glaubten einem jeden Blödsinn, etwa, daß man Dieter Lobowski oder Klaus Krawtschik war, obwohl man doch eigentlich Horst Gurk hieß. Zweimal war er mit dieser Masche schon erfolgreich gewesen, und wenn sie in Deutschland klappte, so dachte er sich, warum sollte sie dann nicht auch hier in Vietnam überzeugen?

Begeistert von seiner brillanten Idee und mit dem Hinweis, daß sein Paß dummerweise in seinem Hotel in Ninh Binh liege, gab er sich als Peter Bock, wohnhaft in Bergisch-Gladbach, aus, was ihm die Beamten auch sofort glaubten. Genaugenommen blieb ihnen in dieser Situation auch gar nichts anderes übrig, besteht doch für einen vietnamesischen Provinzcop zwischen Peter Bock und Horst Gurk zumindest kein wesentlicher Unterschied. Beides klingt in den Ohren eines Asiaten völlig fremd und hört sich zusätzlich total bescheuert an. Und eigentlich hätte er auch Anneliese Rothenberger sagen können oder Sabine Leutheuser-Schnarrenberger, und selbst bei Popanz Knallarsch hätten die netten Herren vermutlich nicht den leisesten Verdacht geschöpft, daß sie gerade tierisch verarscht werden. Nachdem Horst sie dann noch bezüglich seiner Geburtsdaten, seiner deutschen Adresse und seines Führerscheines ordentlich belogen hatte (letzterer befand sich angeblich in einem Schuhkarton unter seinem Bett in Bergisch-Gladbach), sollte er aus seiner Sicht erzählen, wie es zu dem Unfall gekommen war.

Bis jetzt schien für Horst alles gut zu laufen. Anscheinend hatte keiner einen Verdacht geschöpft, und so tischte er seinem Gegenüber eine nette, kleine Geschichte auf. Er sei in das Dorf gefahren, langsam natürlich, wie es sich gehört, als plötzlich dieser Mann auf seinem Fahrrad vor ihm aufgetaucht sei, irgendwie aus dem Nichts, jedenfalls habe er ihn nicht gesehen und hätte deshalb auch nicht bremsen können. Und dann sei es halt passiert, patsch habe es gemacht, und es täte ihm selbstverständlich furchtbar leid, und er könne sich die ganze Sache auch nur so erklären, daß der andere tierisch gepennt haben mußte, denn schließlich sei er, Peter Bock, ein sehr erfahrener Motorradfahrer. Das war mittlerweile die sechste Lüge in seinem Sinne, und die nächste sollte schon wenig später folgen. Als er mit seiner Geschichte am Ende war, ging nämlich die Türe auf, und gestützt von einem weiteren Polizisten, kam der Vietnamese herein, den Horst vor etwa einer Stunde zusammengefahren hatte.

Einen appetitlichen Anblick bot der Mann nicht. Sein vormals schicker Straßenanzug sah aus, als hätte ihn ein serbischer Aktionskünstler im LSD-Rausch zu einem blutverschmierten Kunstwerk zerrissen. Dazu quollen aus seiner Stirnwunde in pulsierenden Abständen immer noch erstaunliche Mengen an Blut und bildeten lustige rote Muster in seinem Gesicht, obwohl der ortsansässige Doktor die Platzwunde kurz zuvor mit acht Stichen grobschlächtig notversorgt hatte. Deshalb war es auch keine gute Idee von Horst, dem armen Mann erst einmal zwei fünfhunderter *Aspirin* gegen seinen Kopfschmerz anzudrehen, denn die verlangsamten lediglich den ersehnten Gerinnungsprozeß, und so hörte die Bluterei während des nun folgenden Verhörs auch nicht auf. Was die Polizisten den Mann dabei fragten, konnte Horst nur erahnen, aber ziemlich schnell wurde ihm klar, daß irgend etwas nicht mehr stimmte. Nach jeder Antwort des geschundenen Opfers nickten die Beamten verständnisvoll und protokollierten bereitwillig alle seine Aussagen, während sie Horst nicht einmal mehr eines Blickes würdigten.

Etwa eine Viertelstunde dauerte das Frage- und Antwortspiel, und erst dann wandte man sich wieder Horst zu. Der Chefhüter des Gesetzes wollte von ihm wissen, ob er vor dem Zusammenprall wenigstens gehupt habe, um den nahenden Fahrradfahrer zu warnen. Natürlich hatte er das nicht getan, aber er hatte den Eindruck, daß eine positive Antwort auf diese Frage von großer Bedeutung für den weiteren Ausgang des Verfahrens gegen ihn war. Daher log er ein weiteres Mal, sagte reflexartig »Ja!« und fügte zur Verdeutlichung seiner Aussage noch ein selbstbewußtes »Natürlich, was glauben Sie denn?« hinzu. Damit war für die Polizisten alles klar. Horst war als Lügner überführt, hatten doch mehrere Zeugen zuvor am Tatort ausgesagt, daß vor dem Zusammenprall kein Hupen zu hören gewesen sei.

Der Oberinspektor wies Horst auf seine Falschaussage hin, um ihn danach zu belehren, daß es auch in Vietnam Verkehrsregeln gebe, und die würden eindeutig besagen, daß der Stärkere eigentlich immer der Arsch sei, besonders dann, wenn er nicht hupt. Das habe Horst offensichtlich nicht getan, fuhr er mit einem unmißverständlichen Fingerzeig auf seinen völlig verunstalteten Landsmann fort, und deshalb müsse er zunächst 50 Dollar Schmerzensgeld an den Geschädigten zahlen. Dazu kämen nochmals zehn Dollar für den Totalschaden an dessen Fahrrad und weitere zehn Dollar für die Kosten der ärztlichen Behandlung. Insgesamt hätte er also 70 Dollar abzudrücken, und zwar sofort und direkt an das immer noch leise vor sich hin blutende Opfer. Damit sei die Angelegenheit zwischen den beiden allerdings auch geregelt.

Horst atmete erst einmal tief durch, und irgendwie war er plötzlich froh, in Vietnam zu sein. Er stellte sich vor, was ihm in Deutschland oder vielleicht sogar in den USA geblüht hätte, wenn er als Ausländer mit fünfzig Sachen und ohne Führerschein über einen Einheimischen gefahren wäre. Nicht auszudenken, schrecklich und vor allem unbezahlbar! Und so zückte er erleichtert seinen Brustbeutel, zählte die geforderte Summe ab, legte großzügig und zum Zeichen seiner tiefen Anteilnahme weitere fünf Dollar drauf und reichte sie unter erneuten Beileidsbekundungen seinem Nebenmann. Für den war die ganze Sache im Nachhinein natürlich ein saugutes Geschäft, denn für ein halbes Jahresgehalt nimmt man in der Dritten Welt eine Gehirnerschütterung und eine feiste Narbe am Kopf gerne in Kauf. Man gab sich zum Abschied die Hand, wünschte sich noch alles Gute, und schon torkelte der Vietnamese zur Tür hinaus.

Horst wollte eigentlich gleich mitgehen, doch der Obercop war noch nicht fertig mit ihm. Betont streng erklärte er, daß er und seine Kollegen erhebliche Zweifel an Horsts Glaubwürdigkeit bekommen hätten, und man habe daher beschlossen, seine Papiere und insbesondere seine Fahrerlaubnis zu überprüfen. Dazu werde man am nächsten Tag einen Kollegen in sein Hotel nach Ninh Binh schicken, um seinen Paß zu holen und die Richtigkeit seiner persönlichen Angaben zu kontrollieren. Schließlich müsse man noch Kontakt mit der deutschen Botschaft in Hanoi aufnehmen und klären, ob er überhaupt im Besitz eines Motorradführerscheins sei. Das werde etwa zwei bis drei Tage dauern, und so lange müsse Horst leider in der Polizeistation bleiben, und erst danach könne er seinen Urlaub fortsetzen.

Als Horst das hörte, änderte sich seine Gesichtsfarbe schlagartig. Auf einmal war er bläßlich weiß wie ein aufgetautes ostdeutsches Brathähnchen. Er begann zu schwitzen und zu schlucken und schaute die Polizisten an, als hätten sie gerade sein Todesurteil gefällt. Nur ein paar Mal hatte er gelogen, und schon saß er in der Falle. Verdammt! Bald würde die vietnamesische Polizei wissen, daß er nicht Peter Bock aus Bergisch-Gladbach war und erst recht keinen Motorradführerschein besaß. Und das würden ihm die grimmigen Herren sicherlich sehr übelnehmen, denn welcher Polizist läßt sich schon gerne anlügen, noch dazu von einem Ausländer. Er blickte starr aus einem der vergitterten Fenster, und ihm wurde klar, daß es nur eine einzige Möglichkeit gab, einem längeren Aufenthalt in einem vietnamesischen Gefängnis zu entgehen.

7. Frische Nierchen

Für Horst gab es keine Fragen mehr. Spätestens am nächsten Abend würde sein Schwindel auffliegen. Neben dem bereits schwerwiegenden Anklagepunkt »Zusammenfahren eines Menschen ohne Fahrerlaubnis«, müßte er sich dann noch für das »Hinterfotzige Reinlegen stolzer vietnamesischer Polizisten« verantworten, was, so glaubte er, in kommunistischen Regimen umgehend den Tod durch Folter zur Folge haben würde. Den Beamten noch schnell die Wahrheit zu sagen bedeutete in seiner Situation auch keine wirkliche Lösung, denn selbst wenn der zweite Anklagepunkt wegfallen sollte, bliebe der erste immer noch bestehen, und dann säße er trotzdem im Gefängnis, und zwar mindestens für ein paar Jahre. Das wollte er aber unter allen Umständen vermeiden, wußte er doch spätestens seit dem zweiten Teil von Rambo, daß das Abhängen in vietnamesischen Haftanstalten kein Spaß war. Er mußte also fliehen, soviel stand fest.

Moralische Bedenken hatte er bei dieser Idee nicht. Der Geschädigte war mit 70 Dollar für sein Leid bereits fürstlich belohnt, und somit ging es hier einzig und allein und ausschließlich um seine eigene Zukunft, um das weitere Leben von ihm, Horst Gurk alias Peter Bock. Und er allein hatte es nun in der Hand, über sein Schicksal zu entscheiden. Dabei gab es allerdings noch ein klitzekleines Problem, und das war die Frage, wie man aus einer Polizeistation ausbricht, wenn man dummerweise von mehreren

Männern bewacht wird, die bis an die Zähne bewaffnet sind. Doch auch dieses Problem sollte sich bald lösen.

Kaum war die Sonne untergegangen, da verließen fast alle Polizisten das Kommissariat, wahrscheinlich um sich für ein stärkendes Abendmahl an die heimischen Herde der geliebten Ehefrauen zu begeben. Zurück blieben lediglich zwei schmächtige und junge Cops, die von ihrem Oberpolizisten auserkoren wurden, auf Horst aufzupassen. Und damit war sie da. Die einmalige Chance zur Flucht.

Eine gute Stunde starrten sich die drei gegenseitig an und versuchten dann langsam, mit Händen und Füßen ein Gespräch zum Laufen zu bringen. Bald schon wurde ab und zu ein zaghaftes Lächeln ausgetauscht, im folgenden manchmal sogar ansatzweise gelacht, und mit der Zeit begannen sich die anfänglichen Spannungen zwischen ihnen aufzulösen. Natürlich wurde Horst nicht der beste Freund seiner Bewacher, aber er bemühte sich redlich, ein gewisses Vertrauensverhältnis zu ihnen aufzubauen. Überschwenglich und in deutscher Sprache erzählte er ihnen deshalb wilde Geschichten aus seiner Jugend, sang lautstark bekannte Volksweisen aus der Heimat, wie etwa das Lied von der Nordseeküste oder auch den Biene-Maja-Song, und schließlich malte er zur großen Begeisterung der beiden Nachwuchspolizisten mehrere nackte Frauenkörper auf ein Blatt Papier, die sich alle durch besonders große Brüste auszeichneten. Das gefiel seinen Aufpassern offensichtlich sehr gut, und irgendwann schienen sie von ihrem Gefangenen sogar richtig angetan zu sein, denn nach dem dritten Akt boten sie ihm zum Zeichen ihrer Gastfreundschaft ein Glas hochprozentigen Fusels an, den einer der beiden aus einem raffinierten Versteck hinter einer verstaubten Gardine hervorgezaubert hatte. Man trank sich gegenseitig zu, und als Höhepunkt seines

Unterhaltungsprogramms weihte Horst die Gastgeber intensiv in das Geheimnis des guten, alten, deutschen »Prost« ein.

Die Flasche nahm ihren Lauf, und nach und nach wurde es ein richtig lustiger Abend. Die pflichtbewußten Jungpolizisten wurden immer betrunkener, während Horst als altem Trinker die paar Gläschen Schnaps herzlich wenig ausmachten. Aus taktischen Gründen verwandelte er sich vor den Augen seiner Aufpasser aber trotzdem mit hoher Geschwindigkeit in einen sternhagelvollen Trunkenbold und verhielt sich auch so. Irgendwann kippte er gekonnt vom Stuhl, raffte sich dann lallend und mit Mühe wieder auf, stolperte durch den Raum und sackte schließlich theatralisch auf einer der herumstehenden Pritschen zusammen, um auf der Stelle und mit lautem Schnarchgeräusch einzuschlafen. Seine beiden Trinkgenossen fanden das irrsinnig amüsant und schmeichelnd, gibt es doch für einen echten Mann fast nichts Erhebenderes, als im eigenen Land einen Touristen ordentlich unter den Tisch zu saufen. Bei aller Freude über ihre Männlichkeit übersahen sie allerdings, daß sie im Gegensatz zu Horst tatsächlich betrunken waren und sich ihr Bewußtsein langsam von ihnen verabschiedete.

Kurze Zeit später war es soweit. Während der eine Polizist es mit einer großen Kraftanstrengung noch auf die Liege neben Horst schaffte, sackte der andere direkt auf seinem Stuhl in sich zusammen. Eine gute Stunde wartete Horst ab, und als er sich sicher war, daß seine Bewacher mit ihrer Tiefschlafphase begonnen hatten, stand er auf und startete die »Aktion Ausbruch«. Mit dem entscheidenden Utensil seiner Flucht in der Tasche, dem Schlüssel für die *Bonus*, schlich er auf Zehenspitzen durch die Stube zur Tür. Stückchenweise und fast schon übervorsichtig drehte er den Türknauf herum, der dabei jede auch noch so kleine Drehung mit einem entsetzlichen Quietschen quittierte, als wolle er die beiden schlafenden Gesellen warnen. Bei jedem Quietschen kniff Horst für einen kurzen Moment die Augen zusammen und biß sich vor lauter Anspannung auf die Unterlippe. Aber er hatte Glück. Seine Aufpasser schliefen fest wie zwei Moorkarpfen im tiefsten Winter. Als er endlich den Knauf bis zum Anschlag herumgedreht hatte und die Polizisten immer noch selig vor sich hin pennten, überkam ihn ein Gefühl großer Erleichterung. Dann drückte er sachte gegen die Tür. Aber was war das? Horst erstarrte. Das dumme Ding ging nicht auf. Vielleicht ziehen, dachte er sich. Er zog. Wieder nichts. Scheiße! Da hatten diese beiden Arschlöcher vor dem Schlafengehen doch tatsächlich die Pforte zu seiner Freiheit zugesperrt. Wütend ließ Horst den Türknauf zurückschnalzen.

Was sollte er jetzt nur tun? Sollte er sich etwa wieder hinlegen und aufgeben? Nein, dazu war er nicht bereit. Dafür war er seinem Ziel schon zu nah. Und als er selbst nach minutenlanger Suche nirgendwo den rettenden Generalschlüssel finden konnte, entschied er sich für die einzig vernünftige Lösung, die ihm einfiel. Er entschied sich für brachiale Gewalt. Horst ging zu der Wand gegenüber der Tür, sammelte seine ganze Energie, spannte die Muskeln durch und rannte wie ein Besessener los. Einen Meter vor der Tür schob er seine rechte Schulter nach vorne, hielt die Arme schützend vor den Kopf und warf sich mit der ganzen Kraft, die ihm der liebe Gott gegeben hatte, seinem Hindernis entgegen. Sekundenbruchteile später tat es einen heftigen Schlag. Die Tür brach krachend aus ihrer Zarge, und Horst flog in einem hohen Bogen mitten in einen Haufen sinnlos auf dem Bürgersteig herumstehender Fahrräder. Jetzt galt es, nicht unnötig herumzutrödeln. Die beiden Schläfer waren durch den

Lärm bestimmt aus ihrem Schlaf erwacht und würden nach kurzer Verwirrung umgehend die Verfolgung aufnehmen. Daher befreite sich Horst so schnell es ging aus den Fängen von Speichen und Gepäckträgern, rannte die paar Schritte zu seiner Flucht-*Bonus*, schwang sich auf den Sattel, steckte den Schlüssel ins Zündschloß und drehte ihn um. Wie durch ein Wunder sprang die Kiste bereits beim ersten Versuch an, wofür er sich mit einem kräftigen Zug am Gashebel bedankte und in Richtung Phat Diem losbrauste.

Der Erfolg seiner Flucht hing nun vor allem von einer entscheidenden Frage ab: Könnte er es schaffen, in sein Hotel zu gelangen, seinen Paß wiederzubekommen und das Land zu verlassen, bevor die gesamte aufgescheuchte vietnamesische Polizeimacht ihn finden würde? Wenn ja, hatte er dazu nur verdammt wenig Zeit. Denn selbst die dilettantischste Spürnase würde ihm bald auf die Schliche kommen und seine wahre Identität aufdecken. Und dann wären die Grenzen dicht. Er mußte also äußerst vorsichtig vorgehen und vor allem eines tun: falsche Fährten legen. Aus diesem Grund fuhr er zunächst auch in Richtung Phat Diem, das im Osten lag, obwohl sich sein Hotel, und damit sein Paß, in Ninh Binh befanden, und das lag nördlich. Er war sich sicher, daß sich seine beiden Aufpasser sofort an seinen Auspuff heften würden, wahrscheinlich sogar, ohne vorher ihren Chef zu alarmieren. Der hätte ihnen nämlich ordentlich die Hammelbeine langgezogen, und das zu Recht, sind doch Polizisten, denen ein Gefangener abhanden kommt, der sie vorher auch noch abgefüllt hat, totale Trottel und granatenmäßige Versager und gehören daher eigentlich sofort gesteinigt.

Im unerschütterlichen Vertrauen auf seine Theorie donnerte er ohne Rücksicht auf seine bescheidenen Fahrkenntnisse einen guten Kilometer über den Asphalt und hielt dann mittels eines gewagten Bremsmanövers vor einem alten Heuschober an. Er schob seine *Bonus* hinter die Scheune, hockte sich ins Gras und wartete ab. Es dauerte keine drei Minuten, und schon hörte er zwei Motorräder heranrasen. Sein Gefühl hatte ihn also nicht getäuscht. Es waren seine beiden Verfolger. Wie Pfeile schossen sie an seinem Versteck vorbei, als wären sie Toni Mang und Ralf Waldmann auf dem Weg in die Hölle. Daß sie mit ihrem Alkoholpegel dabei auf ihren Maschinen sitzen blieben und nicht sofort gegen den nächstbesten Baum knallten, war für Horst zwar unglaublich, aber es war ihm auch ziemlich egal. Bald konnte er ihre Rücklichter nicht mehr erkennen, und als selbst das Knattern der Motoren nicht mehr zu hören war, wußte er, daß die erste Runde seiner kleinen Verfolgungsjagd an ihn ging. Sofort bestieg er wieder seine mittlerweile geliebte, weil treue *Bonus* und machte sich auf nach Ninh Binh. Dabei wählte er natürlich nicht die Route über die Hauptstraße, sondern suchte sich einen unauffälligen Weg durch das Dorf, um nicht mehr an der Polizeistation vorbei zu müssen.

Eine Stunde später passierte er das Ortsschild von Ninh Binh. Es war mittlerweile halb ein Uhr in der Nacht, und die Fahrt verlief alles in allem sehr ruhig. Horst hatte dabei genügend Zeit, über sein weiteres Vorgehen nachzudenken und vor allem seinen Ausbruch nochmals Revue passieren zu lassen. Das war schon ein tolles Husarenstück, das er da abgeliefert hatte, und sein Freund Rambo hätte es nicht besser machen können. Ganz im Gegenteil. Rambo wäre sicherlich nicht ohne Blutvergießen ausgekommen, sondern hätte vermutlich zunächst seine beiden Bewacher erschlagen und danach die Polizeistation in Brand gesetzt. Das wäre zwar spektakulärer gewesen, aber nicht besonders schlau. Und irgendwie war Horst glücklich, eher schlau als spektakulär zu sein. Eines wußte er allerdings. Trotz seines beachtlichen Teilerfolges durfte er jetzt auf gar keinen Fall übermütig werden, denn es stand ihm noch ein langer Weg bevor, und zwar ein ganz langer.

Als er am *Queen-Mini-Hotel* ankam, waren dort bereits alle Lampen aus. Horst zögerte nicht lange, klingelte Sturm und unterstrich seinen Wunsch nach Einlaß mit einem kräftigen Bollern gegen die Eingangstür, was auch seinen Zweck erfüllte. Bereits nach dem dritten Schlag ging im ersten Stock das Licht an, und der Hotelwirt kam die Treppe herunter und öffnete die Tür. In seinem weißen Nachthemd sah er aus wie die vietnamesische Variante von Hui-Buh, und er war sichtlich überrascht, seinen Gast zu dieser späten Stunde wiederzusehen. Eigentlich hatte er ihn frühestens in drei Tagen zurückerwartet.

»Schönen guten Abend. Entschuldigen Sie, daß ich Sie aufgeweckt habe. Aber wissen Sie, ich hab's mir doch anders überlegt.«

»Kein Problem. Ihr Zimmer ist immer noch frei.«

»Ja, das Zimmer ... Nun, im Grunde genommen brauche ich es gar nicht mehr.«

»Sie brauchen es nicht mehr?« fragte der Hotelbesitzer stutzig. »Hat es Ihnen etwa nicht gefallen? Ist es Ihnen zu teuer? Also, bevor Sie in ein anderes Hotel ziehen, können wir natürlich noch mal über den Preis reden.«

»Nein, nein, das Zimmer war prima, und der Preis stimmte auch. Es ist nur so, ich habe heute mit meiner Mutter in Deutschland telefoniert, und es geht ihr nicht gut. Und deshalb muß ich so schnell wie möglich zurück nach Hause, verstehen Sie?«

»Natürlich, das verstehe ich. Aber heute nacht können Sie nicht mehr fahren. Der Zug und die Busse gehen erst wieder morgen früh.«

»Ach, wissen Sie, ich stell' mich einfach an die Straße.

Irgend jemand fährt bestimmt nach Hanoi, und dann kann ich gleich die Morgenmaschine nehmen.«

»Wenn Sie meinen. Aber an Ihrer Stelle würde ich lieber noch eine Nacht hierbleiben.«

Horst lehnte diese Einladung dankend ab. Er wollte sofort los, und daher bat er den Hotelier, seinen Reisepaß und das ihm anvertraute Geld herauszulegen, um in der Zwischenzeit seine Sachen zusammenzupacken. Der Hotelbesitzer erklärte sich bereit, den Anweisungen von Horst Folge zu leisten, allerdings nicht ohne ihm vorher eine kurze Frage zu stellen.

»Was ist eigentlich mit meinem Motorrad?« wollte er von ihm wissen.

»Ach ja, das Motorrad. Hätte ich doch beinahe vergessen. Es steht draußen vor der Tür«, antwortete Horst hastig, fügte zum Zeichen seiner Wertschätzung ein »Prima Kiste, übrigens« hinzu und gab seinem Gegenüber die Schlüssel in die Hand. Dann ging er nach oben in sein Zimmer.

In fünf Minuten hatte er seinen Rucksack gepackt und war fertig zur Abreise. Als er wieder nach unten in die Lobby kam, wollte er sich noch kurz bei seinem Herbergsvater verabschieden, doch er war verschwunden. Horst schwante Böses. Er ging aus dem Hotel hinaus, und als er auf die Straße kam, fand er den Hotelier, der auf dem Boden kniete, mit seinen Händen liebevoll seine *Bonus* umfaßte und dabei jämmerlich weinte. Als er Horst sah, fing er an zu schreien.

»Sie ist völlig kaputt!«

»Ach was, völlig kaputt«, sagte Horst. »Das sind doch nur ein paar Kratzer.«

»Ein paar Kratzer? Für mich ist das ein Totalschaden! Wie konnte das denn nur passieren?«

»Na ja, um ehrlich zu sein, ich hatte einen kleinen Unfall.

Ich bin gefahren, und dann ist das blöde Ding auf einmal weggerutscht. Einfach so. Wie aus heiterem Himmel. Ich verstehe das auch nicht, aber wahrscheinlich ist ...«

Die folgenden Erkärungsversuche interessierten den Hotelier überhaupt nicht. Für ihn stand eindeutig fest, daß Horst seine *Bonus* ruiniert hatte, und dafür mußte er zahlen. Darüber sei man sich sicherlich einig, erklärte er aufgeregt, und er habe ja glücklicherweise noch die 1000 Dollar von ihm, die er nun behalten werde, um die Reparatur zu bezahlen. Daher solle er jetzt seinen Paß nehmen und ganz schnell verschwinden, weil sonst würde er die Polizei rufen, und dann könne man die ganze Sache gerne auch offiziell regeln. Das Wort Polizei fürchtete Horst natürlich wie der Teufel das Weihwasser, und allein davon zu sprechen reichte aus, um ihn davon zu überzeugen, daß jetzt nicht die richtige Zeit für einen Streit war. Ganz im Gegenteil. Jedes kleinste Risiko, mit der Staatsgewalt in Berührung zu kommen, mußte unter allen Umständen vermieden werden. So überließ er dem Hotelier gezwungenermaßen sein Geld, nahm hastig seinen Reisepaß, sagte noch kurz »Adieu« und ging.

Auf dem Weg zur Hauptstraße dachte er über die neue Lage nach. Seinen Paß, und damit die Lizenz für die geplante Landflucht, hatte er nun endlich wieder in seiner Tasche. Auch seinen Verfolgern hatte er auf ihrer Jagd nach dem ausgebrochenen Touristen erneut einen wohlschmeckenden Köder ausgelegt, dem sie zweifelsohne folgen würden. Denn anstatt nach Hanoi zu fahren, um von dort aus in Richtung Heimat zu fliegen, wie er es seinem Hotelier erzählt hatte, würde er sich über den Landweg nach Ho-Chi-Minh-Stadt durchschlagen und von dort aus via Bangkok nach Deutschland abzischen. Gute zwei Tage müßte er sich noch konzentrieren und durchhalten, dann hätte er es geschafft, dann wäre er ein freier Mann, und dann hätte er sein erstes echtes Abenteuer bestanden.

Allerdings war er soeben in Windeseile fast sein gesamtes Geld losgeworden, sah man einmal von den läppischen 25 Dollar ab, die er noch in seiner Hosentasche hatte. Und da er nicht wie etwa der berühmte Ernst Jünger seit 1899 *American-Express*-Mitglied war, bedeutete das schlicht und ergreifend, daß diese 25 Dollar ausreichen mußten, um die rund 1600 Kilometer nach Ho-Chi-Minh-Stadt zurückzulegen. Das allein würde sich sicherlich machen lassen. Er müßte einfach nur sparsam leben, auf Bier und Softgetränke verzichten, vielleicht ein wenig hungern, im Freien übernachten oder noch besser einen Lastwagen finden, der ihn auf seiner Ladefläche non-stop die ganze Strecke mitnahm. Aber selbst wenn das klappen sollte, gab es noch ein weiteres, zentrales Problem. Sein regulärer Rückflug war nämlich erst in eineinhalb Wochen gebucht und sollte zudem ab Hanoi gehen. Er mußte also sein Flugticket umbuchen lassen, und das bedeutete überall auf dieser Welt, und ganz besonders in kommunistischen Restenklaven, eine Extrawurst. Ohne eine gute Handvoll frischer Dollarscheine ging da mit Sicherheit gar nichts, denn Extrawürste kosten überall extra, und besonders dann, wenn man nicht lange mit irgendwelchen Angestellten einer Fluggesellschaft über die Frage des Wieso, des Weshalb und des Warum-eigentlich herumdiskutieren will. Auf einen netten Plausch dieser Art durfte sich Horst in keinem Fall einlassen, denn schließlich hielt er sich nicht mehr zu seinem Vergnügen in Vietnam auf, sondern war mittlerweile ein Schwerverbrecher, der im ganzen Land von der Staatspolizei gesucht wurde. Er brauchte also dringend Pinken und Penunzen, und am besten gleich einen ganzen Haufen davon. Doch woher nehmen, wenn nicht stehlen? Und tatsächlich dachte

Horst einen kurzen Augenblick über die Möglichkeit eines dreisten Raubüberfalls nach, die er aber ziemlich schnell wieder verwarf, gab es doch noch eine ganz andere und vor allem legale Lösung für sein Geldproblem, und das war der Brief, den ihm Rocko vor seiner Abreise mitgegeben hatte.

Wie war das noch? Er sollte das Schreiben bei Rockos Freunden in Danang abgeben, und dann würde er eine Überraschung bekommen. Was das für eine Überraschung war, wußte Horst zwar nicht, aber er dachte sich, wenn Rocko in Danang Freunde hatte, dann würden die ihm bestimmt helfen. Sie müßten ja nur kurz im *Crazy Sexy* anrufen. Rocko würde dann ein gutes Wort für ihn einlegen, und schon hätte er die paar hundert Dollar, die er für seine Umbuchung brauchte. Ganz einfach und ohne viel Tam-Tam. Es waren schließlich Freunde von Rocko, und in dessen Kreisen war Freundschaft mehr als nur ein Wort! Damit war eines klar. Bevor Horst nach Ho-Chi-Minh-Stadt fahren konnte, mußte er zuerst nach Danang.

Zuvor wollte er der Polizei die Fahndung nach ihm allerdings noch ein wenig erschweren. Dazu erinnerte er sich an einen alten Indianertrick, und der hieß: »Mache aus dir einen Krieger, den du selbst nicht kennst.« Auf dem Weg zur Hauptstraße schlich er deshalb in einen dunklen Hauseingang, holte seinen Rasierapparat aus dem Rucksack und begann sich seiner wuscheligen Haarpracht zu entledigen. Zehn Minuten später hatte er eine perfekt sitzende Glatze. Und bereits ein flüchtiger Blick in seinen Taschenspiegel überzeugte ihn davon, daß seine Entscheidung richtig war. Das, was er da sah, war nicht mehr der Peter Bock, der er zu sein vorgegeben hatte. Zwar hatte er sich durch diese Aktion selbst seinen letzten erotischen Hauch genommen, denn nunmehr schaute er aus wie ein leicht gebräunter, nackter Männerarsch mit riesigen, roten

Segelohren, doch jetzt war nicht die Zeit für falsche Eitelkeit. Wichtig war nur, daß er keine Ähnlichkeit mehr mit dem Menschen hatte, nach dem gesucht wurde, und das war ihm zweifelsohne gelungen. Beruhigt stellte er sich daher an die Straße, hielt seinen Daumen raus, und wieder hatte er Glück. Schon bald stoppte ein kleiner Lastwagen und nahm ihn noch in derselben Nacht mit nach Danang.

Die Fahrt dauerte unerträglich lange, und das war auch nicht verwunderlich. Immerhin lagen zwischen dem Örtchen Ninh Binh und der Stadt Danang an die 750 Kilometer, und für diese Strecke stand nicht etwa eine gut ausgebaute Landstraße zur Verfügung, sondern lediglich das, was man in Vietnam darunter verstand. Außerdem war der Lastwagen nicht der schnellste, dessen Fahrer schon gar nicht der wacheste und seine Augen erst recht nicht die besten. Immer wieder schätzte er beim Überholen die Entfernung der entgegenkommenden Fahrzeuge völlig falsch ein und mußte deshalb ständig in die Eisen steigen, um Schlimmeres zu verhindern. Die Schuld suchte er freilich stets bei den anderen und ließ sie das auch wissen, indem er ununterbrochen herumhupte und dazu schimpfte wie ein cholerischer Asthmatiker. An Schlaf konnte Horst während dieses Höllenritts nicht mal im Traum denken, und so war er vollkommen erschöpft und übermüdet, vor allem aber zutiefst erleichtert, als er nach 16 Stunden wieder festen Boden unter heilen Füßen hatte. Es war der Boden von Danang.

Das erste, was ihm auffiel, war, daß es stank. Es stank nach einer Mischung aus hochgiftigen Industrieabgasen und dem fauligen Mief einer alten Hafenmole. Damit wußte Horst sofort, wo er gelandet war: in der häßlichsten und heruntergekommensten Stadt in ganz Vietnam, und genauso sah auch das touristische Publikum aus. Vornehmlich Seebären und Piraten aus aller Herren Ländern tummelten sich hier während ihres Landgangs zwischen den Einheimischen und verbreiteten ein Flair zweifelhafter Internationalität. Noch nie hatte Horst so viele Tattoos gesehen. Von Schiffsankern auf sehnigen Unterarmen bis zu nackten Nixen auf muskulösen Oberarmen war alles zu finden, und auf einem behaarten Männerrücken entdeckte Horst sogar eine Waschmaschine. Alles in allem lud diese Stadt also nicht gerade zu einem längeren Erholungsaufenthalt ein, aber daran dachte Horst sowieso nicht. Statt dessen machte er sich schleunigst auf ins *Come-In*, den Bums-Club, den die vietnamesischen Freunde von Rocko in der Tran-Phu-Trinh-Straße betrieben. Für die Fahrt dorthin leistete er sich für drei Dollar ein Cyclo, was zwar seinen Geldbestand weiter und fast dramatisch zusammenschmelzen ließ, doch das war ihm egal, denn schon in wenigen Minuten würde er ja wieder flüssig sein.

Das *Come-In* sah von außen eher aus wie ein »Keep-Out«. Es befand sich in einem verrotteten Betonbunker, an dessen Fassade riesige Schriftzüge aus grellen Leuchtstoffröhren prangten und den Gästen die beste Massage der Stadt versprachen. Leicht zu finden war der Weg dorthin allerdings nicht. Zunächst mußte man sich in den Hinterhof des Gebäudes durchschlagen, um von dort aus über eine rostige Eisenleiter in den dritten Stock zu klettern. Dann stand man vor einer schäbigen Eingangstüre, an der mehrere, recht schmutzige Pornobildchen hingen. Zwischen diesen Bildern war schließlich eine einfache Plastiktitte befestigt, die als Klingel diente. Horst schellte, und nach kurzer Zeit wurde ihm von einem verdächtig jungen Mädchen geöffnet, das lediglich ein knallenges T-Shirt und extrem kurze Hot pants trug. Ansonsten war sie nackt.

»Wir haben noch nicht geöffnet«, sagte sie mit einer fipsigen Stimme.

»Das macht nichts«, antwortete Horst. »Ich will nämlich keine Massage, sondern ich will den Geschäftsführer sprechen.«

»Und worum geht es?«

»Ich habe einen Brief für ihn dabei. Von einem Freund aus Deutschland. Und den darf ich nur persönlich überreichen.«

»Das ist natürlich etwas anderes. Komm einfach rein und mach es dir ein bißchen bequem. Ich hol' in der Zwischenzeit den Chef.«

Das Mädchen führte Horst mit wackelnden Hüften in ein Zimmer, das aussah wie ein asiatisches Barbarella-Raumschiff. Es war vollgestopft mit tiefen, speckigen Kunstledersofas, an den Wänden klebten schwere Seidentapeten, der Boden war mit einem orangefarbenen Teppich ausgelegt, und mehrere rot leuchtende Lampions sorgten für die erforderliche laszive Stimmung. So sah also ein Puff in Danang aus! Horst stellte seinen Rucksack ab, ließ sich erschöpft in eines der Sofas fallen, und es dauerte nur ein paar Augenblicke, da war er auch schon eingenickt. Wie lange er schlief, wußte er nicht, aber irgendwann spürte er eine Hand auf seiner Schulter, die ihn wachrüttelte.

»Sie haben einen Brief für mich?« fragte ihn ein stämmiger Mann mit einer mächtigen Narbe auf der rechten Wange. Horst schreckte auf.

»Ja! Und zwar von Rocko aus dem *Crazy Sexy* in Troosdorf. Er sagte, Sie wären ein Freund von ihm.«

»Na, das ist ja eine Überraschung. Der gute, alte Rocko! Wie geht's ihm denn so im fernen Deutschland?« wollte der Mann von Horst wissen.

»Gut. Glaube ich jedenfalls.«

»Schön, schön. Dann würde ich vorschlagen, Sie geben mir jetzt einfach mal seinen Brief.«

»Aber klar«, sagte Horst, griff zu seinem Rucksack und überreichte Rockos Freund den Umschlag. Der riß ihn auf, drehte sich um und begann zu lesen, und als er fertig war, wandte er sich wieder seinem Gast zu, wobei er auf einmal ganz seltsam grinste.

»Darf ich Ihnen etwas zu trinken anbieten? Oder wie wäre es mit einer Massage? Zur Entspannung. Ich könnte Ihnen eines meiner Mädchen schicken. Geht selbstverständlich aufs Haus!«

Horst war trotz seiner Erschöpfung nicht in der Stimmung, an Entspannung zu denken. Seit seinem Ausbruch bedeutete Zeit für ihn Levunzen, und er wußte, daß die Polizei diese Zeit intensiv nutzen würde, um nach ihm zu fahnden. Jede Sekunde war jetzt wichtig, und daher mußte er möglichst schnell an das verdammte Geld kommen, um danach unverzüglich diese Stadt zu verlassen – Massage hin oder her.

»Danke für Ihr Angebot, aber ich muß eigentlich sofort wieder weg. Allerdings gibt es da noch ein kleines Problem ...« setzte Horst an. Dann erzählte er Rockos Freund, daß er aus persönlichen Gründen früher als geplant zurück nach Deutschland müsse, daß er jedoch in Ninh Binh dummerweise sein ganzes Geld verloren habe, also praktisch pleite sei, und daher nicht wisse, wie er die Reise nach Ho-Chi-Minh-Stadt, geschweige denn die fällige Umbuchungsgebühr für seinen Flug bezahlen solle. Deshalb wäre er ihm sehr dankbar, wenn er mit etwa 300 Dollar aushelfen könnte, die er natürlich sofort wieder zurückbekommen würde, sobald er, Horst, in Troosdorf sei. Das würde er ihm hoch und heilig versprechen, aber wenn er trotzdem Zweifel an seinem Ehrenwort hätte, solle er doch kurz bei Rocko anrufen, denn der würde bestimmt für die Summe bürgen.

Horst wußte, daß er hier viel verlangte, und um so überraschter war er darüber, wie hilfsbereit sich der Puffbesitzer zeigte.

»Das ist kein Problem, das können wir machen. Aber dafür muß ich kurz zur Bank, und das dauert natürlich ein bißchen. Ich schlage vor, Sie genehmigen sich in der Zwischenzeit doch eine Massage, und wenn ich dann zurückkomme, sind Sie wieder frisch und können los.«

Er rief nach einem Mädchen, und noch ehe sich Horst umsehen konnte, kam auch schon die Hot-Pants-Maus zur Tür herein und nahm ihn bei der Hand.

»Viel Spaß übrigens. Sie werden es bestimmt nicht bereuen«, rief ihm der Zuhälter noch hinterher.

Das Mädchen führte ihn in ein Zimmer, in dessen Mitte ein großes Bett stand. Horst dachte nur daran, sich auf dieses Bett hinzulegen und ein gemütliches Nickerchen zu machen. Aber dazu kam es nicht. Die blutjunge Vietnamesin zog ihn weiter, durch das Zimmer hindurch, hinein in ein großes Bad, und bevor er etwas sagen konnte, warf sie die Dusche an und riß ihm die Klamotten vom Leib, um sich danach selbst auszuziehen. Das ging sehr schnell, denn viel hatte sie ja nicht an. Da stand er nun, unter dem warmen, satten Strahl der Brause, splitterfasernackt und völlig fassungslos und eigentlich zu nichts mehr zu gebrauchen. Eigentlich.

Die zierliche und aufregende Lolita schenkte ihm ihr unschuldiges Lächeln und fing sofort damit an, seinen Körper von oben bis unten mit einem wohlriechenden Duschgel einzuseifen. Und das machte sie nicht etwa mit einem Schwamm oder einem Waschlappen, sondern sie tat es mit ihrem makellosen Körper, und zwar mit dem ganzen, und dazu auch noch ganz schön gekonnt. Zunächst standen sie sich dabei gegenüber, aber schon bald stellte sie sich hinter ihn und ließ dabei ihre kleinen Hände an ihm auf- und abgleiten, wobei sie ab und zu ihre langen Fingernägel in sein Fleisch krallte und dabei lustvoll kicherte.

Horst war erregt, und er konnte diese Erregung auch nicht verstecken. Es war einfach unglaublich, was dieses kleine Luder da mit ihm anstellte. Aber je länger sie an ihm rieb und schubberte, desto stärker wurde sein Gefühl, daß hier etwas ziemlich verkehrt lief. Was zum Teufel war denn bloß mit ihm los? Er liebte doch seine Bea. Und jetzt war er kurz davor, schwach zu werden und vollständig durchzudrehen, und das nur, weil diese dumme Tussi an ihm herummachte. Er hielt zwar nichts von falsch verstandener Moral, und gegen eine nette Affäre hatte er grundsätzlich auch nichts einzuwenden, vor allem dann nicht, wenn sie kostenlos war, aber diese Sache ging entschieden zu weit, zumal das junge Ding höchstens siebzehneinhalb Jahre auf dem Buckel hatte, also noch minderjährig war, und Sex mit Kindern ging für Horst schon aus Prinzip nicht. Deshalb befreite er sich aus ihren Fängen, griff nach einem Handtuch und trocknete sich schleunigst ab, um sich danach auf das Bett zu werfen, und zwar mit der Bauchseite voran.

Die Kleine ließ sich durch diesen Wink jedoch nicht beirren, sondern folgte Horst auf nacktem Fuße und fing sogleich an, ihm eine kräftige Massage zu verpassen. Um sie nicht weiter vor den Kopf zu stoßen und auch, weil ihn seine Riesenlatte immer noch an einem souveränen Aufstehen hinderte, ließ Horst sie gewähren, obwohl das mit starken Schmerzen verbunden war, denn sie langte ordentlich zu. Zuerst walkte sie seine müden Glieder durch und durch, dann haute sie mit ihren Handkanten auf ihm herum, und schließlich stellte sie sich mitten auf seinen Rücken und begann dort wild auf und ab zu springen. Mit Entspannung hatte das also nichts mehr zu tun, und so war Horst überaus froh, als plötzlich die Tür aufging und ein anderes Mädchen hereinkam, das einen Drink in der Hand hielt. Sofort unterbrach seine Masseuse nämlich ihr teuflisches Werk, setzte sich neben ihn auf das Bett, nahm ihrer Kollegin das Glas aus der Hand und reichte es mit einem freundlichen Lächeln zu ihm hinüber.

Fast schon gierig griff sich Horst den Drink und trank ihn in einem Zug leer. Es war ein Fruchtsaftcocktail, der köstlich schmeckte, und nur zu gerne hätte er einen zweiten oder dritten davon in sich hineingeschüttet, doch das war nicht mehr möglich. Kaum hatte er das Glas auf dem Nachttisch abgestellt, überkam ihn eine starke und seltsame Müdigkeit. Zwanghaft versuchte er sich dagegen zu wehren und seine Augen offenzuhalten, aber vergeblich. Alles begann sich zu drehen, und als er zufällig nach oben blickte, sah er Rockos Freund, den vietnamesischen Zuhälter, der auf einmal vor ihm stand.

»Was ist los mit mir?« preßte Horst heraus.

»Gar nichts«, sagte der Zuhälter, »nur eine kleine Extra-Überraschung!«

Dann fing er an zu lachen, und kurz danach fiel Horst in einen tiefen, sehr tiefen Schlaf.

8. Horst der Held

Fang mich doch, wenn du kannst«, rief ihm Bea zu, drehte sich um und rannte den Strand hinunter. Horst war Gentleman genug, um ihr einen kleinen Vorsprung zu gewähren, doch schon bald konnte er ihrer süßen Verlockung nicht mehr widerstehen und rannte hinterher. Bea war wunderschön an diesem Abend. Der Meereswind fing sich in ihren wallenden Haaren und umspielte zärtlich ihre Locken. Auf ihrer samtigen Haut tanzten die Wassertropfen und perlten von ihr ab wie der Morgentau von seinem Klee. Die Sonne stand bereits tief über den Palmen der Lagune, und ein leuchtendes, purpurnes Licht streichelte ihren maronenbraunen Körper und verlieh ihr den Glanz einer Göttin.

Horst lief, so schnell er konnte, und nach gut hundert Metern hatte er Bea eingeholt. Mit seinen kräftigen Armen umfaßte er ihre Hüften und wollte sie zum Stehenbleiben zwingen. Doch sie wehrte sich. Sie wehrte sich wie ein wildes Pferd, mit aller Macht bäumte sie sich gegen den Zug an ihrem Körper auf, als würde sie um ihre Freiheit kämpfen. Es war ein Spiel zwischen den beiden. Es war das Spiel zweier Menschen, die sich liebten und für die außer ihrer Liebe nichts Bedeutsames auf dieser Welt zu existieren schien. Immer stärker umschlang Horst ihre Taille, und seine Ausdauer wurde belohnt, denn plötzlich war es, als würde sich Beas Wille der Kraft seiner Arme ergeben. Sie hielt inne und drehte sich um. Außer Atem und von Angesicht zu Angesicht standen sie nun da. Ein großer Brecher rollte an den Strand, und das warme Wasser der Welle umspülte ihre Beine. Sie schauten sich tief in die Augen, und ihm war, als würden ihre Blicke ineinander aufgehen und eins werden.

Es war der leidenschaftlichste Sex, den sie je hatten, doch als sie danach eng umschlungen und in ihren Träumen versunken im weichen Sand lagen, da wurde Horst auf einmal durch ein seltsames Gefühl in seiner seligen Ruhe gestört. Auf der rechten Seite seines Rückens, kurz unterhalb der letzten Rippe, begann es auf einmal zu kribbeln. Am Anfang nur ganz leicht, aber dann wuchs dieses Kribbeln schnell zu einem heftigen, ja beißenden Juckreiz heran, der mit der Zeit immer stärker und schließlich unerträglich wurde. Horst vermutete, daß hier lästige Strandflöhe am Werk waren, und so haute er mit der flachen Hand reflexartig auf die besagte Körperstelle.

Noch nie in seinem Leben hatte er einen solchen Schmerz verspürt. Es war, als würde ihm jemand mit einem Enterhaken die Eingeweide aus dem Leib reißen oder noch schlimmere Dinge damit tun. Blitzartig schnellte er mit seinem Oberkörper nach oben, schrie dabei, so laut er konnte, riß die Augen auf und blickte an sich hinunter. Doch was er dann sah, konnte er kaum fassen. Es waren nicht etwa die vermuteten Strandflöhe, die ihn da piesackten, sondern riesengroße und feuerrote Ameisen, die sich in Scharen auf seinem Rücken versammelt hatten und lustvoll in ihn hineinbissen. Horst schrie ein zweites Mal, diesmal jedoch aus Ekel. Sofort sprang er auf, hüpfte wie ein Irrer auf der Stelle herum und versuchte mit panischen Schlägen, die kleinen Biester von sich abzuschütteln. Aber erst, als er bis auf ein paar verstreute Einzelameisen den Großteil dieser possierlichen Tierchen von seinem Körper vertrieben hatte, verstand er, warum sie sich dort so überaus wohl fühlten. Von seiner rechten äußeren Rückenseite aus lachte ihn nämlich eine zirka 15 Zentimeter lange Narbe an, die noch ziemlich frisch sein mußte, denn es näßte heftig aus ihr heraus, und die Ameisen hatten es wahrscheinlich genau auf dieses Wundsekret abgesehen, als sie ihn im Schlaf überfielen. Horst bekam es mit der Angst zu tun. Aber als wäre der Anblick dieser animalischen Kannibalen nicht schon schockierend genug, stellte er zusätzlich fest, daß er sich nicht etwa mit seiner geliebten Bea am Strand einer einsamen Insel befand, sondern mutterseelenallein in einem dichten, undurchlässigen Urwald.

Daß hier irgend etwas nicht stimmte, daran gab es keine Zweifel, und sofort hatte Horst einen grausamen Verdacht, der sich schon bald bestätigen sollte. Vorsichtig legte er eine Hand auf die Narbe an der rechten Seite seines Rückens und die andere Hand auf die linke Seite. Dann schloß er die Augen, biß sich fest auf die Backenzähne und begann mit beiden Händen gleichzeitig an sich herumzudrücken. Lange hielt er die Schmerzen nicht aus und mußte nach nur wenigen Sekunden seinen Selbstversuch abbrechen. Aber das, was er in dieser kurzen Zeit ertasten konnte, reichte ihm als Beweismittel für seine Vermutung vollkommen aus. Während sich seine linke Körperhälfte satt und massiv anfühlte, hatte er den Eindruck, daß rechts irgend etwas anders war, daß unterhalb seiner Narbe etwas fehlte, ja sogar, daß er dort irgendwie in ein Loch griff. Damit war für Horst alles klar. Man hatte ihm eines seiner Organe herausgeschnitten. Und da er noch am Leben war, sich die Leber also mit großer Wahrscheinlichkeit noch in seinem Körper befand, mußte es eben eine Niere sein, die ihm abging.

Den Schuldigen für diesen dreisten Diebstahl hatte Horst schnell gefunden. Es war kein anderer als dieser hinterhältige Lurch von vietnamesischem Zuhälter aus Danang, dem er diesen Verlust zu verdanken hatte. Und es brauchte auch nicht viel Phantasie, um den vermutlichen Hergang dieses Verbrechens zu rekonstruieren. Erst hatte man ihn im *Come-In* mit einem K.-o.-Tropfen-haltigen Cocktail außer Gefecht gesetzt, dann verschleppt und seines Organs beraubt und schließlich im Dschungel ausgesetzt, in der Hoffnung, daß er dort früher oder später sterben werde. Ganz einfach, ohne Spuren zu hinterlassen, und irgendwie auch genial, das mußte Horst zugeben, denn seine Niere würden die blutrünstigen Räuber auf dem Weltmarkt an irgendeinen verzweifelten Dialysepatienten aus dem goldenen Westen verscherbeln und dafür mit Sicherheit einen ganzen Batzen Geld bekommen. Aber nicht nur die Vietnamesen verdienten vermutlich daran, sondern auch Rocko würde einen Teil der Beute abkriegen, da war sich Horst sicher. Er erinnerte sich nämlich genau an das hämische Grinsen des vietnamesischen Puffbesitzers, nachdem er den Brief aus Troosdorf gelesen hatte. Und er erinnerte sich ebenso an die Worte, die ihm Rocko vor seiner Abreise mit auf den Weg nach Danang gegeben hatte. »Geh einfach zu meinen Freunden, und ich verspreche dir, das wirst du dein Leben nicht mehr vergessen.« So sagte er damals. Und das konnte doch nur bedeuten, daß er von dieser Sauerei mit der Niere gewußt haben mußte, und nicht nur das, wahrscheinlich war er sogar der Anstifter der ganzen Aktion. Rocko handelte also in doppelter Hinsicht mit Fleisch. Nicht nur, daß er seine Huren zum Sex mit notgeilen Freiern zwang, nein, zusätzlich vertickte er auch noch die gestohlenen Nieren nichtsahnender Touristen! Organisiert, ohne Anstand und skrupellos.

Horst bekam eine Riesenwut, und zwar eine mordsmäßige Riesenwut. Dieses Schwein. Dieser widerwärtige, geldgeile Provinzlude. Dieser menschenverachtende Aasgeier. Erst trieb er mit seiner Pressegeilheit Horsts Eltern in den Tod, und jetzt sollte Horst selbst daran glauben, und das aus schierer Profitgier und auf die hinterhältigste Art und Weise. Er konnte es nicht fassen. Doch das Schlimmste für ihn war, daß sich seine über alles geliebte Bea in der Gewalt einer solch teutonischen Drecksau befand. Verprügelt hatte er sie schon, und wer weiß, dachte sich Horst, vielleicht würde sie sogar die nächste sein, der es an die Niere ging. Aber selbst wenn Bea nicht auf seiner Liste stand, mußte Rockos bestialisches Treiben umgehend gestoppt werden. Und bevor noch mehr Menschen starben, sollte lieber Rocko krepieren, soviel stand für Horst fest. Dabei ging es ihm nicht um die profane Idee einer persönlichen Rache im biblischen Sinne von Auge um Auge und Niere um Niere, sondern es ging um viel, viel mehr. Es ging darum, sich für das Gute in dieser Welt stark zu machen. Und er selbst fühlte sich auserkoren für diesen Kampf gegen Rocko und gegen das Böse und gegen die internationale Organhandelsmafia, und deshalb mußte er so schnell wie möglich aus diesem Urwald raus, zurück nach Troosdorf, dorthin, wo das Verbrechen seinen Ursprung hatte, und natürlich auch dorthin, wo seine Liebe war und sicherlich schon darauf wartete, daß er sie aus den Fängen dieses Puffdämons befreite. Und nichts und niemand konnte ihn dabei aufhalten, und selbst wenn er am Ende sterben sollte, es war ihm egal, denn endlich hatte er in seinem Leben einen hehren Sinn gefunden, für den es sich bis in den Tod zu kämpfen lohnte. Daher schwor er sich, von jetzt an tapfer und mutig zu sein, und gleichzeitig spürte er, wie ein warmer und heller Freudenstrahl sein Herz durchfuhr, weil er wußte, am Ende wäre er, Horst, ein Held.

Aber noch war es nicht soweit. Vielmehr stellte sich

seine momentane Lage eher hoffnungslos dar. Die Vietnamesen hatten nämlich ganze Arbeit geleistet und außer seiner Niere auch alles andere geklaut, was er auf seiner Reise bislang sein eigen nannte. Der Rucksack und seine letzten Dollar waren weg, sein Paß ebenso, und was ihn am meisten ankotzte, selbst seinen guten Freund, das Messer, das er jetzt zum Überleben im Urwald dringend gebraucht hätte, konnte er nirgends finden. Der große Franz Beckenbauer hatte also Unrecht, als er in seinem berühmten Schlager einst sang: »Gute Freunde kann niemand trennen, gute Freunde sind nie allein, weil sie eines im Leben können, füreinander da zu sein.« Aber selbst über die Genugtuung, den Kaiser endlich des Blödsinnredens überführt zu haben, konnte sich Horst nur für kurze Zeit freuen, denn es wurde bereits langsam dunkel, und dämmriges Licht kündigte die hereinbrechende Nacht an.

Schon bald würden alle wilden, gefährlichen und vor allem hungrigen Tiere aus ihren Löchern kriechen, seine Witterung aufnehmen und sich zu ihm gesellen, um ihn dann in aller Ruhe zu verspeisen. Zuerst würden sich natürlich große Raubtiere wie Tiger, Leoparden, Bären, Schakale oder Tapire die saftigsten Stücke herauspicken, um das Schlachtplattenfeld dann den schwächeren Nachzüglern in Form von Ratten, Mäusen und Würmern zu überlassen, die die restlichen Fleischfetzen fein säuberlich vom Knochen nagen dürften. Vielleicht hatte er aber auch Glück, und eine Riesenschlange käme allen anderen zuvor, um ihn sofort im ganzen zu verschlingen und sein Skelett nach drei bis vier Monaten Verdauungsvorgang auf den Urwaldboden zu würgen. Doch selbst diese zugegebenermaßen appetitlichere Variante seines Ablebens empfand Horst nur mäßig befriedigend, und daher beschloß er, es gar nicht erst so weit kommen zu lassen, sondern lieber zu überleben. Und bei diesem Plan half ihm, daß er im schulischen Biologieunterricht stets gut aufgepaßt hatte und somit wußte, daß das Tier vor allem eines vom Menschen unterscheidet, und das war die Angst vor dem Feuer!

Die Stelle, an der man Horst ausgesetzt hatte, schien wie geschaffen für ein Nachtlager. Zuerst räumte er das herumliegende Gesträuch beiseite, schaffte dann aus der näheren Umgebung festmeterweise Stöcke und Äste herbei, schichtete diese ordentlich zu einem ansehnlichen Haufen zusammen und widmete sich schließlich der entscheidenden Frage des Abends. Wie bringt man in einem nassen Regenwald ein Feuer zum Brennen, ohne Streichhölzer oder sonstige pyromane Hilfsmittel zur Verfügung zu haben? Das Grundproblem dabei hatte er schnell erkannt. Eine ordentliche Glut mußte her, und die bekam man am besten, wenn man das Ende eines Stocks eine geraume Zeit auf einem flachen Stück Holz drehte. So jedenfalls machten es immer die echten Männer in ihren Abenteuerfilmen. Doch dummerweise hatten diese Männer auch stets trockenes Blattwerk bei der Hand, das die zarte Glut ruck, zuck in ein loderndes Feuer verwandelte. Hierin bestand nun der grundsätzliche Unterschied zwischen Horst und einem echten Mann, denn alle Blätter, die er finden konnte, waren patschnaß und damit für sein Vorhaben nicht zu gebrauchen. Das war zwar äußerst ärgerlich, allerdings auch verständlich, denn immerhin befand er sich in einem Regenwald, in dem es schon aus Prinzip ständig regnete. Und wo es regnete, da war es eben naß. Diese Erkenntnis ließ Horst aber völlig unbeeindruckt. Irgendwann griff er instinktiv in seine Hosentasche und fand dort ein zwar altes und vollgerotztes, vor allem jedoch trockenes Papiertaschentuch. Eine gute Stunde später – es war inzwischen gespenstisch finster geworden – brannte sein Scheiterhaufen lichterloh. Das Feuer war klein genug, um nicht auf andere Bäume überzuschlagen, und groß genug, um selbst das mutigste Tier nicht auf dumme Gedanken kommen zu lassen. Horst war mit seiner Arbeit sehr zufrieden, und eine Zeitlang schaute er noch dem lüsternen Lecken der Flammen zu. Dann wurde er auf einmal unglaublich müde und schlief ein.

Die folgende Nacht war alles andere als tiefenentspannend, weil er immer wieder aus seinem Schlaf gerissen wurde. Entweder röhrte irgendein blödes Dschungelgeschöpf lautstark durch die Gegend, oder es fing an zu regnen, oder, und das war besonders ärgerlich, Horst wälzte sich unbewußt auf die rechte Seite und damit auf seine Narbe, die das jedesmal mit einem mörderisch stechenden Schmerz beantwortete. Trotzdem war er um jede Minute froh, die er schlief, denn so konnte er frische Kräfte sammeln, und die hatte er nach den Ereignissen der letzten Tage auch dringend nötig.

Als es wieder hell wurde und ein paar vereinzelte Sonnenstrahlen ihren Weg durch die dichten Baumkronen in sein Gesicht fanden und ihn mit ihrer angenehmen Wärme weckten, freute er sich, noch am Leben zu sein, und dachte, daß das Schlimmste nun überstanden sei. Dabei übersah er allerdings, daß er immer noch mitten in einem Dschungel saß, nichts zu essen und zu trinken hatte, nicht wußte, in welcher Richtung die nächste Spur einer Zivilisation zu finden war, und vermutlich so schnell auch kein ortskundiger Homo sapiens vorbeikommen würde, den er nach dem Weg fragen konnte. Aber obwohl er, selbst bei totgesoffener Nüchternheit betrachtet, gerade voll in der Scheiße saß, ließ er sich nicht beirren, sondern trat noch brav die Glut des Feuers aus und machte sich auf den Weg.

Das Wichtigste war jetzt, nicht im Kreis zu laufen. Daher folgte er, so gut es ging, dem Lauf der Sonne nach Westen. Er wußte zwar nicht, ob es tatsächlich der Westen war, weil er die geographische Übersetzung der philosophischen Geschichte von Orient und Okzident noch nie verstanden hatte, aber das war auch völlig unerheblich, denn seine Probleme waren ganz anderer Art. Zum einen hießen sie Mücken, Mücken und nochmals Mücken. Überall, wo er sich gerade befand, schwirrten diese Hochtonsurrer um ihn herum und machten den gemütlichen Teil seines Spaziergangs zunichte. Und obwohl er ohne Unterlaß und wie ein Bekloppter um sich schlug, ließen sich diese Mistviecher nicht davon abhalten, ständig ihren Rüssel in seine Haut zu bohren und das Blut aus seinem Körper zu saugen, als gebe es auf dieser Welt keine schönere Beschäftigung. Seine Klamotten boten gegen ihre Attacken keinerlei Schutz, und so war er schon bald und selbst an den delikatesten Stellen mit unzähligen, entsetzlich juckenden Stichen übersät.

Sein Leiden hatte aber auch sein Gutes. Schnell kam Horst nämlich dahinter, daß der sonst so perfekte liebe Gott bei seiner Schöpfung ab und zu wohl doch gepennt haben mußte. Denn neben Tauben und Königspudeln waren Mücken bereits die dritte Tierart, die ihm einfiel, deren Existenz für die gesamte Menschheit ausschließlich Ärger bedeutete und daher nur als peinlicher Fehler in der Genesis interpretiert werden konnte. Das empfanden offensichtlich auch die Spinnen so. Zu Tausenden hingen sie faul in ihren Netzen ab, und wann immer Horst zwischen den Bäumen eines ihrer gesponnenen Kunstwerke entdeckte, war es eben vor allem voller Mücken. Manchmal hatte er Glück, und sie waren erst ganz frisch reingeflogen. Dann konnte er sie bei ihrem zuckenden und zappelnden Todeskampf beobachten, was ihm eine tiefe Befriedigung verschaffte. »Spinnen, das sind sinnvolle Tiere«, schrie er in den Urwald. Und wo sich besonders Mädchen vor den Achtbeinern gruselten, da empfand er eine große Ehrfurcht vor diesen Geschöpfen, die ihm auch nicht dadurch genommen wurde, daß er während seines Marsches mindestens zehnmal in der Stunde frontal mit seinem Gesicht in eines dieser Netze lief und sich daher ständig die Spinnweben aus Mund und Nase reiben mußte.

Ein weiteres Problem, das Horst plagte, waren Egel, und diese Spezies stand den Mücken in nichts nach. Mit bloßem Auge nicht zu erkennen, faulenzten sie zunächst geduldig auf Steinen und Blättern am Boden herum. Doch kaum rochen sie einen Warmblüter – und Horst war ein Spitzenwarmblüter! – erwachten sie aus ihrem Dösen, reckten ihre länglichen Körper nach oben und begannen fickerig herumzuwackeln, in der Hoffnung, daß man nahe genug an ihnen vorbeilatschte. Dann sprangen sie los, krochen einem die Beine hoch, hefteten sich mit aller Macht an irgendein Stück nackter Haut und begannen sofort, ihren langen Saugstachel ins Fleisch zu rammen, durch den sie das Blut nur so in sich hineinlaufen ließen. Spüren konnte man das Ganze allerdings nicht, da die Biester hinterlistigerweise eine Art körpereigenes Betäubungsmittel verwendeten und damit die eigentlich für die Egelabwehr zuständigen Nervenstränge außer Gefecht setzten. Daß Horst nach einiger Zeit von diesem Aderlaß trotzdem Wind bekam, lag einzig und allein daran, daß seine Hose durch die Anstrengung des mittlerweile stundenlangen Möglichst-in-eine-Richtung-Laufens klatschnaß geschwitzt war und daher eng und leicht durchsichtig an seinen Beinen klebte. Und als er irgendwann einmal an sich hinabsah, fragte er sich natürlich, was denn wohl die dunklen Hubbel unter seiner Leinenhose zu bedeuten hätten. Zur Klärung dieses Phänomens hielt er an, ließ seine Hose runter, und schon konnte er etwa zehn prallgefüllte, glitschige und nacktschneckengroße Egel ausmachen, die sich von seinem Anblick allerdings wenig beeindruckt zeigten und genüßlich an ihm weitersaugten. Sofort dachte Horst an den großen Humphrey Bogart in *African Queen*, dem damals in einem Seitenarm des Kongos etwas ganz Ähnliches widerfahren war. Und ebenso dachte er an dessen damalige Partnerin, die wunderschöne Katharine Hepburn, die umgehend zu einer Packung Salz griff, die Blutegel damit unerschrocken einrieb und so in die Flucht schlagen konnte. Da aber gerade kein Salz in seiner Nähe herum stand, dachte Horst weiter nach, und so kam ihm sein alter Freund Rambo in den Sinn, der in seinem zweiten Film ebenfalls unter Egelbefall litt. Im Gegensatz zur lieblichen Katharine nahm Rambo jedoch sein Messer und rasierte die lästigen Schmarotzer damit kurzerhand von seinem muskelbepackten Körper. Doch auch diese Erinnerung half ihm wenig, denn sein Messer befand sich in Feindeshand, und so blieb ihm nichts anderes übrig, als das schleimige Spektakel zu beenden, indem er mit seinen bloßen Händen einen Egel nach dem anderen von seiner Haut riß.

Dabei übersah der dschungelunerfahrene Horst allerdings ein wichtiges Detail. Reißt man Egel ohne deren Einverständnis einfach ab, hinterlassen sie kleine Löcher, aus denen es dank eines egeleigenen Anti-Gerinnungsmittels ohne Unterlaß blutet, und zwar für Stunden. Ein oder zwei Egellöcher wären für einen gesunden Menschen sicherlich kein Problem gewesen, aber Horst war durch den Verlust seiner Niere bereits stark geschwächt, und außerdem hatte er es hier immerhin mit zehn Löchern zu tun, aus denen es fröhlich herausblubberte. Er mußte also dringend etwas unternehmen, und diesmal half ihm seine profunde Kenntnis über Filme aus Hollywood tatsächlich, denn seit seiner frühen Kindheit kannte er einen simplen Trick, mit dem etwa eisenharte Cowboys ihre Blutungen nach einem verlorenen Pistolenduell stoppten. Sie nahmen einfach eine fette Zigarre, zündeten sie an und steckten das glühende Ende in die offene Wunde, um diese zu veröden. Eine Havanna hatte er zwar auch nicht dabei, aber ein brennender Stock tat es genauso, dachte er sich, und daher begann er erneut mit dem Feuermachen. Als sein ausgewählter Ast ordentlich brannte, nahm er sich Egelloch nach Egelloch vor. Am Anfang noch sehr zaghaft, bald schon lässiger und schließlich wie John Wayne himself.

Nachdem alles schön verödet und der schlimmste Schmerz verflogen war, schaute sich Horst an. Seine Hose war blutgetränkt, seine Schuhe ebenfalls, und selbst der Waldboden hatte die rote Farbe seines Körpersaftes angenommen. Insgesamt war es wohl rund ein Liter Blut, den er verloren hatte, und dementsprechend ausgelaugt fühlte er sich auch. Jeder weitere Angriff dieser kleinen Killer mußte also in jedem Fall vermieden werden, und daher schnürte er sich mit starken, langen Blättern die Hosenbeine zu, um diesen Vampiren den Zugang zu seinen Blutgefäßen ein für allemal zu versperren.

Erst danach fühlte er sich wieder sicher und lief weiter, Schritt für Schritt, immer nach Westen, so gut es eben ging. Und als er sich an die drei Stunden durch den widerspenstigen Urwald geschlagen hatte und mittlerweile unendlich durstig und mit seiner Kraft beinahe am Ende war, da hörte er plötzlich ein Rauschen. Erst ganz leise, aber dann immer klarer, und nach kurzer Zeit schon öffnete sich die scheinbar unüberwindbare Mauer aus Bäumen und Sträuchern, und er stand am Ufer eines gut zwei Meter breiten und knietiefen Baches. Horst konnte sein Glück kaum fassen, und sofort stürzte er sich in das Wasser, plantschte und wälzte sich darin herum, und vor allem trank er und trank und trank, wie es ein vietnamesischer Wasserbüffel nicht besser hätte machen können. Es war das köstlichste und erfrischendste Wasser, das er je in seinem Leben getrunken hatte, aber es war nicht nur bloß Wasser, nein, es war auch ein Zeichen. Denn wie sagte damals schon der Trapper zu seinen Reitern? »Zurück zum Fluß, das ist eine Falle!« Und das bedeutete, daß ein Fluß, und sei er auch noch so klein, Rettung versprach. Außerdem hieß Wasser Leben, und deshalb entschloß sich Horst, kurz zu rasten, um dann weiterzulaufen, und zwar flußabwärts. Und irgendwann würde er aus diesem Urwald rauskommen und Menschen treffen, die ihm halfen. Das hatte er im Urin.

Es sollte länger dauern, als er sich wünschte, denn es war ein verdammt langer Bach. Mal war er seicht wie eine Badewanne, dann wieder reißend wie die Gegenstromanlage in einem amerikanischen Erlebnisbad, und überall war er bis ans Ufer derart dicht bewachsen, daß man keine zehn Meter weit in den Urwald blicken konnte. Mehrere kleine bis mittlere Wasserfälle mußte Horst überwinden, einige tiefe Gumpen durchschwimmen, und manchmal mußte er einfach nur bewegungslos im Wasser stehen, dann nämlich, wenn mal wieder eine vermutlich tödliche Schlange seinen Weg kreuzte. Kilometer um Kilometer und Stunde um Stunde watete er durch das angenehm kühle Naß, doch irgendwann hatte er den Eindruck, daß mit jedem weiteren Schritt sein erschöpfungsbedingter Zusammenbruch näher rückte. Und jedesmal wenn Horst dachte, die Vegetation würde sich ein wenig lichten und das Flüßchen müsse sich an der nächsten Biegung in ein Tal von Milch und Honig ergießen, da schlug es einen weiteren Haken und bog wieder in den Dschungel ab.

Es war zum Verzweifeln, der Amazonas ein Dreck dagegen, und selbst über die Affen, die überall in den Bäumen saßen und brüllten, als wollten sie ihn anfeuern und ihm Mut machen, konnte er sich nicht wirklich freuen, zumal er feststellte, daß sich seine Narbe in der schwülheißen Feuchtigkeit mittlerweise entzündet hatte und nun fröhlich vor sich hin eiterte. Und als hätte er in den letzten Tagen nicht schon genug gelitten, gab ihm die stechende Sonne den Rest und verwandelte seine Arme und seinen Glatzkopf in ein flammendes Sonnenbrandinferno, und zwar so heftig, daß es Blasen warf.

Aber selbst, als es schon wieder dunkel wurde, war Horst immer noch unterwegs. Er lief mittlerweile wie in Trance. Sein Kopf glühte und bollerte, und auch seine Augen ließen ihn langsam im Stich. Alles sah verschwommen und schlierig aus. Dazu kam der Hunger. Wann er das letzte Mal etwas gegessen hatte, wußte er nicht mehr, doch es war sicherlich schon Tage her. Ein Königreich hätte er für ein *McDonald's*-Urwald-Walk-In gegeben. Aber sosehr er sich das auch wünschte, das Schicksal hatte kein Mitleid. Und daher blieb ihm nichts anderes übrig, als weiterzulaufen. Immer weiter und immer nach Westen. Fast schon mechanisch setzte er einen Fuß vor den anderen, schlaff und kraftlos und nur noch von seinem eisernen Willen getrieben, irgendwann, irgendwo anzukommen. Keine Minute länger als nötig wollte er in dieser Tropenhölle bleiben und schon gar keine zweite Nacht hier verbringen.

Als der Mond schließlich hoch über ihm stand und er sich nur mehr mit großer Mühe auf den Beinen halten konnte, keinen, wirklich keinen einzigen Schritt mehr zu gehen imstande war und innerlich seinem Leben, seiner Bea und dieser Welt schon Servus, Ciao und Ade gesagt hatte, da öffnete sich hinter der zwölftausendvierhundertdreiundzwanzigsten Biegung des Baches auf einmal der Urwald, und der kleine Fluß mündete in einen großen See, an dessen gegenüberliegendem Ufer ein paar Lichter zu sehen waren. Horst entdeckte diese Boten der Rettung durch seine zugeschwollenen Lider und hätte bei ihrem Anblick am liebsten zu tanzen begonnen. Aber dazu kam er nicht mehr, denn noch in derselben Sekunde brach er zusammen und blieb bewegungslos im Wasser liegen.

»Wo bin ich?« fragte Horst verwirrt den Fremden, der neben ihm auf dem Bett saß und seine Hand hielt.

»Du bist im Wat Si Muang in Laos«, antwortete der Mann mit sanfter und ruhiger Stimme.

»Dann bin ich also nicht mehr in Vietnam?«

»Nein, du bist in Laos. Aber nicht weit von hier verläuft die Grenze.«

Horst atmete tief durch und konnte es kaum glauben. Es war ein Wunder. Nicht nur, daß er zu seiner großen Freude noch unter den Lebenden weilte, er befand sich offensichtlich auch nicht mehr in Vietnam, und damit war er vor einem Zugriff seiner Verfolger sicher. Er hatte es also geschafft. Er hatte das Land verlassen, mußte demnach nicht ins Gefängnis und würde auch nicht gefoltert oder erschossen werden. Seine Flucht verlief zwar anders als geplant, und dummerweise mußte er dabei den Verlust einer Niere verschmerzen, aber wer wollte sich schon im nachhinein über diese Kleinigkeit beschweren. Außerdem interessierten ihn in diesem Moment ganz andere Dinge. Zum Beispiel die Frage, was das für ein seltsamer Mann war, der vor ihm saß.

»Und wer sind Sie?« fragte er deshalb weiter.

»Mein Name ist Phra. Ich bin der Mönch von Si Muang.«

»Na schön. Dann können Sie mir wahrscheinlich auch erklären, wie ich hierhergekommen bin?«

»Ja. Gestern morgen haben dich zwei Männer des Dorfes beim Fischen gefunden. Du warst ohnmächtig und lagst dort, wo der Fluß in den See mündet. Sie haben dich dann aus dem Wasser gezogen und zu uns gebracht. Und jetzt bist du hier«, erklärte ihm Phra.

»Dann hat mir also jemand das Leben gerettet?«

»Weißt du, das Leben ist ein Geschenk. Und anscheinend war es noch nicht die Zeit, dieses Leben zurückzugeben«, antwortete der Mönch. »Aber du solltest jetzt nicht so viele Fragen stellen. Die Antworten laufen dir nicht weg. Du bist sehr schwach und mußt erst einmal wieder zu Kräften kommen.« Phra reichte Horst eine Schale mit einer kräftigen Hühnerbrühe und goß ihm dazu eine große Tasse Tee ein.

»Trink das und versuche ein bißchen zu schlafen. Der Tee wird das Fieber senken.«

»Fieber? Welches Fieber, verdammt noch mal«, wollte Horst wissen. Doch Phra stand auf, als habe er die Frage nicht gehört, und ging zur Tür. Dann drehte er sich nochmals um.

»Ich werde später wieder bei dir vorbeischauen. Und sorge dich nicht. Es ist nur dein Körper, der schwach ist. Dein Geist aber lebt. Und solange dein Geist in deinem Körper lebt, lebst auch du in ihm.« Mit diesen Worten ließ er ihn schließlich alleine.

Horst schaute sich um. Er lag eingewickelt in eine schwere Wolldecke auf einem harten Feldbett, neben dem sich ein kleiner Tisch befand. Auf dem Tisch standen eine Kerze, seine Suppe und eine Kanne Tee sowie verschiedene kleine Behälter und Fläschchen. Sonst war das Zimmer leer. Die Tür gegenüber seinem Lager war morsch und klapprig, die Wände waren weiß gekalkt, als Boden diente eine Schicht aus trockenem, rissigem Lehm, die Decke war mit schweren Holzbalken durchzogen, und durch die geschlossenen Fensterläden fiel ein wenig Tageslicht und verlieh dem ganzen Ambiente eine seltsam nüchterne Stimmung. Wie befohlen, trank Horst seinen Tee und aß die Suppe, und erst jetzt stellte er fest, daß ihm unendlich heiß war. Er griff sich an die Stirn und das, was er dort ertastete, gefiel ihm gar nicht. Überall drangen Schweißperlen aus den Poren, und seine Haut siedete. Tatsächlich, er hatte Fieber. Hohes Fieber sogar. Dazu fühlte er sich ausgebrannt und ungeheuerlich schlapp. Jede noch so kleine Bewegung bedeutete eine große Anstrengung, und selbst das Trinken fiel ihm schwer.

Kurz nachdem er Brühe und Tee mühsam und Schluck für Schluck hinuntergeschlürft hatte, bedankte sich sein geschundener Körper dafür mit einem kräftigen Hitzeschub. Es war, als würden seinen Gliedern stoßartig kochende Schwaden entweichen und den Platz unter seiner Decke in ein türkisches Dampfbad verwandeln. Dabei stieg ihm ein herber, seltsam säuerlicher Geruch in seine Nase, der ihn an einen starken Kräutersud erinnerte, den man mit gestockter Milch und ranziger Butter verfeinert hatte. Sofort wurde Horst übel, und daher wollte er nachsehen, was für diesen Gestank verantwortlich war. Er hob seine Decke hoch und schon fand er des Rätsels riechende Lösung. Verteilt auf seinem ganzen Körper klebten verschiedenste Blätter und Moose, unter denen seltsam farbige Salben und Säfte herausquollen und an ihm hinunterliefen. Mit zentraleuropäischer Schulmedizin hatte das Ganze zweifelsohne nichts zu tun, eher schon hatte sich hier ein durchgeknallter laotischer Medizinmann selbst verwirklicht. Horst fand den Anblick zwar überaus widerwärtig, aber diese Asiaten wußten bestimmt, was sie taten, dachte er sich. Deshalb ließ er die Decke wieder herunter, um dem Gestank den Weg abzuschneiden, und nur kurze Zeit später schlief er mit einem wohligen Gefühl von Geborgenheit ein.

Phra saß auf der Bettkante und schaute Horst andächtig ins Gesicht, als dieser wieder aufwachte. Der alte Mann sah in seiner orangefarbenen Kutte sehr erhaben aus, und sein traditionell geschorener Kopf, aus dem lediglich ein paar kurze und schlohweiße Haarstoppeln sprossen, verlieh ihm etwas Würdevolles und Anmutiges. Horst blickte ihm in die Augen, und umgehend war er in ihnen gefangen. Es waren die Augen eines erfahrenen, weisen Mannes, und zugleich strahlten sie eine Frische und Jugend aus, wie er es noch bei keinem Menschen gesehen hatte. Phra war glücklich und zufrieden, das spürte er genau, und je länger er ihn ansah, desto klarer wurde ihm, daß Si Muang ein guter Platz war.

»Ich hoffe, du fühlst dich ein wenig besser«, sagte Phra leise und legte dabei seine alte, knöcherne Hand auf Horsts Stirn. »Das Fieber scheint gesunken zu sein. Ich glaube, in ein paar Tagen bist du wieder gesund.«

»Das will ich hoffen. Ich muß nämlich ganz dringend wieder weg. Nach Deutschland, wissen Sie«, platzte es aus Horst heraus, und er wollte gerade ansetzen, seine ganze Leidensgeschichte zu erzählen, als Phra ihm erneut seine Hand auflegte und ihn in seinem Redeschwall unterbrach.

»Der Zeitpunkt, an dem du diesen Ort verlassen wirst, wird kommen. Vermutlich schon bald. Aber bis dahin solltest du dich in der Tugend der Geduld üben. Denn wer genesen will, darf sich nicht von der Hast der Zeit verführen lassen. Ich schicke dir jetzt erst einmal meinen Novizen. Der wird dir frische Umschläge machen, und danach schläfst du wieder und schwitzt das restliche Fieber aus. Morgen früh sehen wir dann weiter.«

Phra nickte Horst aufmunternd zu, erhob sich langsam und goß ihm frischen Tee in seine Tasse.

»Da fällt mir ein, ich weiß noch gar nicht, wie du heißt«, sagte er dabei.

»Ich heiße Horst!«

»Horst«, wiederholte Phra und dachte einen kurzen Moment nach. »Ein schöner Name.«

Horst erholte sich schnell in Si Muang, und das vor allem dank Phra, der sich rührend um ihn kümmerte und, sooft es ging, bei ihm vorbeischaute. Und wenn er nicht selbst kam, schickte er seinen jungen Novizen, der ihm Tee und Suppe brachte, die Heilumschläge wechselte und ihm sogar ein Buch gegen die Langeweile des Bettlägerigen besorgte. Vom dritten Tag an konnte Horst bereits aufstehen, und dann saß er meist viele Stunden unter einem großen Baum am Ufer des Sees in der Sonne und las, schlief oder schaute einfach nur in die Ferne. Schnell gab er seinen ursprünglichen Plan auf, möglichst bald in Richtung Deutschland aufzubrechen, sondern hörte auf die Worte von Phra und ließ sich nicht von seiner Ungeduld treiben. Und je länger er wartete und je stärker er dabei spürte, wie seine verlorenen Kräfte langsam wieder in seinen Körper zurückkehrten, desto mehr gefiel es ihm in Si Muang. Es war wahrlich ein Ort der Ruhe und des Friedens. Das alte Kloster lag nur wenige Meter vom Wasser entfernt und war trotz seiner Schlichtheit wunderschön. Eingebettet in einen großen Garten bildeten vier einfache Lehmhäuser einen schützenden Kreis um den eigentlichen Tempel, dessen spitz nach oben zulaufendes Dach mit vergoldeten Schnitzereien verziert war und in den azurblauen Himmel ragte, als wollte es die Sonne berühren. Phra lebte hier schon seit über dreißig Jahren, so erzählte er Horst in einem ihrer vielen Gespräche, und lediglich ein Novize wohnte stets bei ihm, den er lehrte und unterrichtete. Jeden Morgen gingen sie zusammen in die umliegenden Dörfer und erbaten von den frommen Bewohnern ihre Speisen für den Tag. Danach kamen sie wieder zurück, um den ganzen Tag am Kloster zu arbeiten, zu meditieren, zu beten und Buddha zu ehren. Dankbar und devot, bescheiden und fröhlich.

Eines Tages, es war an einem herrlich warmen Nachmittag, erzählte Horst dem alten Phra seine ganze Geschichte. Er erzählte von seiner Kindheit, von seinen Eltern und von Rambo, seinem vermeintlichen Helden, und er erzählte auch von Rocko und dem *Crazy Sexy*, und davon, wie er nach Vietnam kam, was er dort erlebte, wie man ihn im *Come-In* außer Gefecht gesetzt hatte, wie er sich plötzlich ohne Niere im Dschungel wiederfand und durchschlagen mußte. Und natürlich erzählte er auch von seiner geliebten Bea und geriet dabei ins Schwelgen, und seine Augen begannen zu glänzen. Phra blieb dieses Glänzen nicht verborgen, und obwohl er sich bereits in seiner frühen Jugend für ein frauenloses Leben entschieden hatte, um sich ganz in den Dienst Buddhas und dessen Lehren zu stellen, hatte Horst den Eindruck, daß ihn Phra verstand und mit ihm war.

»Ich glaube, die Zeit ist gekommen«, sagte Phra, als Horst mit seiner Geschichte schloß. »Du solltest nun deinem Herzen folgen und zurück nach Deutschland gehen. Ich habe den Eindruck, dort gibt es für dich etwas Wichtiges zu tun. Wir werden morgen früh in die Hauptstadt aufbrechen. Dann kannst du dir in der Botschaft einen neuen Paß besorgen.«

Phra hatte den Zeitpunkt richtig gewählt. Horst wohnte mittlerweile schon fast zwei Wochen in Si Muang, sein Fieber war aus ihm gewichen, seine Wunden dank der Umschläge gut verheilt, und er fühlte sich wieder gesund und stark genug, um die Heimreise anzutreten, obwohl es ihn auch etwas wehmütig stimmte, daß er diesen paradiesischen Ort nun verlassen mußte.

Es war vier Uhr morgens, als Phra in sein Zimmer kam, um ihn zu wecken. In seinen Händen hielt er eine Schüssel mit Wasser, ein Rasiermesser und eine große, orangene Mönchsrobe.

»Zieh das an und komm dann nach draußen, damit dir mein Novize den Kopf rasieren kann«, sagte er bestimmt.

»Und warum?« wollte Horst wissen.

»Es gibt viel Polizei in dieser Gegend. Und wir sollten kein Risiko eingehen. Schließlich hast du keine Papiere dabei, und das könnte ein Problem werden. Uns Mönche und die Novizen lassen sie dagegen meistens in Ruhe«, erklärte er. »Und jetzt beeil dich. Wir sind spät dran.«

Horst beeilte sich. In Windeseile wusch er sich im See, zog danach unter der fachmännischen Anleitung des Novizen die Kutte an und ließ sich seine kurzen Haare vom Kopf schaben. Eine halbe Stunde später war er fertig für den Abmarsch.

»Ich hole nur noch schnell die Kuh«, rief ihm Phra über den Tempelhof zu, und obwohl Horst nicht verstand, warum, verabschiedete er sich höflich von dem Novizen und bedankte sich herzlich für alles, was dieser für ihn getan hatte. Dann blickte er ein letztes Mal auf den See, über dem sich langsam die aufgehende Sonne ankündigte, und ging schließlich leicht betrübt zu Phra, der bereits am Tor auf ihn wartete.

»Wir werden nicht sprechen und du wirst stets einige Schritte hinter mir herlaufen«, wies er Horst an, und schon gab er der etwas klapprigen Kuh mit einer langen Rute einen ordentlichen Klaps aufs Gesäß. Äußerst widerwillig und mürrisch schob sie an, und als sie rund zehn Meter vorausgestakst war, setzte sich auch Phra in Bewegung.

»Bald müssen wir den Weg verlassen und quer über die Felder gehen, damit uns möglichst wenige Menschen sehen«, sagte er und versetzte der Kuh einen weiteren Hieb auf ihr Hinterteil.

»Und vergiß es nicht. Du bleibst immer hinter mir. Du

wirst nicht nach rechts gehen und nicht nach links. Und wenn du aus irgendeinem Grund anhalten mußt, läßt du es mich zuvor wissen, verstanden?«

Horst hatte verstanden, und brav und genau wie Phra es wollte, trottete er in einer Linie hinter ihm her. Und da er nicht reden sollte, freute er sich eben an der Landschaft, durch die sie langsam hindurchzogen. Die Zeit verging wie im Flug, und Horst war sehr gut gelaunt. Und auch wenn sie kein Wort miteinander sprachen, war es trotzdem nicht leise, denn überall kreuchten und fleuchten Tiere herum, die Vögel schrien in der Luft, und der leichte Wind stimmte in den Bäumen und Sträuchern ein säuselndes Konzert an. Stundenlang liefen sie so durch die Gegend, und als Horst gerade wieder einmal mit seinen Gedanken ganz nahe bei Bea war, hörte er ein paar Meter vor sich plötzlich ein seltsames Klicken. Auf der Stelle drehte sich Phra um, schrie: »Hinlegen«, und da Horst nicht sofort tat, was er von ihm wollte, sprang er auf ihn los und riß ihn mit der ganzen Wucht seines kleinen Körpers zu Boden. Eine Sekunde später tat es einen furchtbaren Knall, und Horst sah aus seinem Augenwinkel heraus, wie die eigentlich so friedliche Kuh abhob und in einem hohen Bogen durch die Luft flog, um kurz danach wieder auf dem Boden aufzuschlagen. Allerdings nicht im ganzen, sondern in mehreren Teilen und über eine große Fläche verteilt.

»Was war das denn?« fragte Horst entsetzt, als alles vorüber war.

»Das war eine Tretmine«, antwortete Phra nüchtern.

»Und wie zum Teufel kommt die hierhin?«

»Das haben wir den Amerikanern zu verdanken. Sie haben im Vietnamkrieg nämlich auch unser Land bekämpft, weil sie dachten, wir würden den Vietcong unterstützen. Deshalb haben sie uns ständig bombardiert und weite Teile von Laos vermint. Um genau zu sein, haben sie in diesen Jahren mehr Bomben über meiner Heimat abgeworfen als im gesamten Zweiten Weltkrieg.«

»Und wegen dieses Irrsinns mußte jetzt die Kuh sterben?«

»Lieber die Kuh als einer von uns.«

»Und jetzt?« wollte Horst wissen. »Was machen wir denn bei der nächsten Mine? Noch eine Kuh haben wir ja nicht dabei!«

»Weißt du«, sagte Phra ruhig, »das Schicksal ist manchmal hart. Aber manchmal ist es auch gütig. Und heute scheint es gütig zu sein.« Dann ging er weiter, als wäre nichts geschehen. Am späten Abend kamen sie zu einer kleinen Tempelanlage, in der Phra für sich und seinen verkleideten Novizen eine Unterkunft für die Nacht organisierte. Lange dauerte diese Nacht für Horst jedoch nicht, denn bereits um halb vier Uhr früh stand Phra an seinem Bett und drängte zum Aufbruch. Kurz danach liefen sie wieder los, Kilometer um Kilometer, meist fernab von sicheren Wegen und stets durch vermintes Gebiet, so vermutete Horst, und daher fand er die ganze Sache auch äußerst nervenaufreibend, was sich in einem starken und ständigen Harndrang niederschlug. Phra dagegen war die Ruhe selbst und mußte praktisch nie, und das, obwohl er immer ein paar Schritte vorausging und bei der nächsten Mine als erster hätte ins laotische Gras beißen müssen. Diese Gewißheit beruhigte Horst allerdings nur mäßig, und deshalb war er sehr erleichtert, als ihm Phra am frühen Mittag mitteilte, daß sie schon bald an eine große Straße kommen würden, um dort auf den Bus zu warten, der sie dann durch die Nacht und in nur 20 Stunden nach Vientiane brächte.

Die sogenannte Straße in die Hauptstadt war eine einzige Buckelpiste, und der Busfahrer war ihr Meister. Elegant und in Hochstimmung fuhr er um die unzähligen und enormen Schlaglöcher herum und hörte dabei laute Westpoprhythmen aus den Achtzigern, zu denen er unentwegt seinen Oberkörper schüttelte. Er trug eine Baseballmütze mit einem aufgestickten *Michelin*-Reifenmännchen, und die leise qualmenden Zigaretten, die er ohne Unterlaß aus seinem rechten Mundwinkel heraus paffte, vollendeten sein knallhartes Truckerimage. Ein Mann, für die Straße geboren und mit dem Gaspedal verwachsen, und für Horst die Erkenntnis, daß es nun vorbei war mit dem Leben in Abgeschiedenheit, Ruhe und meditativer Stille. Er hatte die Bedeutung und den Wert dieser Worte erst in Si Muang kennen- und vor allem schätzengelernt, aber jetzt holte ihn die Zivilisation wieder ein und die banale Betriebsamkeit der Heimat kündigte ihre Wiedergeburt an. Horst wurde sehr nachdenklich, und irgendwie spürte er in seiner Seele, daß Troosdorf nicht der Ort war, wo seine Zukunft stattfinden sollte.

Um halb zehn erreichte der Bus Vientiane und hielt direkt vor dem Talaat Soa, dem Markt des Morgens, der nur etwa zwei Kilometer von der deutschen Botschaft entfernt war. Die Zeit des Abschieds nahte, und so standen Phra und Horst auf der Straße und schauten sich lange und intensiv an.

»Deine Botschaft befindet sich südöstlich von hier, gleich neben dem Tempel Sok Pa Luang«, unterbrach Phra das Schweigen. »Hier hast du noch ein bißchen Geld für den Weg.«

»Sie waren so gut zu mir und haben so viel für mich getan, Phra. Ich weiß überhaupt nicht, wie ich Ihnen dafür danken soll«, sagte Horst und merkte dabei, wie ihm die Tränen in die Augen stiegen.

»Werde glücklich mit deiner Bea. Das wäre Dank genug. Und jetzt geh. Es ist Zeit.«

Phra schenkte Horst noch einmal dieses gütige Lächeln,

mit dem er ihn von Anfang an verzaubert hatte, und dann schritt er langsam davon.

»Darf ich Sie denn wieder besuchen?« rief ihm Horst hinterher.

»Wann immer du kommst, sei mein Gast«, antwortete Phra, ohne sich umzudrehen, und ein paar Augenblicke später verschluckte ihn die Menschenmenge des Marktes.

Horst machte sich nun sofort auf, und schon bald stand er vor der deutschen Botschaft und ging zielstrebig durch das große Eingangsportal hinein. Im Empfangsfoyer stand an zentraler Position ein mächtiger Schreibtisch, hinter dem eine Frau mittleren Alters geschäftig irgendwelche Akten sortierte. Die Ankunft von Horst schien sie nicht sonderlich zu beeindrucken, und erst nachdem er sich mehrmals geräuspert hatte, schenkte sie ihm ein wenig ihrer Aufmerksamkeit.

»Was kann ich für Sie tun«, fragte sie kühl und wühlte weiter in ihrem Aktenberg, ohne dabei nach oben zu blicken.

»Also, es ist so«, legte Horst los. »Vor einer guten Woche war ich in Vietnam, und da hat man mir eine Niere rausgeschnitten, mein ganzes Geld und meinen Paß geklaut und mich danach im Urwald ausgesetzt. Glücklicherweise hat mich dann ein Mönch gefunden und mir das Leben gerettet. Und jetzt bin ich hier und will so schnell wie möglich zurück nach Deutschland, und dafür brauche ich natürlich neue Papiere und auch Geld für einen Flug. Und da bin ich doch bei Ihnen richtig, oder?«

Die Frau schaute auf, warf Horst einen völlig ungläubigen Blick zu und fing an, ihn von oben bis unten zu mustern. Wahrscheinlich fühlte sie sich von der Gestalt in der orangenen Mönchskutte ziemlich auf den Arm genommen, denn als sie mit ihrer Fleischbeschau fertig war, schob sie ihre Lesebrille auf die Nasenspitze und begann kurz und heftig den Kopf zu schütteln.

»Hören Sie mal zu. Das hier ist eine Botschaft und kein Kindergarten. Wenn Sie ein Problem haben, dann lassen Sie sich einen Termin geben, und wir werden sehen, wie wir Ihnen helfen können. Und jetzt darf ich Sie bitten zu gehen, hier wird nämlich gearbeitet«, sagte sie streng und versenkte ihren Kopf wieder demonstrativ in ihren Papierstapel.

Horst konnte es nicht fassen. Da wurde man fern der Heimat das Opfer eines üblen Verbrechens, und diese blöde Kuh hatte nichts Besseres zu tun als ihn schwach anzublöken.

»Sie glauben mir also nicht, wie?« sagte er aufgebracht und derart böse, daß die Frau erneut aufblickte.

»Um ehrlich zu sein, kein einziges Wort. Schauen Sie sich doch nur mal an. Glauben Sie, Sie sind der erste Mensch, der im Urlaub seine ganzen Ersparnisse auf den Kopf gehauen hat und dann hier mit irgendeiner windigen Geschichte anrückt und rumbettelt? Wenn Sie mit ihrem Geld nicht umgehen können, ist das alleine Ihr Problem, verstanden?«

Horst hätte die Alte umbringen können, so sauer war er. Und daher murmelte er leise ein »Na warte« vor sich hin, riß sich dann seine Kutte vom Leib, drehte sich um und zeigte der Frau nicht nur seinen nackten Arsch, sondern deutete auch wie wild mit dem Finger auf seine Narbe, die zwar mittlerweile gut verheilt, aber trotzdem nicht zu übersehen war.

»Es ist also mein Problem, ja«, schrie er los. »Ich will Ihnen mal was sagen. Das hier ist nicht mein Problem, das ist Ihr Problem. Sie werden nämlich verdammt noch mal nicht dafür bezahlt, daß Sie hier dumm in Ihren Sessel furzen, sondern dafür, daß Sie mir helfen, klar? Und jetzt will ich auf der Stelle den Botschafter sprechen, du Schlampe, sonst reiß ich dir die Brust auf und scheiß dir auf's Herz!«

»Was zum Teufel ist denn hier los?« schallte es laut durch das Foyer. Es war der Oberdiplomat höchstpersönlich, der sich durch den Lärm wahrscheinlich in seiner Ruhe gestört fühlte und daher aus seinem Büro geeilt war.

»Gut, daß Sie kommen, Herr Botschafter«, setzte die Frau aufgeregt an. »Dieser unflätige Kerl hier kam einfach reingestürmt und behauptet, man habe ihm in Vietnam eine Niere entfernt und seinen Paß gestohlen, und nun habe er kein Geld mehr und ...«

»Lassen Sie mal gut sein, Frau von Bustorff«, sagte der Botschafter gekonnt gelassen und schaute dabei entgeistert auf Horsts entblößten Körper. »Ich glaube, diese etwas delikate Angelegenheit regele ich wohl besser selbst. Junger Mann, ziehen Sie sich bitte sofort an und kommen mit in mein Büro. Dann will ich mir in aller Ruhe anhören, was Sie zu sagen haben.«

Keine zwei Stunden später hatte Horst einen neuen Paß, eine Unterkunft für die Nacht, und schon am nächsten Morgen brachte ihn der Chauffeur der Botschaft auf den Flieger nach Deutschland.

Es fühlte sich seltsam an, wieder in Troosdorf zu sein. Horst saß auf der Couch in seinem muffigen Bungalow, der seit dem Ableben seiner Eltern noch viel muffiger wirkte, und trank ein eisgekühltes Bier. Es war eine aufregende Zeit gewesen in diesen letzten Wochen, aufregender als alle Jahre seines bisherigen Lebens zusammen. Er hatte viel erlebt da draußen in der weiten Welt, und als er die Ereignisse von Vietnam und Laos noch einmal an sich vorüberziehen ließ, beschloß er, das Haus seiner verstorbenen Eltern und ihren ganzen, ebenso toten Krempel einfach zu verkaufen, das Geld zu nehmen und die stickige Enge seiner Heimatstadt zu verlassen, um erst mal für ein paar Jahre zu reisen, immer der Sonne nach und solange es ihm Spaß machte. Irgendwann würde er dann wieder zurückkehren. Vielleicht aber auch nicht. Wer konnte das schon wissen.

Horst war an diesem Abend sehr zufrieden. Er war zufrieden mit sich und genauso mit seinem Entschluß, der Industriestadt im Grünen Lebewohl zu sagen. Allerdings gab es da jemanden, der ihm diesen Entschluß zusätzlich versüßen konnte, und das war Bea. Was sie wohl gerade machte, fragte er sich. Wahrscheinlich saß sie an der Bar des *Crazy Sexy* und wartete auf Kundschaft. Möglicherweise fiel in diesem Moment aber auch ein lustfrustrierter Ehemann über ihren zarten Körper her, um seine Gier und seine Glieder zu befriedigen. Horst spürte plötzlich den tiefen Schmerz, den diese Vorstellung in seinem Herzen hinterließ, und noch stärker spürte er den Drang, Bea endlich aus den Fängen von Rocko zu befreien. Er war verliebt in sie, und obwohl er sie kaum kannte, hatte er den Eindruck, daß sie zusammengehörten. Natürlich wollte er sie zu nichts drängen, aber insgeheim hoffte er, daß sie seine Empfindungen teilen würde. Und als er an ihre gemeinsame Nacht dachte und an die Geschichten, die sie sich damals erzählten, und an das Lachen, das sie sich gaben, und auch an den Sex, den sie hatten, da wurde seine Hoffnung schillernd und lebendig, und er wußte, daß seine Liebe eine glückliche sein würde.

Am nächsten Tag beauftragte er eine Maklerin mit dem Verkauf des Hauses und gab zusätzlich in einem Troosdorfer Käseblatt ein Inserat für eine Wohnungsauflösung auf. Eine ganze Woche lang stand das Telefon nicht still, und unzählige, kaufwütige Menschen riefen an, um das Geschäft ihres Lebens zu machen. Für viele Sachen jedoch, und für Horst nur zu gut verständlich, interessierte sich keine alte Sau, und so mietete er sich irgendwann völlig entnervt einen großen Lieferwagen und brachte den wirklich abgrundtief scheußlichen Rest der Gurkschen Einrichtung auf den Sperrmüll. Der gleichermaßen grauenhafte Bungalow dagegen war erstaunlich schnell verkauft, und damit hatte Horst satte dreihunderttausend Mark auf seinem Konto, und das sollte erst mal für eine ganze Zeit ausreichen. Selbst zu zweit ließe sich davon ordentlich leben, und da eine intensive Untersuchung in der Kölner Uniklinik ergeben hatte, daß seine rechte Niere zwar tatsächlich futsch war, seine linke dafür aber um so prächtiger ihren Dienst tat, war nun der Zeitpunkt gekommen, wo er sich an Rocko rächen wollte, um danach seine Bea zu fragen, ob sie mit ihm fortgehen und ihr Leben mit ihm teilen würde.

Sein finaler Besuch im *Crazy Sexy* mußte natürlich bis ins letzte Detail geplant werden, und dementsprechend konzentriert ging Horst die ganze Sache auch an. Er wollte Rocko ein bleibendes Erlebnis in sein Hirn brennen, und zwar eines, das er sein Leben lang nicht mehr vergessen würde. Viele süße Möglichkeiten fielen ihm dazu ein, schmerzhafte wie tödliche, grausame wie ekelhafte, doch am Ende entschied er sich für die bitterste Variante von allen. Es war Rockos Ehre, die er treffen wollte, und im Falle eines Troosdorfer Zuhälters war das sehr einfach, denn Ehre hieß in diesem Milieu nichts anderes als ständiges Männlichsein, unbedingtes Hartsein und vollständiges Starksein. Nur wer seine Umgebung einschüchtern konnte, war ein richtiger Mann, und ein richtiger Mann zu sein bedeutete alles, sogar noch mehr, als Lesen und Schreiben zu können. Den Nimbus des richtigen Mannes konnte man aber auch ganz leicht verlieren, indem man eines tat: Schwäche zeigen. Das ging gar nicht und wäre wie eine Kastration gewesen. Und damit war für Horst klar, wohin der Dolch seiner Rache zielen würde. Rocko sollte weinen. Bitterlich weinen und wimmern und zittern und flehen, wie es das schwächste Weib nicht besser tun könnte.

Aber Rocko war ein böser Junge, und böse Jungen waren immer irgendwie bewaffnet oder umgaben sich zumindest mit anderen bösen Jungen, die es waren, und daher brauchte Horst auf jeden Fall zunächst ein schönes Schießeisen, um seinem geplanten Auftritt einen gewissen Nachdruck zu verleihen. Mit einer Gaspistole war es da nicht getan. Vielmehr dachte er an etwas wirklich Überzeugendes, an etwas ramboesk Brutales, an etwas, wo bereits ein flüchtiger Blick ausreichte, um zu wissen, daß es hier jemand verdammt ernst meinte und keinen Spaß verstand. Solche Waffen fand man zwar nicht einfach so auf der Straße, aber man konnte sie preisgünstig ausleihen, und besonders problemlos ging das in einer Kaserne, das wußte Horst noch aus seiner Bundeswehrzeit. Daher ging er in den Army-Shop, in dem er schon seine ersten beiden Messer gekauft hatte, besorgte sich ein komplettes Rekrutenkostüm deutscher Nation, mit Hose, Hemd und Parka, alles in diesem wunderschönen Dicke-Bohnen-Grün, und fuhr am späteren Abend nach Siegburg. Dort war auf einem riesigen Areal am Rande der Stadt ein Wachbataillon stationiert und paßte auf, daß nichts passierte, was auch immer das hätte sein sollen. An einer unauffälligen Stelle zwickte Horst nun mit einer Zange ein kleines Loch in den Zaun, schlüpfte hindurch und versteckte sich in unmittelbarer Nähe dieses Zauns in einem Busch. Es dauerte ungefähr eine Stunde, bis das geschah, worauf er wartete. Ein junger, frustrierter Soldat latschte langsam auf ihn zu und übte sich in Vaterlandsverteidigung. Horst wußte aus eigener Erfahrung ganz genau, was es bedeutete, sich die Nächte mit der Bewachung militärischer Einrichtungen in Deutschland um die Ohren zu schlagen. Nie passierte auch nur irgend etwas, nie kam ein Bösewicht vorbei und schon gar nicht der Feind, und so hatte man immer das Gefühl, der Arsch zu sein. Denn während die Kameraden schlafend in ihren Stockbetten lagen, drehte man selbst Runde um Runde um die Kaserne, am Anfang noch pflichtbewußt und aufmerksam, aber spätestens ab der zweiten oder dritten Nachtschicht nur noch völlig gelangweilt und ausschließlich damit beschäftigt, die Stunden bis zum Dienstende zu zählen.

Der Soldat, der in dieser Nacht patrouillierte, war nun ein besonders nachlässiger Geselle. Anstatt zumindest ein bißchen achtzugeben, setzte er sich nur wenige Meter von Horsts Versteck entfernt auf den Boden und machte erst mal eine typische Soldatenbrotzeit, und zwar mit einer Flasche Bier und einem fetten Joint, den er bereits fertiggedreht aus der Uniform zog. Seine Maschinenpistole legte er dabei lässig auf die Seite, und als er so vor sich hin schmauchte und in Gedanken mit den Wolken über den Nachthimmel zog, sprang Horst aus seinem Busch hervor, rannte auf den alten Kiffer zu und brannte ihm mit einem kräftigen Knüppel ordentlich eins über, was zu dessen sofortiger Bewußtlosigkeit führte. Dann griff er sich die MP und zur Sicherheit auch gleich noch die Pistole, die der Wachsoldat in seinem Hosenhalfter trug, und so schnell wie er gekommen war, verschwand er auch wieder, allerdings nicht ohne am Ort des Geschehens einen Zettel mit der Aufschrift zu hinterlassen: »Brauche deine Waffen nur für einen Tag. Schicke sie morgen mit der Post zurück. Danke für dein Verständnis.« Danach machte er sich auf ins *Crazy Sexy*.

Es sollte sein letzter Besuch in diesem schäbigen Etablissement sein, das hatte er sich geschworen. Die Pistole steckte griffbereit in seiner Hose, während er die MP, unter seinem Parka vor neugierigen Blicken versteckt, über der Schulter trug. Horst war unendlich aufgeregt. Er spürte sein Herz unter seinen Rippen pochen, und in seinem Magen liefen vor lauter Anspannung die Säuren zusammen. Er wußte, er hatte nur diese eine Chance, um sich an Rocko zu rächen, und die wollte er um alles in der Welt nutzen. So trank er zur Beruhigung noch einen Flachmann *Jägermeister* und ging zum letzten Mal seinen Plan durch.

Auf dem Parkplatz des *Crazy Sexy* war nicht viel los. Selbst am Empfang saß nicht die übliche Hallo-Süßer-Maus, und das war auch nicht verwunderlich, schließlich war es ein ganz normaler Wochentag und immerhin schon halb eins in der Nacht, und da waren in Troosdorf nicht mehr viele Freier unterwegs. Horst marschierte schnurstracks durch den langen Gang direkt in Richtung Rockos Büro. Kurz davor blieb er stehen, öffnete seine Jacke und brachte die Maschinenpistole in Position. Dann klopfte er zweimal an, und ohne ein »Herein« abzuwarten, holte er aus und trat mit seinem Fuß gegen die Tür, die sofort krachend aufsprang. Rocko war allein. Aufgeschreckt durch den Krach, schnellte er von seinem Stuhl in die Höhe und stand nun vor seinem Schreibtisch, auf dem ein ganzer Berg Geldscheine herumlag.

»Hallo, Rocko« sagte Horst ruhig. »Zählst wohl gerade das Geld, das du mit meiner Niere verdient hast, was?«

Rocko hatte anscheinend mit jedem gerechnet, nur nicht mit Horst. Fassungslos starrte er ihn an und rührte sich keinen Millimeter, was angesichts des Pistolenlaufes, der ihn eisern anlachte, auch in Ordnung ging.

»Horst? Du hier? Ja, Mensch, also ...«, begann er nach einigen Schrecksekunden zu stammeln, »... also, daß du schon wieder zurück bist. Also ich meine, aus Vietnam ...«

»Hab' ich mir gedacht, daß dich das wundert. Und dabei haben sich deine vietnamesischen Freunde solche Mühe gegeben.«

»Mühe gegeben?« fragte Rocko hektisch. »Mit was denn Mühe gegeben? Mensch Horst, ich weiß überhaupt nicht, wovon du redest.«

»Das weißt du nicht? Dann will ich deinem Gedächtnis mal ein bißchen nachhelfen. Du hast mich doch ins *Come-In* nach Danang geschickt, oder irre ich mich da etwa. Und dort haben mir deine Freunde meine rechte Niere rausgeschnitten und mich danach im Urwald ausgesetzt. Und eigentlich sollte ich jetzt schon tot sein, verstehst du? Verfault und zerfressen sollte ich sein. Und du kleine Drecksau hast das alles geplant.«

Horst war selbst ganz überrascht, wie cool er sein konnte. Er war unglaublich überzeugend in seiner Wut, und zu seiner großen Freude bemerkte er, daß Rocko langsam der Schweiß auf die Stirn trat.

»Du spinnst ja«, schoß es aus ihm heraus. »Nichts habe ich geplant. Ich hab' von der ganzen Sache nichts gewußt. Ehrlich, das mußt du mir glauben. Und jetzt nimm endlich diese blöde Knarre runter!«

»Einen Scheißdreck werde ich tun«, sagte Horst knallhart. »Entweder du sagst mir jetzt die Wahrheit, oder ich mach' dich platt.«

»Du bluffst doch nur.«

»Ich bluffe? Ich zeig' dir mal, wie ich bluffe«, lachte Horst, zog seine Pistole aus der Hose und schoß knapp an Rockos Schädel vorbei in die Wand. Sofort riß dieser schützend seine Arme über den Kopf, und kaum hatte er sich von seinem Schock erholt, fing er auch schon an zu winseln.

»Okay, okay, ich geb' ja alles zu. Ich habe alles gewußt. Aber ich wollte wirklich nicht, daß sie dich gleich umbringen. Das ist die Wahrheit. Das mußt du mir glauben, Horst.«

Der Schuß war im ganzen Erdgeschoß zu hören, und es dauerte nur ein paar Augenblicke, und schon stürmte einer dieser schwer sonnenbankgebräunten und mit allerlei Männlichkeitshormonen aufgepumpten Schergen herein. Es war der Barkeeper, und der hatte zwar nichts in der Birne, dafür war er aber unglaublich stark, und vor allem hielt er einen großkalibrigen Revolver in der Hand.

»Was ist hier los, Chef«, schrie er.

Horst mußte reagieren. Blitzartig griff er zu seiner Maschinenpistole, entsicherte sie und hielt sie Rocko von der Seite direkt an die Stirn.

»Sag deinem Gorilla, er soll seine Wumme fallen lassen, sonst puste ich dir dein Hirn raus«, brüllte er und fühlte sich dabei ein bißchen, als wäre er Rambo in seinen besten Filmen, denn der machte das auch immer so.

»Tu, was er sagt, Charlie. Tu einfach, was er sagt, bitte«, keuchte Rocko, und Horst spürte, wie dieser dabei vor Angst zitterte.

Charlie gehorchte. Artig ließ er seine Pistole auf den Boden fallen, hob seine Arme, und schon war Horst wieder Chef der Lage. Allerdings wußte er nicht, was er jetzt mit diesem Charlie machen sollte, und weil ihm gerade nichts Besseres einfiel, befahl er ihm einfach, erst die Türe hinter sich zu schließen, um dann einen Kopfstand an der Wand zu machen, wobei er sich nicht rühren und schon gar nichts sagen solle, es sei denn, er, Horst, würde ihm die Erlaubnis dazu geben. Charlie fand das zwar zunächst völlig bescheuert, aber als ihm Horst freundlich mit seiner Pistole zuwinkte, sah er ein, daß jetzt nicht der Moment für Gegenfragen war. Daher machte er, was man von ihm wollte, begab sich kopfüber in die Senkrechte, und so konnte sich Horst wieder beruhigt um Rocko kümmern.

»Wo waren wir gleich stehengeblieben? Ach ja, du hast zugegeben, daß du eine alte Drecksau bist. Gut. Aber sag mal, was bekommt man eigentlich so für eine Niere?«

»Wenn es gut läuft, also ich meine, wenn irgendein Dialysetyp kurz vor dem Abkratzen ist, dann gibt es schon mal Fünfzigtausend.«

»Und wie viele verkaufst du davon im Jahr? Na, mal ehrlich?« fragte Horst weiter und drückte den Lauf der Maschinenpistole noch ein bißchen fester an Rockos Schläfe.

»Dreißig. Ungefähr«, röchelte er.

»Und wie lange machst du das schon?«

»Seit drei Jahren.«

»Poioioi. Ganz schöner Batzen Geld, der da zusammengekommen ist, was? Da macht es dir doch bestimmt nichts aus, wenn du ein bißchen davon abgibst, oder? Sozusagen als Entschädigung!«

»In Ordnung«, sagte Rocko leise. Er schwitzte immer stärker, und an seinem Gesichtsausdruck konnte man deutlich sehen, daß er um sein Leben fürchtete. »Aber ich habe nur rund zwanzigtausend hier, die ich dir geben kann.«

»Du hast mich nicht richtig verstanden. *Ich* will dein Geld nicht.«

»Ja, aber, für wen ist es denn dann?«

»Ich will, daß du es deinen Huren gibst. Und nicht nur das. Ich will auch, daß du sie von jetzt an ordentlich behandelst, verstehst du? Ich will, daß du sie nicht mehr schlägst. Und genauso will ich, daß du ihnen das Geld läßt, das sie an ihren Freiern verdient haben, klar? Schließlich haben sie sich von diesen widerlichen Typen ficken lassen müssen, und nicht du. Ab heute werden sie also nur noch die Miete für ihre Zimmer zahlen, und keinen Pfennig mehr. Und außerdem werden die Mieten gesenkt, und schließlich wirst du auch noch die Krankenversicherung für die Mädchen übernehmen. Als Sahnehäubchen obendrauf.«

Rockos Blick verkrampfte sich. Er war hin- und hergerissen zwischen Angst und Wut, und für einen Moment schien es, als würde diese Wut seine Angst übersteigen.

»Bist du noch ganz dicht? Das ist mein Ruin. Wovon glaubst du eigentlich, soll ich leben, hä? Ich bin doch nicht die Wohlfahrt«, schrie er.

»Gut«, sagte Horst ruhig und überlegen und griff nach dem Telefon. »Dann fragen wir einfach mal die Bullen, was sie dazu sagen. Wie war gleich die Nummer für Arschlöcher wie dich? Eins, eins, null, oder?«

Horst hob den Hörer ab und begann zu wählen.

»Halt«, rief Rocko und lief dabei noch röter an als Charlie, dem vor lauter Kopfstand mittlerweile der Großteil seines Blutes aus den Muskeln in den Kopf gelaufen war. »Keine Polizei. Lieber mach' ich, was du sagst.«

»In Ordnung«, sprach Horst und steckte den Lauf der MP in Rockos Ohr. »Dann schwöre.«

»Ich schwöre. Ich schwöre«, preßte er heraus.

»Na, siehst du. Geht doch. Warum denn nicht gleich so«, lobte Horst lächelnd, obwohl er Rocko kein einziges Wort glaubte. Sobald er wieder draußen war, so wußte er, würde sich Rocko an nichts mehr erinnern und seine Huren genauso mies behandeln wie immer, wenn nicht sogar noch mieser. Horst konnte aber nicht jede Woche mit einer Waffe vorbeischauen und überprüfen, ob seine Anweisungen auch befolgt würden, und daher entschloß er sich, den Huren für die Zukunft ein Druckmittel zu geben.

»Und was du mir gerade versprochen hast, wirst du jetzt deinen Mädchen versprechen«, sagte Horst deshalb und drehte sich dann zu Charlie.

»Charlie, hör mal zu. Du gehst jetzt durchs Haus, schmeißt die ganzen Freier raus, sperrst den Laden zu und sagst den Mädchen, daß Rocko sie in der Bar sprechen möchte.«

Erleichtert und dem Kollaps nahe, ließ sich Charlie nach vorne fallen und stand wieder auf.

»Soll ich das wirklich machen, Chef?« fragte er mit seiner testosteronen Stimme. Sofort zog Horst wieder seine Pistole aus der Hose und schoß Charlie zwischen den Beinen hindurch in die Wand.

»Habe ich dir etwa erlaubt, etwas zu sagen?« schrie er ihn an. »Also halt's Maul und beweg deinen Arsch hier raus!«

Charlie rannte los, und da Horst nun mit Rocko alleine war, konnte er zur entscheidenden Frage kommen. Er stand langsam auf, rollte Rocko auf seinem Bürostuhl in die Mitte des Raumes und zielte mit der Pistole in seinen Schritt.

»Und jetzt zu dir, du Sau«, flüsterte er ihn gefährlich an.

»Was heißt da, jetzt zu mir? Komm, hör auf mit dem Scheiß. Ich mach' ja schon alles, was du willst.«

Rocko zitterte und starrte auf den Pistolenlauf. Sein Seidenhemd war inzwischen triefnaß geschwitzt, und sein Gesicht trug die angsterfüllten Züge eines Mannes, der fürchtet, daß man gleich seinen Pimmel zerschießt. Und als Horst zum Spaß den Hahn der Pistole nach hinten zog, da riß Rocko seine Arme in die Luft und schrie laut und mit der hellen Stimme eines kleinen Jungen los.

»Nein, nein, bitte nicht. Bitte tu das nicht.«

»Dann sag mir sofort, wo Bea ist.«

»Bea? Die, die ist nicht mehr hier. Die ist vor zwei Tagen weg.«

»Weg? Was heißt weg? Wo ist sie hin?« fragte Horst aufgeregt.

»Zurück nach Ungarn. Ihre Mutter ist plötzlich gestorben, und da ist die blöde Schlampe einfach abgehauen.«

Es machte einen dumpfen Schlag, als der blanke Stahl der Pistole auf Rockos rechten Backenknochen traf. Horst hatte voll durchgezogen und sein Gegenüber vom Stuhl gehauen. Ohnmächtig war Rocko zwar nicht, aber er hatte durch die Wucht des Schlages einen Zahn verloren und blutete daher kräftig aus dem Mund.

»Das war für die Schlampe, du Wichser!«

Als sich Rocko wieder halbwegs gesammelt hatte, gab er Horst eine Adresse in Budapest, unter der er Bea vermutete. Horst war überglücklich, daß sie nicht mehr im *Crazy Sexy* arbeitete, wenngleich der Grund dafür natürlich ein trauriger war. Ein paar Augenblicke verfiel er ins Träumen und hielt den Zettel in seinen Händen, als sei es der heilige Gral. Morgen schon würde er nach Ungarn fliegen und sie suchen und finden und ihr sagen, wie sehr er sie liebe, und dann würde er sie nehmen und mit ihr in den Süden fahren, und dann …

Aber morgen war morgen, und heute gab es noch einiges zu erledigen. Charlie hatte in der Zwischenzeit den Coitus einiger Freier unterbrochen und alle Mädchen runter in die Bar geschickt. Eine angespannte Stimmung lag in der schwülen Luft, als Horst und Rocko durch die Tür kamen. Die Huren wußten nicht, was das Ganze zu bedeuten hatte, und als sie sahen, wie Horst seine Waffe in den Rücken ihres Zuhälters drückte, war es totenstill.

»Ihr braucht keine Angst zu haben, euch wird nichts passieren«, beruhigte Horst die Mädchen. »Rocko will euch nur etwas Wichtiges erzählen. Und ich passe dabei auf, daß er nichts vergißt.«

Horst stieß Rocko auf die kleine verspiegelte Bühne, auf der normalerweise ein paar Frauen tanzten, um die Gäste geil zu machen, und stellte sich dicht neben ihn. Rocko zitterte immer noch ein wenig, und sein fliederfarbenes Hemd klebte an seinem Oberkörper.

»Das, was Rocko euch gleich sagen wird«, brach Horst das Schweigen, »werden viele von euch sicherlich nicht glauben. Aber damit ihr seht, daß er nichts als die nackte Wahrheit sagt, wird unser kleiner Freund hier jetzt erst mal seine Hose ausziehen.«

»Du spinnst wohl! Den Teufel werde ich ...«, fing Rocko an zu wüten, aber bevor er ausgesprochen hatte, traf ihn ein weiterer Hieb, diesmal an der linken Kopfseite. Rocko verstand dieses Zeichen, und mit schmerzverzerrtem Gesicht begann er, sich seiner Hose zu entledigen. Der Anblick, der folgte, war bezeichnend. Seine Beine waren schwammig, kurz und zu allem Überfluß stark behaart. Dazu trug er einen dieser schwarzen Tanga-Slips, den normalerweise nur Männer in der Midlife-Crisis anziehen, wenn sie sich wie Götz George fühlen, ständig »Scheiße« brüllen und in zu engen Jeanshosen Türen eintreten.

»Und jetzt knie dich hin und sag's ihnen«, befahl ihm Horst. Sofort begann Rocko zu schwören, sich in Zukunft anständig zu benehmen, jeder Frau ihr sauer verdientes Geld zu lassen, die Mieten zu senken, zudem für die Krankenversicherung zu sorgen und noch am selben Abend zwanzigtausend Mark unter allen zu verteilen.

»Ist doch toll, oder?« fragte Horst in die Runde, als Rocko mit seinem Schwur fertig war. »Und das macht er deshalb, weil er ab heute ein guter Mensch sein will. Kein Schwein mehr wie bisher, sondern ganz einfach ein netter Kerl. Ist doch so, oder Rocko?«

Horst stieß ihm zärtlich die Maschinenpistole in die Rippen, und Rocko nickte.

»Und sollte er euch in Zukunft auch nur einmal schlecht behandeln, dann ruft ihr einfach die Polizei an und plaudert mit den Bullen ein bißchen über seine Vergangenheit ...«

Horst erzählte den Huren die Geschichte mit dem Organhandel. Von Anfang an und in allen Einzelheiten. Und als er damit fertig war, konnte er sicher sein, daß sich Rocko an seinen Schwur halten würde.

»Und jetzt wird gefeiert«, rief Horst durch die Bar. »Charlie, Musik und Schampus, aber zack, zack!« Die Mädchen ließen sich das nicht zweimal sagen, und schon bald war eine richtige kleine Party im Gange. Auch Horst nahm einen Drink für den Weg, und als er sich schließlich von Rocko verabschieden wollte, da blickte er in das Gesicht eines gebrochenen Mannes. Er hatte ihn fertiggemacht. Er hatte ihn gedemütigt. Er hatte ihn zum Weinen und zum Wimmern gebracht, wie es sonst eben nur Weiber tun, nicht aber richtige Männer. Und als er Rocko so verloren herumstehen sah, immer noch leicht schwitzend und immer noch mit heruntergelassener Hose, da spürte er ein Gefühl tiefer Befriedigung in sich aufsteigen.

»Eine Sache würde mich noch interessieren, Rocko. Hast du meine Niere eigentlich auch schon verkauft?«

»Soviel ich weiß, nein. Die müßte immer noch beim Schmelzer in der Kühlkammer liegen.«

Horst durchzuckte es. »Schmelzer? Welcher Schmelzer?« fragte er stutzig.

»Na, der Metzger! Bei dem hab' ich mein Lager für das ganze Zeug«, antwortete Rocko und zog sich endlich die Hose hoch.

»Dann ist der Schmelzer also dein Partner, oder was?«

»Scheiße Partner. Ich hau' bei dem nur die frischen Nieren in die Kühlung, und dafür darf er bei mir frei ficken, die geile Sau.«

»Und wie bist du auf den gekommen?« hakte Horst nach.

»Vor ein paar Jahren kam er bei uns vorbei und war total besoffen. Und dann hat er mir in seinem Suff ganz stolz erzählt, daß er seiner Alten mal die Titte abgeschnitten und sie danach in eine Tüte mit Eis gepackt hat, damit man sie wieder annähen kann …«

»Und dabei kam dir die Idee mit den Nieren«, unterbrach ihn Horst.

»Genau. Und als das mit den Jungs in Vietnam klar war, habe ich einen Deal mit ihm gemacht …«

Troosdorf erlebte eine unruhige Nacht. Ständig schossen unzählige Polizeiautos und Jeeps der Feldjäger durch die Straßen und suchten verzweifelt nach den abhanden gekommenen Waffen. Horst mußte vorsichtig sein, aber er blieb unentdeckt, und nach einer halben Stunde stand er bei Metzger Schmelzer vor dem Haus. Er kannte den Weg noch gut aus seiner Kindheit, und damals hatte er immer ein Gefühl von Angst, wenn er in der Nähe der Metzgerei war. Aber in dieser Nacht war alles anders. Er war cool, er tat Gutes, und er fühlte sich stark. Die Terrassentür war schnell aufgebrochen, und so befand er sich nur wenig später im ehelichen Schlafzimmer der Schmelzers. Der Metzger lag neben seiner Frau im Bett und schnarchte und grunzte, wobei sich sein enormer Bauch unter der Decke rhythmisch nach oben und unten senkte. Horst schaltete die Lampe auf dem Nachttisch an und hielt seine Maschinenpistole an Schmelzers Wanst.

»Aufwachen«, rief er laut, und schon schlugen beide gemeinsam ihre Augen auf. Frau Schmelzer fing sofort an hysterisch zu schreien, während ihr Mann vor Aufregung nach Luft rang.

»Sag deiner Alten, sie soll mit dem Gekreische aufhören«, schrie Horst.

»Halt's Maul, Martha«, brüllte Schmelzer seine Frau

an, die daraufhin umgehend verstummte und sich die Bettdecke vor ihr Gesicht zog.

»Darf ich vielleicht mal erfahren, was hier los ist?« fragte Schmelzer zitternd.

»Natürlich«, antwortete Horst höflich, aber trotzdem überaus ernst. Dann erzählte er alles, was er wußte. Mit jedem Satz wurde der Metzger blasser und schnappte immer hastiger nach Luft. Als Horst am Ende seiner kleinen Geschichte angelangt war, war auch Schmelzer am Ende, und zwar vollständig. Auf seine Frau wirkte die Wahrheit über die dunkle Seite ihres Mannes dagegen äußerst anregend, und sie begann auf ihn ein zu kreischen.

»Sag, daß das nicht wahr ist! Sag sofort, daß dieser Mann lügt! Sag, daß er dich verwechselt.«

Schmelzer sagte nichts von alledem, und damit brach für seine Frau die Welt zusammen. Der letzte Funke ehelichen Respekts erlosch, und sie fing fürchterlich an zu heulen. Als sie sich wieder halbwegs beruhigt hatte, packte Horst ihren Mann am Arm und ging mit ihm runter in die Metzgerei. Frau Schmelzer zog sich einen Morgenmantel über und kam mit.

»Und jetzt will ich sehen, wo du die Nieren aufbewahrst«, schnauzte Horst den Metzger an. Eingeschüchtert schritt Schmelzer zur Kühlkammer, öffnete die mächtige Alutüre, ging hinein und winkte Horst zu sich.

»Hier. Es sind aber gerade nur zwei da«, sagte er leise.

Horst stand vor dem Kühlregal, und tatsächlich, durchgekühlt und in Tüten verpackt, lagen da zwei Nieren. An jeder hing ein kleiner Zettel mit irgendwelchen Notizen und einem Erntedatum. Horst rechnete kurz nach, und dann wußte er, die rechte Niere war die seine, jedenfalls war sie es früher einmal gewesen, denn auf der Plastikhülle stand genau das Datum, an dem er damals im *Come-In* in Danang war. Einen Augenblick lang war er versucht, sie einfach mitzunehmen, doch dann dachte er sich, daß es wohl besser sei, endlich einen Schlußstrich unter die ganze Sache zu ziehen. Und so fesselte er Schmelzer mit Klebeband an einen Stuhl, nahm seine Niere aus der Verpackung und schnitt sie auf einem Brettchen in ganz feine Stücke, um sie schließlich durch ein Sieb in eine Schüssel zu passieren. Und gerade wollte er anfangen, Schmelzer damit zu füttern, da nahm ihm Frau Schmelzer die Schüssel aus der Hand.

»Lassen Sie mich das mal lieber machen. Schließlich bin ich hier die Metzgerin«, sagte sie und stopfte ihrem Mann Löffel für Löffel das glibbrige Nierenpüree in den Mund.

9. Na, na, Nordkorea

Metzger Schmelzer starb nur wenige Monate später an einer mysteriösen bakteriellen Infektion. Die vietnamesischen Geschäftspartner von Rocko hatten Horsts Niere auf dem Transport nämlich dummerweise fallen gelassen und danach mit verseuchtem Leitungswasser abgespült. Frau Schmelzer kam der Tod ihres Mannes sehr gelegen. Sie nahm das Geld der Lebensversicherung, zog nach Liverpool, gründete einen Ringo-Starr-Fan-Club und erfüllte sich damit einen langersehnten Jugendtraum.

***

Rocko wurde im nächsten Jahr von der international anerkannten Prostituierten-Postille *Die Hure und Du* zum Zuhälter des Jahres gewählt.

***

Der Vietnamese, den Horst seinerzeit in der Nähe von Ninh Binh umgefahren hatte, wurde ein reicher Mann. Mit seinem Schmerzensgeld erwarb er ein Viertellos der *Süddeutschen Klassenlotterie* und gewann zu seiner großen Freude 2,5 Millionen Mark.

***

Horst schließlich schickte nach der finalen Nacht im *Crazy Sexy* wie versprochen die Waffen zurück an die Bundeswehr und flog danach nach Budapest. Dort fand er seine Bea, und beide wurden noch im selben Monat vom alten Phra nach buddhistischer Tradition im Wat Si Muang getraut. Danach ließen sie sich auf einer einsamen Insel eines Südseearchipels nieder, zeugten zwei entzückende Kinder und starben gemeinsam im Jahre 2001 bei einem Atomwaffentest, den die Nordkoreaner auf diesem Archipel durchführten, nachdem sie die Inselgruppe kurz zuvor von Bill Gates erworben hatten, der mittlerweile in schwere Finanznöte geraten war.

Die Lüge
Alles, was in diesem Buch steht, ist wahr.
Die Geschichte hat sich genauso zugetragen.
Es wurde nichts weggelassen und nichts hinzugefügt.
Horst lebt.
Mit Bea.
Glücklich.
Bea bekommt in diesem Augenblick ihr zweites Kind.
Es ist ein Mädchen.
Leider müssen alle vier bald sterben.

Die Wahrheit
Alles, was in diesem Buch steht, ist wahr.
Die Geschichte hat sich genauso zugetragen.
Es wurde nichts weggelassen und nichts hinzugefügt.
Horst lebt.
Mit Bea.
Glücklich.
Bea bekommt in diesem Augenblick ihr zweites Kind.
Es ist ein Mädchen.
Leider müssen alle vier bald sterben.

Zum Schluß ein Dank in tiefer Ergriffenheit an …

Campylo Bacter Je Juni für die Inspiration,
Johanna für ihr erstes Lachen und die folgende Generalunterstützung,
Leonille, meine Liebe,
Martina, meine Muse,
Nanni, Marion, meine Eltern, Lisa und Michael für ihre Herbergen,
David und Petra für ihre Hilfe.

Ein besonderer Dank schließlich geht an alle Eltern, die ihre Söhne Horst getauft haben. Erst durch diese Mithilfe ist das vorliegende Buch möglich geworden.

Fragen? Antworten?
horst@praxvalley.de

Horst im Internet
http://www.praxvalley.de

»Born in the USA«
Junge amerikanische Autoren im dtv

»Romane sind wie Rockkonzerte. Entweder bringst du die Leute zum Tanzen oder sie feuern dir Bierdosen an den Kopf.«
T. C. Boyle

Matt Ruff
Fool on the Hill
Roman
dtv 11737
Ein Sommernachtstraum für Freunde der Hobbits? Eine Love-Story? All das und noch viel mehr ist der »Narr auf dem Hügel«.

T. C. Boyle
Der Samurai von Savannah
Roman
dtv 12009
Als der japanische Matrose Hiro Tanaka irgendwo vor der Küste Georgias von Bord seines Frachters springt, ahnt er nicht, was ihm in Amerika blüht...

Jeffrey Eugenides
Die Selbstmord-Schwestern
Roman
dtv 12041
Was geht vor im Innern des Hauses Lisbon. Die fünf Töchter führen ein geheimnisvolles Dasein...

David Bowman
Let The Dog Drive
Roman · dtv 12049
Ein Tramper macht in der Mojave-Wüste die Bekanntschaft einer rothaarigen Baseballfanatikerin...

Anna Shapiro
Auf der anderen Seite vom Bett
Roman · dtv 12089
Manhattan, Downtown, bevor die Monogamie wieder modern wurde.

Binnie Kirshenbaum
Kurzer Abriß meiner Karriere als Ehebrecherin
Roman · dtv 12135
Sie lügt, stiehlt und begehrt andere Männer. Daß sie ein reines Herz hat, steht außer Zweifel.

Gwyneth Cravens
Herzmuster
Roman · dtv 12162
Angela wollte noch nie ein Single in New York sein. Und dann trifft sie Joe...

Walter Satterthwait im dtv

»Es ist gut, daß es nach wie vor Romane gibt, die mit dem Etikett ›Entertainer‹ nicht nur locken, sondern es auch einlösen ... Nicht zuletzt darin besteht, angenehm unspektakulär, Satterthwaits große Kunst.«
Bernhard Dotzler, ›Frankfurter Allgemeine Zeitung‹

Wand aus Glas
Kriminalroman · dtv 8459

Privatdetektiv Joshua Croft liebt die schöne Rita Montdragón, für die er arbeitet, die Wüste um Santa Fé, die Melancholie, die Indianer und seinen Job, den er gleichzeitig auch verflucht: Seine Chefin ist seit einer Schießerei querschnittsgelähmt. Er soll den Raub eines Kolliers aufklären. Dabei kommt er einer internationalen Schmugglerbande auf die Schliche und in die Quere.

Miss Lizzie
Roman · dtv 20056

Amanda, das Nachbarskind, weiß, daß Lizzie Borden ihre Eltern bestialisch mit der Axt ermordet haben soll. Und auch, daß Miss Lizzie seinerzeit mangels Beweisen freigesprochen wurde. Eines Tages begegnen sich die beiden und eine heimliche Freundschaft entsteht, die jäh auf eine harte Probe gestellt wird: Amandas ungeliebte Stiefmutter wird ermordet aufgefunden, erschlagen mit einem Beil ...

Oscar Wilde im Wilden Westen
Roman · dtv 20196

Im Jahr 1882 hält die Kultur Einzug im Wilden Westen. Englands berühmter Dandy-Dichter bereist das gesetzlose Land zwischen San Francisco und Chicago. Begleitet wird er von schönen Bewunderern beiderlei Geschlechts – und von einer Bestie. Denn in den Orten und an den Abenden von Oscar Wildes Auftritten werden methodisch-grausam Frauen ermordet ...

Giuseppe Culicchia im dtv

»Giuseppe Culicchia beschreibt … unsentimental, lakonisch und genau, mit einer Sprache, die in Kürze und Prägnanz stark an den seligen Charles Bukowski erinnert … bissig, zynisch, sarkastisch, gemein, politisch absolut unkorrekt, stellenweise bösartig, mit einem Wort: Klasse!«
Freie Presse

Knapp daneben
dtv 12616

Zwischen Gürteltieren, androgynen Nymphomaninnen, Space Invadors, House-Parties, Plastikköfferchen und verpaßten Traumfrauen … Einer der komischsten und sarkastischsten Romane seit langem, bestechend durch seine lakonischen und genauen Porträts und Karikaturen. Giuseppe Culicchia ist die italienische Antwort auf Samuel Beckett, T. C. Boyle und Charles Bukowski. »Die muntere Jammerparade des italienischen Arbeitersohns Walter, der gern studieren, den Militärdienst verweigern und vor allem endlich mit einem Mädchen ins Bett möchte … Ein Unglücksrabe – und ein Glücksfall für fröhliche Sommerlektüre.« (Der Spiegel)

Kommt gut
dtv 12617

Walter hat Karriere gemacht: Vom Hiwi einer exzentrischen, gürteltierbesitzenden Buchhändlerin hat er es zum Zeitungsverkäufer gebracht. In einer Videothek. Sein neuer Chef ist ein Marketingwörterbuch im Designeranzug, sein fettleibiger Kollege Supermario redet nur davon, Profimodel zu werden, und die Kunden nerven schon morgens um fünf. Einziger Lichtblick: Tatjana, die politisch korrekte Deutsche vom Goethe-Institut, die viel von Freikörperkultur hält … »Das moderne Italien, das sich eifrig bemüht, Überproduktivismus mit Ultraliberalismus zu verbinden, ist ein Dschungel … Hier geht es nicht mehr um Sein oder Nichtsein. Hier geht es nur noch ums Überleben.« (L'Express)

Nigel Barley im dtv

Keine fröhliche, aber eine unfreiwillig komische Wissenschaft, die hier betrieben wird. Ehrlicher und amüsanter hat wohl noch kein Ethnologe von seinem Tun und Treiben berichtet.

Traumatische Tropen
Notizen aus meiner Lehmhütte
dtv 12399

Ein amüsanter, selbstironischer Bericht über die erste Begegnung eines jungen Ethnologen mit der afrikanischen Wirklichkeit, die sich einfach den abstrakten Regeln entzieht, welche die Wissenschaft für die Feldforschung bereithält. Was sich liest wie eine köstliche Persiflage auf die Ethnologie, ist jedoch ihre Wirklichkeit.

Die Raupenplage
Von einem, der auszog, Ethnologie zu betreiben
dtv 12518

Nigel Barleys mit Humor und Selbstironie geschriebener Bericht von seiner zweiten Forschungsreise nach Kamerun, die sich laufend im alltäglichen Kampf mit den widrigen Realitäten einer sich rasch wandelnden afrikanischen Gesellschaft festzufahren droht. Zum Schluß ist es eine banale Raupenplage, die das sensationelle Forschungsvorhaben scheitern läßt …

Hallo Mister Puttymann
Bei den Toraja in Indonesien
dtv 12580

In Toraja haben die Kinder spitze Ohren wie Mister Spock vom Raumschiff Enterprise. Nigel Barley packt seinen Rucksack und macht sich auf. Gummihühner bis Moskau, Transvestiten in Singapur, kuschelsüchtige Indonesier während nächtlicher Busfahrten begleiten seinen Weg, bis der Urwald ihn schluckt. Als er wieder auftaucht, läuft er Johannes in die Arme …

Jostein Gaarder im dtv

»Geboren zu werden bedeutet, daß wir die ganze Welt geschenkt bekommen.«
Jostein Gaarder

Das Kartengeheimnis
dtv 12500

Anita hatte sich vor Jahren nach Athen abgesetzt, »um sich selbst zu finden«. Jetzt machen sich Vater und Sohn auf den Weg, um sie zu suchen. Kaum aber erreichen sie die Alpen, gelangen sie in den Besitz dieses winzigen Büchleins mit der irrwitzigen Geschichte von einer magischen Insel... Ein Buch wie ein Rausch, und »dieser Rausch hat zwei Vorzüge: Erstens ist er für Leser von 12 bis 100 Jahren geeignet. Zweitens ist das Ergebnis dieser Art von Trunkenheit ein Zugewinn an praktikablem Wissen.« (Süddeutsche Zeitung)

Sofies Welt
Roman über die Geschichte der Philosophie
dtv 12555

Mysteriöse Briefe landen im Briefkasten der 15jährigen Sofie Amundsen in Oslo. Was sollen diese Fragen: »Wer bist du?«, »Was ist ein Mensch?« und: »Woher kommt die Welt?« Sofie ist irritiert. Die Briefe werden ausführlicher, und schon bald entführen sie sie in die abenteuerliche und geheimnisvolle Gedankenwelt der großen Philosophen.

Der seltene Vogel
Erzählungen
dtv 24111

Jostein Gaarder versammelt in seinem Debütband zehn Erzählungen und Kurztexte, in denen Grenzen überschritten werden: zwischen Realität und Traum, Zeit und Unendlichkeit, Leben und Tod. Einfühlsam und poetisch, humor- und phantasievoll, zeigt er sich hier als wunder- und wandelbarer Geschichtenerzähler.

T. C. Boyle im dtv

»Aus dem Leben gegriffen und trotzdem unglaublich.«
Barbara Sichtermann

World's End
Roman · dtv 11666
Ein fulminanter Generationenroman um Walter Van Brunt, seine Freunde und seine holländischen Vorfahren, die sich im 17. Jahrhundert im Tal des Hudson niederließen.

Greasy Lake und andere Geschichten
dtv 11771
Von bösen Buben und politisch nicht einwandfreien Liebesaffären, von Walen und Leihmüttern...

Grün ist die Hoffnung
Roman · dtv 11826
Drei schräge Typen wollen in den Bergen nördlich von San Francisco Marihuana anbauen, um endlich ans große Geld zu kommen.

Wenn der Fluß voll Whisky wär
Erzählungen
dtv 11903
Vom Kochen und von Alarmanlagen, von Fliegenmenschen, mörderischen Adoptivkindern, dem Teufel und der heiligen Jungfrau.

Willkommen in Wellville
Roman · dtv 11998
1907, Battle Creek, Michigan. Im Sanatorium des Dr. Kellogg läßt sich die Oberschicht der USA mit vegetarischer Kost von ihren Zipperlein heilen. Unter ihnen Will Lightbody. Sein Trost: die liebevolle Schwester Irene. Doch Sex hält Dr. Kellogg für die schlimmste Geißel der Menschheit... Eine Komödie des Herzens und anderer Organe.

Der Samurai von Savannah
Roman · dtv 12009
Ein japanischer Matrose springt vor der Küste Georgias von Bord seines Frachters. Er ahnt nicht, was ihm in Amerika blüht...

Tod durch Ertrinken
Erzählungen
dtv 12329
Wilde, absurde Geschichten mit schwarzem Humor.

América
Roman · dtv 12519